KB021409

사랑의 갈증

사랑의 갈증

초판 인쇄		2024. 6. 17.
초판 발행		2024. 6. 24.
저자		미시마 유키오
역자		이수미
발행인		이재희
출판사		빛소굴
출판 등록		제251002021000011호.(2021. 1. 19.)
전화번호		070-4900-3094
팩스		0504-011-3094
ISBN		979-11-93635-10-0(03830)
이메일		bitsogul@gmail.com
주소		경기도 고양시 덕양구 꽃마을로 66 한일미디어타워 1430호
SNS	인스타그램	instagram.com / bitsogul
	트위터	twitter.com / bitsogul
	네이버 블로그	blog.naver.com / bitsogul

사랑의 갈증

미시마 유키오 지음

이수미 옮김

일러두기

차 례

내가 보니 여자가 붉은빛 짐승을 탔는데……

요한계시록 17장 3절

1장

에쓰코는 그날 한큐백화점에서 재생모 양말을 두 켤레 샀다. 남색 한 켤레. 갈색 한 켤레. 소박한 단색 양말이다.

오사카까지 나와도 한큐선 종점에 있는 백화점에서 쇼핑을 마치면, 바로 발길을 돌려 다시 전철을 타고 돌아오는 것이 전부다. 영화도 보지 않는다. 식사는커녕 차도 마시지 않는다. 혼잡한 거리만큼 에쓰코가 싫어하는 것은 없다.

가려는 마음만 있다면 우메다역 계단을 따라 지하로 내려가 전철을 타고 신사이바시나 도톤보리로 나가는 건 문제도 아니었다. 백화점에서 한 걸음만 벗어나 교차로를 가로지르면 그곳은 이미 대도시의 파도가 활기차게 넘실대며, 길가엔 구두닦이 소년들이 "구두 닦아요,

구두 닦아요." 하고 외쳐댄다.

도쿄에서 나고 자라서 오사카라는 도시를 몰랐던 에쓰코는 일류 상인, 노숙자, 공장주, 주식 중개인, 거리의 창녀, 아편 밀수업자, 노동자, 몰락한 가문의 자제, 은행가, 공무원, 시의원, 무성 인형극의 변사, 첩, 인색한 여자, 그리고 신문기자, 기생, 구두닦이들로 가득한 이 도시에 이유 없는 두려움을 품고 있었다. 어쩌면 에쓰코가 무서워한 것은 도시가 아니라 삶 그 자체였는지도 모른다. 삶이라는 이 무분별한, 잡다한 부유물로 가득한, 변덕스럽고 폭력적인, 그러면서도 언제나 맑은 감청색을 띤 생활이라는 바다.

에쓰코는 사라사 원단으로 만든 장바구니를 넓게 벌리고, 새로 산 양말을 바닥 깊숙이 집어넣었다. 그때 열려 있는 창문으로 번쩍이는 번개가 보였다. 이어서 매장의 유리 진열장이 희미하게 떨릴 만큼 위압적인 천둥소리가 들렸다.

황망히 들이닥친 바람이 '특가품'이라고 적힌 작은 팻말을 쓰러뜨렸다. 점원들이 달려가 창문을 닫았다. 실내가 꽤 어두웠다. 대낮에도 켜져 있는 매장의 전등이 갑자기 더 밝게 느껴졌다. 그러나 비는 아직 올 것 같지 않았다.

에쓰코는 장바구니를 팔에 걸었다. 둥글게 굽은 대나무 손잡이가 손목에서 팔을 훑으며 흘러내리도록 내버려둔 채 그녀는 양손을 뺨에 댔다. 양 볼이 유난히 뜨겁다. 종종 이런 일이 있다. 아무 이유 없이, 물론 무슨 병이 있는 것도 아닌데, 갑자기 불에 덴 것처럼 뺨이 달아오르곤 했다. 원래는 연약했던 그녀의 손바닥. 이제는 물집도 생기고 햇볕에 그을려, 그 밑바닥에 남아 있는 연약함 때문에 오히려 더 거칠어 보이는 그녀의 손바닥이 뜨거운 양 볼에 닿았다. 이 거친 느낌이 에쓰코의 뺨을 더 화끈거리게 했다.

지금이라면 무슨 일이든 할 수 있을 것 같았다. 저 교차로를 가로질러, 다이빙대 위를 걷듯 똑바로 걸어 나가, 저 도시 한복판으로 뛰어들 수도 있을 것 같았다. 이런 생각이 들었을 때 에쓰코의 시선은 매장 안의 어수선한 물건들을 지나쳐 사람들에게로 향했고, 순식간에 몽상에 빠져들었다. 이 낙천적인 여자는 불행을 상상할 수 있는 능력이 결여되어 있다. 그녀의 겁 많은 성격은 모두 여기서 비롯되었다.

……무엇에 용기를 얻은 것일까. 천둥소리일까? 아니면 조금 전에 산 두 켤레의 양말 때문일까? 에쓰코는 사람들을 헤치며 서둘러 계단으로 향했다. 계단은 혼잡했다. 2층으로 내려갔다. 나아가 한큐선 매표소가 있는 1층 로비까지 내려갔다.

문밖을 보았다. 소나기가 일이 분 동안 세차게 쏟아진다. 마치 오래전부터 내리고 있었다는 듯이 도로가 흠뻑 젖은 채 빗줄기를 사납게 튕겨댄다.

에쓰코는 출구로 다가갔다. 평정심을 되찾고 안심한 그녀는 가벼운 현기증과 피로감을 느끼며 출구 쪽으로 걸어갔다. 그녀에겐 우산이 없다. 이제 밖으로 나갈 수도 없다. ……아니, 이제 그럴 필요가 없어진 것이다.

그녀는 출구 옆에 선 채, 쏟아지는 빗줄기가 지우기 시작한 시내의 전철과 도로 표지판, 차도 건너편에 늘어선 가게들을 눈에 담으려 했다. 그러나 빗물이 크게 튀어 그녀의 옷자락까지 적셨다. 출구는 소란스러웠다. 가방을 머리에 올리고 뛰어오는 남자가 있다. 정장 차림의 여자는 스카프로 머리를 감싼 채 달려온다. 마치 에쓰코에게로, 에쓰코를 향해 달려오는 듯했다. 그녀 혼자 젖지 않았다. 물에 빠진 생쥐 꼴이 된 직장인풍의 남녀가 주변에 가득하다. 그들은 투덜대고 농담을 나누며, 지금막 빠져나온 빗속을 향해 다소 우월감 넘치는 표정을 짓는다. 그러고는 일제히 침묵한 채 세찬 비를 뿌려대는 하늘을 한동안 올려다본다. 에쓰코도 그 젖은 얼굴들에 섞여 비 내리는 하늘을 응시했다. 비는 터무니없이 높은 곳에서 이 얼굴들을 향해 질서정연하게 쏟아져 내리는 것 같았다. 천둥소리가 멀어진다. 폭우의 울림이 귀를 마비시키고 마음을 무감각하게 만들었다. 이따금 들려오는 자동차 경적소리도, 역에서 흘러나오는 확성기 소리도, 이 울림에 비할 바가 못 되었다.

에쓰코는 비를 피하는 무리에서 벗어나, 매표소 앞에 늘어선 길고 긴 침묵의 행렬을 뒤따랐다.

한큐 다카라즈카 선의 오카마치 역은 우메다에서 삼사십 분 거리다. 급행은 서지 않는다. 전쟁으로 인해 오사카에서 이주해 온 사람들을 많이 받아들인 데다, 시

외곽에 공영주택이 들어서면서 도요나카 시의 인구는 전쟁 전보다 두 배로 늘었다. 에쓰코가 살고 있는 마이덴 마을 역시 도요나카 시이며, 오사카 부에 포함된다. 엄밀하게 말하면 그곳은 시골이 아니었다.

하지만 좀 괜찮은 상품을, 게다가 싸게 사려면 오사카까지 한 시간 남짓 달려가야 한다. 추분을 하루 앞둔 이날 사려고 했던 것은 남편 료스케의 불전에 올릴, 생전 그가 좋아했던 자몽이다. 그러나 공교롭게도 백화점 과일 매장에서 자몽은 다 팔리고 없었다. 백화점 밖으로 나가면서까지 살 생각은 없었지만, 양심의 가책을 느껴서인지 아니면 다른 암묵적인 충동에 사로잡힌 것인지, 거리로 나가려던 찰나 빗줄기에 가로막혀 버렸다. 그뿐이다. 그 외의 다른 이유가 있을 리 없었다.

에쓰코는 다카라즈카 방향으로 가는 완행열차를 타고 좌석에 앉았다. 창밖으로는 비가 그칠 줄 모르고 계속 내렸다. 앞에 선 승객이 펼쳐든 석간신문의 잉크 냄새가 그녀를 사색에서 깨웠다. 그녀는 뭔가 수상쩍은 사람마냥 주위를 두리번거렸다. 아무 일도 일어나지 않았다.

열차 승무원이 불어대는 호루라기의 떨림, 어둡고 무거운 쇠사슬이 덜커덩거리는 출발의 진동, 열차는 이런 단조로운 움직임을 반복하며 역에서 역으로 힘겹게 나아간다.

비가 그쳤다. 에쓰코는 고개를 돌려 구름 사이로 새어나오는 몇 줄기 빛을 가만히 바라보았다. 햇빛은 오사카 교외 주택가 지붕 위로 널브러진 하얀 손처럼 무력하게 떨어져 내렸다.

에쓰코는 임산부처럼 걷는다. 과장해서 말하자면 그렇다. 왠지 나른해 보이는 걸음걸이다. 그녀 자신은 이를 의식하지 못했고 주의를 주며 교정해 주는 사람도 없었기에, 그 걸음걸이는 마치 장난꾸러기가 친구의 목에 몰래 걸어둔 종이처럼 그녀에게 강요된 표식이 되었다.

오카마치 역에서 하치만구 신사의 입구인 도리이 앞을 지나 소도시의 복잡한 번화가에서 벗어나 집들이 드문드문 늘어선 곳에 이르자, 느릿느릿한 걸음걸이 덕분인지 벌써 황혼이 에쓰코를 감쌌다.

공영주택은 집집마다 불이 켜져 있었다. 같은 형태, 같은 크기, 같은 생활, 같은 가난, 수많은 집이 있는데도 똑같이 살풍경한 느낌을 주는 이 동네. 이 앞을 지나는 길이 지름길임에도 불구하고 에쓰코는 늘 피해 다녔다. 훤히 들여다보이는 실내, 싸구려 찻장, 밥상, 라디오, 모직 방석, 때로는 구석구석까지 눈에 보이는 비루한 식사, 하얗게 피어오르는 김, 어느 것 하나 그녀를 화나게 하지 않는 것이 없었다. 행복에 관한 상상력만 발달한 그녀의 마음은 그들에게서 가난을 보지 못하고 행복만을 엿보았다.

길은 어둡고, 벌레는 울기 시작하고, 물웅덩이가 죽어가는 저녁놀을 비추며 여기저기 누워 있다. 양옆은 습기를 머금은 미풍에 흔들리는 논이었다. 솟구치는 어둠을 감싸고 있는 논, 그 안에서 고개를 숙인 벼이삭은 한낮의 눈부신 결실과는 다른 빛깔을 띤 채 상심한 식물의 무수한 집합체처럼 모여 있었다.

에쓰코는 시골 특유의 따분하고 무의미한 우회로를 돌아 개울가의 오솔길로 나갔다. 이 일대는 마이덴 마을에 속하는 영역이다. 개울과 오솔길 사이로 대나무 숲이 이어져 있다. 이 부근부터 나가오카에 이르는 지역은 죽순대의 산지로 유명하다. 대나무 숲의 끝자락이 개울에 놓인 나무다리로 이어져 오솔길의 위치를 알려준다. 에쓰코는 나무다리를 건너 예전에 소작인이었던 이의 집 앞을 지나 단풍나무와 각종 과일나무 사이로 뻗어 있는, 차나무 울타리에 둘러싸여 우회해서 올라가는 돌계단에 들어섰다. 돌계단을 다 오른 뒤, 스기모토가家의 현관 미닫이문을 열었다. 언뜻 별장처럼 보이지만 집주인의 치밀한 절약정신 덕분에 눈에 띄지 않는 곳은 질 낮은 싸구려 목재로 지어졌다. 안쪽 방에서 웃음소리가 들렸다. 손아래 동서인 아사코의 아이들이다.

또 웃는다. 왜 저렇게 웃는 걸까? 저런 무례한 웃음은 용서할 수 없다⋯⋯. 에쓰코는 어떠한 결단도 내리지 못하면서 그런 생각을 했다. 장바구니를 마루에 내려놓았다.

스기모토 야키치가 마이덴 마을에 1만 평의 땅을 산 때는 쇼와 9년(1934년)이었다. 간사이상선을 은퇴하기 5년 전의 일이다.

야키치는 도쿄 근교 소작농의 아들로 태어나 고학으로 대학을 졸업한 후 당시 도지마에 있던 간사이상선 오사카 본사에 입사했다. 도쿄에서 아내를 맞이하여 평생을 오사카에서 보내면서도 세 아들의 교육은 도쿄에서 받게 했다. 쇼와 9년에 전무이사, 쇼와 13년에는 사장에 올랐다가 그 이듬해에 스스로 물러났다.

옛 친구의 죽음으로 성묘를 하러 갔던 스기모토 부부는 새로 조성된 시영 핫토리 공원묘지를 에워싸고 있는 지역의 완만한 기복에 매료되었고, 사람들에게 물어 마이덴 마을이라는 이름을 처음 듣게 되었다. 대나무 숲과 밤나무가 우거진 경사면을 끼고 있는 과수원에서 적당한 땅을 물색하여 마침내 쇼와 10년에는 이곳에 소박한 별장을 짓게 되었다. 그와 동시에 원예가에게 과수 재배를 의뢰했다.

하지만 아내와 아들들이 기대했던 한가로운 별장 생활이 아니었다. 주말마다 오사카에서 자동차를 타고 와서 뜨거운 햇볕 아래 밭을 일궈야 했다. 결국은 일거리였던 것이다. 예술 애호가인 무기력한 장남은 아버지의 건전한 취미에 경멸을 느끼고 반대의 목소리를 높이면서도 종국엔 늘 아버지에게 끌려 다니며 마지못해 동생들과 함께 괭이질을 했다.

오사카에서 사업하는 사람들 중에는 타고난 절약정신과 상류층 특유의 생활력을 갖춘 데다 그 이면에 유쾌한 염세철학을 품은 사람이 적지 않았다. 그들은 유명한 해변이나 온천지에 별장을 짓지 않고, 땅도 싸고 부대비용이 많이 들지 않는 산간오지에 집을 짓고 취미 삼아 밭을 가꾸는 걸 즐겼다.

스기모토 야키치는 은퇴 후 삶의 터전을 마이덴으로 옮겼다. 마이덴米殿의 어원은 아마도 쌀밭[1]에서 유래한 것 같다. 예로부터 바다로 둘러싸여 있었던 이 지역은 매우 풍요로운 땅이었으며, 1만 평의 토지에서는 다양한 과일과 채소가 났다. 소작인 일가족과 세 명의 정원사가 이 아마추어 원예가를 도왔고, 몇 년 뒤 스기모토 가문의 복숭아는 시장에서 귀한 대접을 받게 되었다.

스기모토 야키치는 전쟁을 백안시하며 살았는데, 그것도 좀 색다른 방식의 백안시였다. 도시 녀석들은 선견지명이 없어서 맛없는 배급품으로 견디거나 암거래되는 쌀을 비싸게 사야 하지만, 나는 선견지명이 있어서 이렇듯 여유롭게 자급자족 생활을 할 수 있다는 식으로 떠벌렸다. 이런 식으로 모든 것을 선견지명 덕으로 돌리니, 어쩔 도리 없이 은퇴한 일까지 선견지명으로 회사를 그만둔 것처럼 포장되었다. 은퇴한 사업가들이 겪어야 했던 그 무력감과 상실감, 거의 포로들이나 겪을 법한 고통과 권태마저도 어딘가에 묻어두고 온 듯한 표정이었다. 별 원한도 없는 사람의 험담을 심심풀이로 하듯이 그는 시도 때도 없이 군부를 욕했다. 그 악담은, 늙은 아내가 급성 폐렴에 걸려 오사카 군사령부에 있는 친구를 통해 군의학의 발명품이라는 신약을 구해 먹였으나 아무런 효과를 보지 못하고 죽어버리자 더 심해져 갔다.

그는 손수 풀을 베고 밭을 갈았다. 농부의 피가 되살

---

1   米田. 마이덴이라 읽는다.

아났는지 전원의 취미는 일종의 열정이 되었다. 아내를 잃고 사회에도 아무런 관심이 없어진 지금은 맨손으로 코를 푸는 천박한 짓도 마다하지 않았다. 쇠사슬이나 뻣뻣한 조끼, 멜빵바지에 묶인 노쇠한 육체의 깊은 곳에서 농사꾼의 골격이 두드러졌고, 다듬어진 얼굴 밑으로 농사꾼의 표정이 그대로 드러났다. 이를 보면 아랫사람들을 그토록 두려워하게 만들었던 성난 눈썹과 날카로운 눈빛도 사실은 늙은 농부의 얼굴 유형 중 하나임을 알수 있다.

말하자면 야키치는 태어나서 처음으로 땅을 갖게 된 것이었다. 여태까지 그는 택지의 소유자였고, 이 농장도 지금까지 그의 눈엔 택지의 일종으로 보였지만, 이제는 '땅'으로 느껴지기 시작했다. 땅이라는 형태로만 소유의 개념을 이해하던 본능이 되살아나면서 평생의 업적을 비로소 확실한 형태로 손에 쥐고 가슴에 새겼다. 졸부 특유의 심리로 아버지를 경멸하고 할아버지를 저주했던 감정의 근원은 지금 생각하면 그들이 한 평의 땅도 갖지 못했다는 데서 비롯된 것 같았다. 야키치는 복수심에 가까운 애정으로, 고향에 있는 선조의 위패를 모시는 절에 조상들의 무덤을 굉장히 크게 만들었다. 뜻하지 않게 여기에 료스케가 먼저 묻혔다. 이럴 거였다면 근처에 있는 핫토리 공원묘지가 좋았을 뻔했다.

어쩌다 한 번씩 오사카에 내려오는 아들들은 이런 아버지의 변모를 이해하지 못했다. 장남 겐스케, 차남 료스케, 셋째 유스케의 마음속에 있는 아버지의 이미지는 각각 약간의 차이가 있을지언정 모두 죽은 어머니 손으로 키워진 이미지였다. 도쿄의 중류 계급 출신의 해악이 몸에 밴 그녀는 남편에게 상류층 사업가의 가식을 종용했다. 그녀는 죽을 때까지 남편이 손을 대고 코 푸는 행동을 못 하게 했고, 사람들 앞에서 코를 후비는 것도 금했으며, 후루룩거리며 국을 마시는 것도 금했고, 화로의 재에 가래를 뱉지도 못하게 했다. 이런 행위는 사회의 관용에 맡긴다면 오히려 호탕한 사람으로 비쳐질 수도 있는 버릇들이었다.

아들의 눈에 비친 야키치의 변모는 뭔가 끔찍했다. 그건 딱하고 어리석은 변모였다. 의기양양한 모습은 간사이상선 전무 시절과 다를 바 없었지만, 사무적인 융통성은 온데간데없고 유아독존이 극에 달해 있었다. 마치 채소 도둑을 쫓아다니는 농부의 성난 모습과 흡사했다.

다다미 20첩 크기의 응접실에 야키치의 청동 흉상이 놓여 있었다. 간사이 화단에 소속된 거장의 붓으로 그려진 유화 초상화도 걸려 있었다. 이 흉상과 초상화도 일종의 '대일본 ××주식회사 50년사'와 같은 배포본의 첫머리에 실린 역대 사장들의 사진과 같은 양식에 따른 것이었다.

아들들이 그토록 어이없어한 것은 이런 흉상의 포즈에서도 느껴지는 쓸데없는 고집과 허세와 과장됨이 이 시골 노인의 내면에 여전히 뿌리 내리고 있다는 점이었다. 그러나 시골 유력자답게 촌스러운 거만함으로 내뱉는 군부를 향한 욕은 성실한 촌사람의 눈에는 우국충정으로 비쳤고 그로 인해 존경의 대상이 되곤 했다.

이런 야키치를 못마땅하게 여겼던 장남 겐스케가 오히려 누구보다 빨리 아버지에게 몸을 의탁하게 된 것은 참으로 아이러니한 일이 아닐 수 없었다. 그는 지병인 천식 덕분에 군 복무도 면했기에 그저 무위도식하며 지내다가, 강제징용만은 피할 수 없다는 걸 알고 부랴부랴 아버지의 청탁으로 마이덴 마을 우체국에서 일하기 시작했다. 아내를 데리고 이사를 왔으니 당연히 이런저런 말썽이 생기지 않을 수 없었겠지만, 겐스케는 오만한 아버지의 독단을 아무렇지도 않게 받아들였다. 그의 냉소적인 천성을 충분히 엿볼 수 있는 대목이다.

전쟁이 격렬해지자 처음에 세 명이었던 일꾼이 모두 출정했다. 그중 한 명인 히로시마 출신 청년의 집에서 소학교를 갓 졸업한 동생을 형 대신 보내왔는데, 사부로라는 이름의 이 아이는 그의 어머니처럼 천리교 신자였다. 4월과 10월 큰 제사가 있을 때는 천리교 신자 합숙소에서 어머니와 만나, 등에 천리교라는 글씨를 하얗게 물들인 법복을 입고 '본전'에 참배하러 가곤 했다.

……에쓰코는 마루에 장바구니를 내려놓고 그 반향을 살피듯 저녁 어스름이 깔린 실내를 응시했다. 아이들의 웃음소리가 쉴 새 없이 들려온다. 웃음소리인 줄 알았는데 잘 들어보니 울음소리였다. 그 소리가 고요한 실내의 어둠을 뒤흔들고 있었다. 아사코가 식사 준비를 하느라 아이들을 방치하고 있는 것이리라. 시베리아에서 아직

돌아오지 않은 유스케의 아내인 그녀가 두 아이를 데리고 이곳에 몸을 의탁한 것이 쇼와 23년 봄이었으니, 에쓰코가 남편을 잃고 야키치의 부름으로 이곳에 오기 정확히 1년 전이다.

에쓰코가 자기 방인 6첩 다다미방으로 향하면서 문득 보니 채광창으로 불빛이 새어나왔다. 에쓰코는 아침에 방을 나올 때 불을 껐다고 생각했다.

미닫이문을 연다. 책상 앞에 앉아 뭔가를 읽고 있던 야키치가 화들짝 놀라 며느리를 돌아보았다. 팔 사이로 살짝 엿보인 붉은색 책등은 분명 에쓰코의 일기장이었다.

"다녀왔습니다."

에쓰코는 밝고 쾌활한 목소리로 인사했다. 눈앞의 불쾌한 사건에도 불구하고 사실 그녀의 얼굴은 혼자 있을 때와는 다른 사람 같았고, 몸놀림도 어린 아가씨처럼 경쾌했다. 남편을 잃은 이 여자는 비로소 '인간'이 된 것이다.

"어서 오너라. 늦었구나."

야키치는 '생각보다 빨리 왔구나'라고 솔직하게 말하지 못했다.

"시장하군. 좀 심심해서 잠시 네 책 좀 보고 있었다."

그가 내민 책은 어느새 일기장에서 소설책으로 바뀌어 있었다. 에쓰코가 겐스케에게 빌린 번역 소설이다.

"나한테는 어려워서 도무지 무슨 말인지 모르겠어."

작업용의 낡은 니커보커스 바지를 입고 군대식 와이셔츠에 허름한 양복 조끼를 입은 야키치의 옷차림은 지난 몇 년 동안 변함이 없었지만, 그 비굴할 정도의 겸

손함은 에쓰코가 알지 못하는 전쟁 중의 그와 비교하면
엄청난 변화였다. 몸도 쇠약해져 눈빛은 힘을 잃었고,
오만하게 다문 입술은 더 이상 팽팽하지 않았다. 게다가
뭐라고 말을 할 때마다 하얀 침방울이 양쪽 입가에 고
였다.

"자몽이 없었어요. 여기저기 돌아다녀봤는데도 없더
라고요."

"그거 참 아쉽게 되었구나."

에쓰코는 다다미에 앉아 오비[1]를 만지작거렸다. 걷는
동안 열이 올라 오비 안쪽이 온실처럼 체온을 머금고
있다. 그녀는 자신의 가슴이 땀에 젖어 있음을 느꼈다.
식은땀처럼 밀도가 짙은, 다 식어버린 땀. 주변 공기가
냄새를 실어 흩날리게 하면서도 그 자체로는 다 식어버
린 차가운 땀이다.

온몸을 속박하는 불편한 무언가가 있는 것처럼 느껴
진다. 그녀는 앉아 있던 몸을 불현듯 무너뜨렸다. 그녀
를 잘 모르는 사람은 이런 그녀의 모습을 오해할 수도
있으리라. 야키치도 그녀의 이런 몸짓을 교태로 착각한
적이 몇 번이나 있었다. 하지만 그녀가 심히 피곤할 때
무의식적으로 취하는 동작이라는 걸 안 뒤로는 별다른
반응을 보이지 않는다.

그녀는 편한 자세로 앉아 버선을 벗었다. 버선에 흙
탕물이 튀어 있고, 버선 안쪽은 옅은 먹빛으로 얼룩져

1 여성용 기모노의 허리 부분을 감싸는 띠.

있었다. 끊어진 대화를 이어갈 계기를 찾지 못한 야키치
가 이런 말을 했다.

"많이 더러워졌구나."

"네, 길이 안 좋았어요."

"비가 굉장하던데, 오사카 쪽에도 왔었니?"

"네, 한큐백화점에서 쇼핑하고 있을 때 비가 내렸어
요."

에쓰코는 다시 한번 떠올렸다. 귀가 먹먹해지는 폭우
의 울림과 온 세상이 비에 갇힌 듯한 그 밀폐된 하늘을.

그녀는 잠자코 있었다. 그녀의 방은 여기밖에 없다.
야키치가 눈앞에 있어도 개의치 않고 옷을 갈아입었다.
전력이 부족하여 방 안이 매우 어둡다. 묵묵히 앉은 야
키치와 조용히 움직이는 에쓰코 사이에 비단 오비가 풀
어지는 소리만이 마치 생명체의 울부짖음처럼 나지막이
울렸다.

야키치는 오랜 침묵을 견디지 못했다. 에쓰코의 무언
의 비난을 느꼈던 것이다. 그는 식사를 재촉하는 말을
남기고, 복도를 사이에 둔 자신의 8첩짜리 다다미방으
로 돌아갔다.

에쓰코는 평상복의 나고야오비²를 묶으며 책상 옆으
로 가서, 한 손은 뒤로 돌려 오비를 누르고 한 손으로는
귀찮은 듯이 일기장을 한 장 한 장 넘겼다. 그러는 동안
입술에 심술궂은 미소가 번졌다.

2 간편하게 이용할 수 있도록 단순하게 만든 오비.

'아버님은 가짜 일기라는 걸 모르시지. 이게 위조된 일기라는 걸 누가 알겠어. 인간이 자신의 마음을 이토록 교묘하게 속일 수 있는 존재라고 누가 상상이나 할 수 있을까?'

어제 쓴 페이지가 펼쳐졌다. 에쓰코는 어두운 종잇장에 얼굴을 갖다 대고 읽기 시작했다.

9월 21일 (수요일)

오늘 하루도 무사히 끝났다. 이제 푹푹 찌는 무더위도 지나갔고, 마당은 벌레 소리로 가득하다. 아침에는 된장을 얻기 위해 마을 배급소에 갔다. 배급소 아이가 폐렴에 걸렸는데, 늦기 전에 페니실린을 간신히 구했다며 다행이라고 한다. 남의 일이지만 나도 가슴을 쓸어내렸다.

시골 생활에는 단순한 마음이 필요하다. 나도 수련을 쌓아 이제는 사람 구실을 하게 된 것 같다. 지루하지 않다. 이제 지루하지 않다. 이제는 절대 지루하지 않다. 농한기 농부들의 여유로운 안식의 마음을 요즘 나도 알게 되었다. 아버님의 넉넉한 사랑에 감싸인 나는 어쩐지 열대여섯 살로 돌아간 것만 같은 기분이다.

이 세상에서는 단순한 마음, 소박한 영혼, 그것만 있으면 충분하다고 생각한다. 그 외의 것은 필요 없다. 이 세상에는 자신의 몸을 움직여 일하는 사람만 필요하다. 도시 생활이라는 늪에서 헤어 나오지 못

할 것 같은 마음도 언젠가는 사라질 거라고 생각한다. 손에 물집이 생겼다. 아버님도 칭찬해 주셨는데, 진정 인간다운 손이 되었다는 뜻이다. 나는 화를 모르게 되었고, 우울을 모르게 되었다. 그토록 나를 괴롭혔던 불행의 기억, 남편의 죽음이 요즘은 그다지 나를 괴롭히지 않는다. 가을의 풍성한 햇살에 물들어 내 마음은 너그러워지고, 무슨 일에든 감사하고 싶어진다.

S를 생각한다. 그 여자는 나와 같은 처지여서 내 마음의 동반자가 되어준다. 그녀도 남편을 잃었다. 그 사람의 불행을 생각하면 나도 위안을 얻는다. S는 정말 마음이 깨끗하고 소박하고 아름다운 미망인이기 때문에 언젠가 재혼 이야기가 나올 게 틀림없다. 그 전에 천천히 이야기를 나누고 싶은데, 먼 도쿄에 있어서 좀처럼 만날 기회를 만들기가 어렵다. 편지 한 통이라도 보내주면 좋으련만⋯⋯.

'머리글자는 같아도 여자라고 적어놨으니 눈치채긴 힘들 것이고, S라는 이름이 너무 자주 나오지만 증거가 없으니 두려워할 필요 없다. 이건 가짜다. 그러나 인간은 완전한 가짜가 될 만큼 솔직해질 수도 없는 존재다.'

그녀는 그런 위선을 기록할 때의 본심을 되짚어 보면서 마음속으로 다시 써보았다.

'고쳐 쓴다 해도 이게 내 본심은 아니야.'

이렇게 변명하면서 다시 써보았다.

9월 21일 (수요일)

고달픈 하루가 끝났다. 어떻게 또 이 하루를 보낼 수 있었는지 스스로도 의아할 정도다. 아침에는 된장을 얻기 위해 마을 배급소에 갔다. 배급소 아이가 폐렴에 걸렸는데, 늦기 전에 페니실린을 간신히 구했다며 다행이라고 한다. 안타까운 일이다! 뒤에서 내 욕을 하고 돌아다니는 그 여편네의 아이가 죽어준다면 조금이나마 위안이 될 텐데.

시골 생활에는 단순한 마음이 필요하다. 그런데도 스기모토 집안사람들은 부패하고 유약하며 상처받기 쉬운 허영심 때문에 시골살이를 점점 더 힘들게 만든다. 나도 단순한 마음을 사랑한다. 단순한 몸에 깃든 단순한 영혼만큼 이 세상에 아름다운 것은 없다는 생각까지 한다. 그러나 이런 마음과 나의 솔직한 마음 사이의 깊은 괴리감 앞에서 나는 무엇을 할 수 있을까? 동전의 뒷면이 앞면에 닿으려는 노력만큼 힘든 고통이 어디 있겠는가. 가장 쉬운 방법은 구멍 없는 동전에 구멍을 뚫어버리는 것이다. 바로 자살이다.

나는 종종 몸을 던질 각오로 다가간다. 상대는 도망친다. 상대는 저 멀리, 끝없이 먼 곳으로 도망쳐 버린다. 그렇게 또다시 나 혼자 지루함 속에 빠져든다…….

내 손가락의 물집, 이건 어리석은 익살극이다.

……그러나 너무 심각하게 생각하지 말자는 것이 에
쓰코의 신조였다. 맨발로 걷다 보면 발에 상처가 난다.
걷기 위해 신발이 필요하듯, 살아가기 위해서는 어떤
'확신'이 필요하다. 에쓰코는 무의미하게 책장을 넘기며
마음속으로 혼잣말을 했다.

'그래도 나는 행복하다. 나는 행복하다. 아무도 그걸
부정할 수 없다. 우선 증거가 없다.'

그녀는 어두운 페이지를 계속해서 넘겼다. 하얀 페이
지가 이어지고 있다. 아직 계속된다. 그리고 곧 이 행복
한 일기의 1년이 끝날 것이다…….

스기모토 집안은 식사에 관해 이상한 관습을 가지고
있었다. 2층에 사는 겐스케 부부, 아래층 한쪽을 차지하
고 있는 아사코와 아이들, 또 다른 한쪽의 야키치와 에
쓰코, 고용인 방에 사부로와 미요가 있는데, 미요가 네
무리가 먹을 밥을 짓는 것 외에 반찬은 무리별로 각각
따로 준비하고 식사도 따로 했다. 이런 기묘한 관습은
야키치의 이기주의에서 비롯된 것으로, 그는 다른 두 가
족에겐 매달 생활비를 정해서 주고 그 범위 내에서 꾸
려가도록 했지만, 자신만은 그렇게 쪼들린 밥상을 받아
야 할 이유가 없다고 생각했다. 료스케가 죽고 난 후 의
지할 곳 없는 에쓰코를 불러들인 것은 그저 그녀의 요
리 솜씨를 기대해서였다. 그만큼 단순한 동기에 지나지
않았다.

야키치는 수확한 과일과 채소 중 가장 좋은 것들만

챙기고, 나머지를 다른 가족들에게 나눠주었다. 밤 중에서도 가장 맛있는 산밤나무 열매는 야키치만이 가질 권리가 있었다. 다른 가족은 안 되었다. 오직 에쓰코만 야키치의 몫을 얻을 수 있었다.

이런 엄청난 특권을 에쓰코에게 주기로 결심했을 때, 이미 야키치의 마음속에서는 어떤 속셈이 작용했는지도 모른다. 최상급 밤, 최상급 포도, 최상급 단감, 최상급 딸기, 최상급 백도를 나눠먹을 권리는 야키치에겐 어떤 대가를 치르고도 남을 만큼 가치 있는 것이었다.

에쓰코가 얻은 이 특권은 다른 두 식구에게 질투와 부러움의 대상이 되었고, 그 질투와 선망은 금세 악의적인 억측을 낳았다. 그리고 그럴듯한 뒷담화는 일종의 암시를 던져 야키치의 행동을 좌우하는 것처럼 보이기도 했다. 그러나 돌아가는 사태를 보아하니 추측으로 끝날 것 같지 않은 것이다. 오히려 그 억측을 만들어낸 당사자조차 믿기 힘들어했다.

남편을 잃은 지 1년도 채 안 된 여자가 무슨 생각으로 시아버지에게 몸을 의탁했을까. 아직 젊고 재혼도 충분히 생각해 볼 수 있는 사람이 무슨 이유로 자신의 반평생을 묻어버리는 선택을 했을까. 저런 육십 고개를 넘은 노인이 뭐가 좋다고 몸을 맡겼을까. 친척 하나 없는 여자라는데, 요즘 유행하는 말로 단지 '먹고살기 위해서'였을까?

온갖 억측이 에쓰코 주변에 또다시 호기심을 자극하는 울타리를 쳤다. 에쓰코는 이 울타리 속에서 지루한 듯 무표정하게, 남의 눈을 의식하지 않아 자유롭지만 단정치 못하게, 온종일 이리저리 돌아다니는 한 마리의 날지 못하는 새와 같았다.

겐스케와 아내 치에코는 2층 거실에서 저녁을 먹고 있었다. 견유학파[1] 사상을 소유한 남편의 냉소적인 태도에 매력을 느끼고 결혼한 치에코는, 그 동기 자체에 자유자재로 벗어날 수 있는 탈출구가 마련되어 있기에 겐스케의 지나친 무능함과 무위도식을 보고도 결혼생활에 환멸을 느끼지 않고 지금까지 살아올 수 있었다. 나이에 걸맞지 않은 이 문학청년과 문학소녀는 '세상에서 가장 어리석은 일은 결혼이다'라는 신념 아래 결혼을 한 것이었다. 그런데도 두 사람은 여전히 2층 창가에 나란히 앉아 사이좋게 보들레르의 산문시를 낭송하곤 한다.

"아버지도 참 딱하셔. 그 나이에도 고생거리가 끊이지 않는군." 겐스케가 말했다. "아까 에쓰코 씨 방 앞을 지나다 보니까 아무도 없을 텐데 불이 켜져 있더라고. 슬쩍 들어가 봤더니, 아버지가 일기를 정신없이 훔쳐보고 있지 뭐야. 내가 뒤에 있는 것도 모를 정도로 몰입해서 읽고 있더라고. 아버지, 하고 부르니까 얼마나 깜짝 놀라시던지. 그러고는 바로 근엄한 얼굴로 돌아와 나를 매섭게 노려봤어. 그런 무서운 표정은 오랜만이었지. 어릴 때 아버지가 무서워서 쳐다볼 수도 없었거든. 아버지가

---

1 행복은 외적인 조건에 좌우되는 것이 아니라고 보고, 자신의 본성에 따라 자연스럽게 생활을 영위하는 것을 이상으로 삼은 철학 학파.

일기장 본 걸 에쓰코 씨한테 말하는 날엔 우리 부부를 이 집에서 내쫓아 버리겠대."

"아버님은 뭐가 걱정돼서 일기까지 보셨을까?"

"요즘 들어 에쓰코 씨가 왠지 모르게 불안정해 보이는 게 신경 쓰였나 보지. 그래도 에쓰코 씨가 사부로를 좋아한다는 건 아직 눈치채지 못했을걸. 내가 짐작한 게 맞는다면, 영리한 여자니까 일기 따위에 허점을 드러내진 않았을 거야."

"사부로라니, 설마! 하지만 당신, 눈썰미 하나는 탁월하잖아. 에쓰코 씨도 참 솔직하지 못한 사람이네. 마음속 이야기를 다 털어놓고 하고 싶은 대로 하면 우리도 응원할 테고, 스스로도 편해질 텐데 말이야."

"그게 말처럼 쉽지 않다는 게 재미있는 지점이지. 아버지도 에쓰코 씨가 오고 나서 고집이 좀 꺾인 것 같지 않아?"

"아버님이 의기소침해지신 건 농지개혁 이후부터였어."

"그러고 보니 그럴지도 모르겠군. 아버지는 소작농의 자식이었으니, 당신이 '땅을 소유하고 있다'는 사실을 의식하고 나서부터 마치 일개 군인이 하사관이라도 된 것처럼 위세를 부렸지. 땅이 없는 사람이 땅을 가지려면 그게 누구든 기선회사에서 30년을 근무하고 사장까지 되어야 한다는 이상한 처세론을 만들어내기도 했고. 그 과정을 최대한 힘든 고난의 길로 치장하고 꾸며내는 게 아버지의 취미였으니까. 전쟁 중에도 아버지의 기세는 대단했어. 주식으로 한몫 잡은 옛 친구 이야기라도 하듯이 도조 히데키[1]에 관해서 이러쿵저러쿵 소문을 퍼뜨리곤 했는데, 우체국 직원이었던 나도 경외심을 갖고 들었던 기억이 나. 그야 아버지는 부재지주가 아니었으니 종전 후에 농지개혁[2]으로 입은 손실이 크진 않았지만, 소작농인 오쿠라 같은 녀석이 헐값으로 토지를 매입해서 땅 주인이 된 게 무엇보다 큰 타격이었겠지. 이럴 줄 알았으면 60년이나 고생하지 않았을 거라는 게 그때 이후로 아버지 입버릇이 됐어. 쉽게 땅 주인이 되는 놈들이 우후죽순처럼 생겨나니, 아버지의 존재 이유가 사라진 것처럼 느껴지는 거야. 아버지도 좀 감성적인 면이 있는지 본인이 시대의 희생양이라고 생각하는 것 같아. 가장 의기소침했던 시기에 전범 체포령이라도 내려져서 스가모 형무소에 끌려갔다면, 혹시 젊음을 되찾았을지도 모르지만."

"어쨌든 에쓰코 씨는 아버님의 억압적인 성향을 거의 모르니 행복한 거야. 음울한 면과 밝은 면을 동시에 가지고 있는 사람이긴 하지만, 사부로 일은 별개로 치더라도 남편의 삼년상이 끝나기도 전에 시아버지의 애인이 되다니, 아무리 생각해도 이해할 수 없는 일이야."

---

1 東條英機(1884~1948). 일본 군인이자 정치인으로 일본의 군국주의를 주도했으며 제2차 세계대전 당시 태평양전쟁을 일으켰다.

2 전후 일본의 농지개혁은 지주가 소유한 토지를 소작농에게 배분하도록 했다. 이때 자신의 토지를 직접 관리하는 지주는 일정 면적까지 토지를 소유할 수 있도록 하고, 부재지주(지주가 토지를 직접 관리하지 않거나 그곳에 살지 않는 지주)의 농지는 전부 몰수했다.

"아니, 의외로 단순하고 여린 사람일 수 있어. 바람을 거스르지 않는 버드나무 같은 여자인 거야. 맹목적인 정절을 지키다 보니 어느새 상대가 바뀐 걸 눈치채지 못하는 거지. 먼지 섞인 바람에 날리면서 남편인 줄 알고 붙잡았는데, 알고 보니 다른 사람이었던 거고."

겐스케는 불가지론과는 거리가 먼 회의주의자이며, 인생에 대해 지극히 투명한 견해를 가지고 있다고 자부하는 사람이었다.

……밤이 되어도 세 가족은 서로를 멀리하며 지냈다. 아사코는 늘 아이들에게 매여 있다. 아이들을 재우다가 같이 잠들어 버리는 게 일상이었다.

겐스케 부부는 2층에서 내려오지 않는다. 2층 유리창 너머로 완만한 언덕이 멀리 보이고, 그 위로 공영주택의 불빛이 모래처럼 흩뿌려져 있다. 이 주변은 모두 어두운 바다 같은 논밭이라, 언덕 위의 그 불빛이 마치 섬마을의 해변을 따라 반짝이는 것처럼 보인다. 그 마을은 왠지 장엄한 활기가 끊이지 않을 것 같다. 불빛 아래에서 조용한 종교 모임을 가지며 황홀경에 빠져 있는 사람들이 상상되기도 하고, 그 불빛 아래에서 아주 오랜 시간 동안 치밀하게 진행되는 살인극이 그려지기도 한다. 그곳에는 여기보다 더 단조롭고 더 초라한 삶밖에 없다는 것을 분명히 알고 있는데도 말이다. 공영주택을 이런 불빛의 집합체로 볼 수 있었다면, 에쓰코의 마음이 혐오로 뭉개지는 일은 없었으리라. 그 수많은 불빛은 마치 반짝이는 날벌레 떼가 썩은 나무에 모여 가만히 날개를 쉬고 있는 모습처럼 보이기도 했다.

가끔씩 한큐 전철의 기적 소리가 어둠이 내린 시골 마을에 메아리친다. 밤이 되어 흉포한 울음소리를 내며 자신의 둥지로 돌아가는 수십 마리의 날렵한 새가 한꺼번에 지나가는 것처럼 느껴진다. 날개 치는 기적 소리가 밤을 깨운다. 그 소리에 놀라서 고개를 들면, 들리지 않는 먼 번개의 섬광이 밤하늘 한구석에 감청색을 칠하고 사라지는 것도 이 계절이다.

저녁 식사 후 잠자리에 들 때까지 에쓰코와 야키치가 있는 방을 찾는 사람은 아무도 없다. 예전에는 겐스케가 내려와서 시간을 때우곤 했고, 아사코가 아이들을 데리고 오기도 했다. 모두 모여 떠들썩하게 밤을 보낸 적도 많았다. 그러나 점차 야키치의 얼굴에 굳은 표정이 노골적으로 드러나자 모두의 발길이 뜸해졌다. 야키치는 에쓰코와 단둘만의 시간을 방해받고 싶지 않았던 것이다.

그렇다고 그 시간에 뭔가를 하는 건 아니었다. 바둑을 두며 밤을 보내는 경우도 가끔 있었다. 에쓰코는 야키치에게 바둑을 배웠다. 야키치가 젊은 여자에게 자신을 과시하며 가르칠 수 있는 재주라곤 이것밖에 없었다. 오늘 밤에도 두 사람은 바둑판을 사이에 두고 앉았다.

손톱에 닿는 바둑돌의 메마른 무게감이 좋아서 에쓰코의 손가락은 끊임없이 바둑통 안을 뒤적거렸지만, 그녀의 눈은 마치 홀린 듯이 바둑판 위를 떠나지 않았다. 남이 보면 대단한 열정이라고 생각할지 모르지만, 그녀는 바둑판 위에서 검은 선이 교차하는, 아무 의미 없는 이 정확성에 매료되었을 뿐이다. 야키치도 에쓰코의 열정이 바둑을 향한 것인지 의심할 때가 있다. 그는 자기 눈앞에서 조심성 없이 부끄러워하지도 않고 어떠한 쾌락에 정신이 팔려 있는 한 여자의 살짝 벌어진 입술을, 약간은 창백하게 느껴질 정도로 새하얗고 뾰족한 이를 보았다.

그녀의 바둑돌은 이따금 크게 소리 내어 바둑판을 때렸다. 마치 무언가를 두드려 패듯이. 마치 덤벼드는 사냥개를 때려잡는 것처럼……. 그럴 때면 야키치는 미심쩍은 듯 며느리의 얼굴을 훔쳐보면서 타이르듯 온화하게 바둑돌을 놓았다.

"기세가 대단하군. 마치 미야모토 무사시와 사사키 고지로의 간류지마 결투 같구나."

에쓰코의 등 뒤로 복도를 밟는 묵직한 발소리가 들린다. 여자의 발소리처럼 가볍지도 않고, 중년 남자의 발소리처럼 침울하지도 않다. 발바닥에 젊음의 뜨거운 무게가 실려 있어, 이 어두운 밤 복도의 판자가 삐걱거리는 소리를 마치 신음처럼 들리게 했다.

바둑돌을 놓는 에쓰코의 손가락이 멈췄다. 바둑돌이 그녀의 손가락을 간신히 떠받치고 있다는 표현이 더 적절할 것이다. 자기도 모르게 떨리는 손가락을 바둑돌에 단단히 묶어 고정시켜야 했다. 그러기 위해 에쓰코는 장고하는 척했다. 하지만 그럴 정도로 어려운 국면이 아닌 게 문제였다. 시아버지가 이 어울리지 않는 장고를 의심하게 만들면 안 되었다.

　문이 열리고 사부로가 무릎을 꿇은 채로 얼굴만 들이밀고 이렇게 말하는 것을 에쓰코는 들었다.

　"평안히 주무십시오."

　"응."

　야키치는 고개를 숙인 채 바둑돌을 놓으면서 대답했다. 에쓰코는 고집스럽고 투박하고 늙고 추한 그의 손가락을 응시하고 있다. 사부로에게 대답도 하지 않는다. 문 쪽을 돌아보지도 않는다. 문이 닫혔다. 발소리가 미요의 방과 반대 방향에 있는 서향의 3첩 다다미방 쪽으로 사라졌다.

2장

개 짖는 소리는 시골의 밤을 끔찍하게 만든다. 뒤편 창고에 세터 종인 노견 마기가 묶여 있다. 가끔 들개 무리가 과수원으로 이어지는 성긴 숲속을 지나가곤 한다. 마기는 귀를 쫑긋 세우고 자신의 고독을 호소하듯 길고 무시무시한 울부짖음을 내뱉는다. 조릿대 숲에서 부스럭거리던 들개가 멈춰 서서 이에 화답한다. 귀가 밝은 에쓰코는 잠에서 깨어난다.

잠든 지 겨우 한 시간 지났을 뿐이다. 아침이 오려면 아직 의무 같은 긴 잠이 필요했다. 에쓰코는 내일로 이어갈 희망을 찾으려 한다. 아주 작은, 평범한 희망이라도 좋았다. 사람은 그것이 없으면 내일을 향해 살아갈수 없다. 내일 해야 할 바느질거리, 내일 떠나기로 한 여행 티켓 한 장, 내일 마시려고 병에 남겨둔 술 한 모금,

이런 것들을 사람들은 내일에 양보한다. 그럼으로써 새벽을 맞이할 수 있게 된다. 에쓰코는 무엇을 양보할까? 그래, 그녀는 두 켤레의 양말을, 남색 한 켤레, 갈색 한 켤레를 기꺼이 내일을 위해 남긴다. 그 두 켤레의 양말을 사부로에게 건네는 것이 에쓰코에게는 내일의 전부다. 에쓰코는 신실한 여인답게, 이 희망이 갖고 있는 텅 비고 깨끗한 의미를 찾아냈다. 그녀는 이 두 개의 가느다란 밧줄, 남색과 갈색의 가느다란 밧줄에 매달려, 무엇인지 알 수 없는, 부풀어 오르고, 어둡고, 암울한 기구氣球 같은 '내일'에 매달려 어디로 가려고 하는지는 생각하지 않는다. 생각하지 않는 것이 에쓰코의 행복의 근거이자 생존의 이유였다.

에쓰코의 온몸은 여전히 야키치의 고집스럽고 울퉁불퉁하고 건조한 손가락의 감촉에 휩싸여 있다. 그것은 한두 시간의 수면으로 지워지지 않는다. 해골의 애무를 받은 여자는 더 이상 그 애무에서 벗어날 수 없다. 에쓰코의 온몸에는 나비가 벗으려는 번데기 껍질보다 더 얇은, 어떤 보이지 않는 물감을 칠한 것처럼 피부 위에 가상의 피부가 얹힌 듯 축축하고 투명한 감촉이 남아 있다. 몸을 움직이면 어둠 속에서 피부가 온통 갈라지는 모습이 눈에 보이는 듯했다.

에쓰코는 어둠에 점점 익숙해진 눈으로 주위를 둘러보았다. 야키치는 코를 골지도 않는다. 털 뽑힌 새 같은 그의 목덜미가 희미하게 보인다. 선반 위 시계가 째깍째깍 우는 소리, 마루 밑에서 들려오는 귀뚜라미 소리가 이 밤에게 이 세상다운 윤곽을 부여하고 있다. 그렇지 않다면 이 밤은 더 이상 이 세상의 것이 아니다. 에쓰코를 짓누르고, 에쓰코를 겨울 하늘로 내몰린 파리처럼 얼어붙게 만드는 공포에 빠뜨리고도 돌아보지 않는 밤은.

에쓰코는 간신히 고개를 살짝 들었다. 장식장 문짝의 자개가 푸르스름하게 빛나고 있었다.

……그녀는 눈꺼풀이 내려앉을 정도로 눈을 감았다. 기억이 되살아난다. 불과 반년 전의 일이다. 이 집에 온 지 얼마 되지 않았을 때, 마을 사람들은 혼자 산책만 다니던 에쓰코를 별난 여자라고 했다. 그래도 상관하지 않고 혼자 걸어 다녔다. 이 무렵부터 그녀의 임산부 같은 걸음걸이가 사람들 눈에 띄었다. 그녀를 보는 사람마다 타락한 과거를 가진 여자라고 단정 지었다.

햣토리 공원묘지는 스기모토 소유의 땅 한구석에서 개울 건너로 그 모습이 대충 보였다. 히간[1] 때가 아니면 참배하러 오는 사람은 극히 적다. 오후가 되면 광활한 묘지 언덕에 무수히 늘어선 하얀 묘비들 하나하나가 옆으로 예쁜 그림자를 드리운다. 나지막한 숲으로 둘러싸인 울퉁불퉁한 묘지의 풍경이 깨끗하고 정결하다. 때로는 화강암 무덤 중 하나가 햇살에 반사되어 하얀 석영이 반짝이는 광경이 멀리서 보이기도 했다.

에쓰코는 특히 이 묘지 위에 펼쳐진 넓은 하늘과 묘지를 가로지르는 넓은 산책로의 고요함을 좋아했다. 이

---

1 선조를 공경하여 돌아가신 분들을 추모하는 날로서, 춘분과 추분을 사이에 두고 앞뒤로 3일씩 총 7일간을 가리킨다.

새하얗고 화사한 고요함은 풀 냄새와 새싹이 돋아나는 나무 냄새와 어우러져 그녀의 영혼을 평소보다 더 적나라하게 드러냈다.

나물 캐는 계절이다. 에쓰코는 시냇가를 걸으며 쑥부쟁이와 뱀밥을 따서 소맷자락에 넣었다. 개울물이 한 군데 넘쳐나 풀숲을 범했다. 그곳에 미나리가 있었다. 개울은 다리 하나를 지나, 오사카에서 묘지 입구까지 이어지는 콘크리트 도로의 끝자락을 가로지른다. 에쓰코는 공원묘지 입구의 원형 잔디밭을 돌아 평소에 늘 다니는 산책로로 향했다. 자신에게 이런 한가한 시간이 주어졌다는 사실이 신기하게 여겨졌다. 이 한가로움은 일종의 집행유예 같은 것이 아닐까.

에쓰코는 캐치볼을 하는 아이들 옆을 지나쳤다. 조금 더 가면 개울가 울타리 사이로 아직 묘비가 세워지지 않은 풀밭이 나온다. 거기에 앉으려던 순간, 한 소년이 드러누운 채 얼굴 위로 책을 들고 열중해서 읽는 모습을 보았다. 사부로였다. 그는 사람 그림자가 얼굴을 가리는 것을 느끼고 상체를 벌떡 일으키며,

"아, 마님."

하고 중얼거렸다.

그때 에쓰코의 소맷자락에서 흘러내린 쑥부쟁이와 뱀밥이 그의 얼굴 위로 우수수 떨어졌다.

이때 사부로의 얼굴에 나타난 순간적인 표정 변화가 에쓰코에게 방정식이 선명하게 풀릴 때처럼 시원하고 명료한 기쁨을 선사했다. 그는 처음엔 자기 얼굴에 풀이

쏟아진 것이 에쓰코의 장난이라고 생각했다. 그래서 일부러 호들갑을 떨며 몸을 피했다. 그다음 순간 에쓰코의 표정에서 우연히 일어난 사건이었을 뿐 장난이 아니라는 것을 간파했다. 미안한 듯 그의 눈빛이 순식간에 진지하게 바뀌었다. 그는 몸을 일으켰다. 그리고 네 발로 기는 자세로 에쓰코를 도와 떨어진 쑥부쟁이를 줍기 시작했다.

'그리고 내가 이렇게 물었지.' 하고 에쓰코는 회상했다.

"뭐 하고 있었어?"

"책을 읽고 있었습니다."

그는 얼굴을 붉히며, 읽고 있던 야담집을 내밀어 보여주었다. '습니다'라는 말투를, 그때 에쓰코는 군대식 말투라고 생각했다. 그러나 올해 열여덟인 그가 군대에 갔다 왔을 리가 없다. 히로시마 출신인 사부로는 표준어를 흉내 내어 '습니다'라고 말을 끝맺었을 뿐이었다.

그리고 사부로는 묻지도 않았는데, 빵 배급을 받으러 마을에 갔다가 바로 집으로 가지 않고 꾀를 부리며 놀다가 마님한테 들킨 거라고 털어놨다. 이 고백에는 변명보다 애교가 묻어 있었다. 아무한테도 안 이를게, 라고 에쓰코가 말했다.

그녀는 히로시마 원폭 피해에 대해 물었던 것으로 기억한다. 본가가 히로시마에서 멀리 떨어져 있어 피해는 없었지만, 친척 중에 일가족이 몰살된 집도 있다는 대답이 돌아왔다. 그것으로 대화가 끊겼다. 끊겼다기보다, 사부로가 에쓰코에게 뭔가 물어보려다가 입을 다물었다.

'사부로를 처음 봤을 때 스무 살은 되어 보였던 것 같다. 공원묘지 풀밭에서 이렇게 누워 있는 그를 만났을 때, 몇 살로 보였는지는 기억이 나지 않는다. 다만 아직 봄인데도 그는 여기저기 기운 흔적이 있는 면 와이셔츠의 가슴을 풀어헤치고 팔도 걷어붙이고 있었다. 어쩌면 소매가 심하게 해진 것이 신경 쓰였는지도 모른다. 그의 팔은 도시 남자라면 스물다섯은 돼야 가질 수 있을 법한 근사한 팔이었다. 그리고 이날 햇볕에 그을린 성숙한 팔에는 스스로 그 성숙함을 부끄러워하듯 금빛 솜털이 빽빽이 돋아나 있었다.'

……에쓰코는 무심코 책망하는 듯한 눈빛으로 그를 바라보았다. 그런 눈빛은 에쓰코에게 어울리지 않았지만, 그럴 수밖에 없었다. 그가 눈치챘을까? 그럴 리 없다. 그는 그저 성가신 주인의 집에 얹혀살러 온 또 한 사람의 성가신 부인이라는 존재로서 의식했을 뿐이다. 그의 목소리! 약간 콧소리가 섞였는데, 우울하면서도 어린아이 같은 그 목소리. 과묵한 성격 탓에 한 마디 한 마디를 뜯어내듯 뱉어내는 그 말. 그 말이 가진 야생의 순박한 열매와도 같은 무게감…….

그런데 다음 날 그를 보았을 때, 에쓰코는 어느새 아무런 감정 없이 그를 대할 수 있었다. 책망하는 눈빛이 아니라 미소를 지으면서.

그렇다……. 아무 일도 일어나지 않았다. 이곳에 온 지 한 달 정도 지난 어느 날, 야키치가 에쓰코에게 농사일을 할 때 입는 헌옷과 바지를 수선해 달라고 부탁했다. 야키치가 재촉하는 바람에 바느질은 그날 밤늦도록 이어졌다. 밤 한 시경, 이미 자고 있어야 할 야키치가 에쓰코의 방으로 들어왔다. 그리고 그녀의 열성을 칭찬하며 수선이 끝난 옷을 걸쳐 보고는 잠시 아무 말 없이 파이프 담배를 피웠다……

"요즘 잠은 잘 자니?"

야키치가 물었다.

"네, 도쿄와 달리 아주 조용해서……."

"거짓말을 하는구나."

야키치가 거듭 말했다. 에쓰코는 솔직하게 대답했다.

"사실 요즘 잠을 못 자서 고민이에요. 아마 너무 조용해서, 너무 조용해서 그런 것 같아요."

"그러면 안 되지. 내가 부르지 말았어야 했는데."

야키치는 에쓰코의 푸념에 책임 있는 자의 쓸쓸함을 담아 대답했다.

에쓰코가 야키치의 부름을 받고 마이덴 마을에 오기로 결심했을 때, 이미 그녀는 이런 밤이 오리라는 것을 예상하고 있었다. 오히려 바라고 있었다. 에쓰코는 남편의 사망과 동시에 인도의 과부처럼 순교를 결심했다. 그녀가 상상한 순교는 기괴한 것이었다. 남편에게 목숨을 바치는 것이 아니라 남편을 향한 질투에 목숨을 바치는 순교였다. 게다가 그녀가 원한 것은 평범한 죽음이 아니라 시간이 가장 많이 걸리는 무척 느린 죽음이었다. 질투심 많은 에쓰코는 결코 질투를 느낄 염려가 없는 대상을 원했던 것일까? 썩은 고기를 찾는 이 허망한 욕망의 이면에 여전히 생동감 넘치는 독점욕이 꿈틀거리고 있었던 것일까? 목적 없는 탐욕이.

남편의 죽음…… 가을이 끝나가던 어느 날, 격리병원 뒷문에 세워져 있던 영구차가 지금도 눈에 선하다…… 인부가 관을 메고 일어난다. 향과 곰팡이와 또 다른 죽음의 냄새가 나는 눅눅한 지하 영안실, 먼지가 쌓여 재색으로 얼룩진 음산한 몸짓의 하얀 연꽃 조화, 밤새 이어질 통곡을 위한 축축한 다다미, 시신을 실어 나르는 낡은 인조가죽 침대…… 위패가 차례로 교체되는, 마치 대기실 같은 불단이 있는 그 영안실에서 인부가 관을 메고 일어나 경사가 완만한 콘크리트 언덕을 오른다. 어느 인부의 군화가 콘크리트 위에서 이를 갈듯 삐걱거리는 구두 징 소리를 낸다. 뒤쪽으로 나가는 문이 열린다……

그때 쏟아져 들어온 햇살만큼 감동적인 빛을 에쓰코는 알지 못한다.

11월 초의 그 범람하는 햇빛, 사방으로 넘쳐흐르는 투명한 샘물 같은 햇빛. 격리병원의 뒷문은 전쟁으로 불타버린 평평한 분지 마을로 향하고 있다. 말라죽은 풀로 뒤덮인 주오선 철길 제방이 그 너머로 비스듬히 뻗어 있다. 마을의 절반은 새로 지은 목조 주택과 아직 건축 중인 집들로 채워져 있고, 나머지 절반은 여전히 풀과 잔해와 쓰레기로 뒤덮인 불탄 흔적이다. 11월의 햇살이 이 마을을 지배하고 있었다. 그 사이를 가로지르는 밝은 3차선도로를 자전거 핸들이 반짝이며 달린다. 그뿐만이 아니었다. 불에 탄 쓰레기 더미 속에서 맥주병 파편 같은 것들이 눈부시게 빛나고 있었다. 이 빛들이 관과 그 뒤를 따르는 에쓰코 위로 마치 폭포수처럼 한꺼번에 쏟아져 내렸다.

영구차가 시동을 걸었다. 에쓰코는 관을 따라 장막을 내린 차 안으로 올라탔다.

화장터까지 가는 동안 그녀가 생각한 것은 이제 질투도 죽음도 아니었다. 조금 전 자신을 덮친 수많은 빛만 생각했다. 상복 무릎 위에서 가을꽃을 고쳐 들었다. 국화가 있다. 싸리꽃이 있다. 도라지꽃이 있다. 밤샘의 피로에 지친 코스모스가 있다. 에쓰코는 무슨 꽃인지 모를 노란 꽃가루로 상복 무릎이 더러워지도록 내버려두었다.

그 빛을 받았을 때 그녀는 무엇을 느꼈을까? 해방일까? 질투로부터, 잠 못 이룬 또 다른 밤으로부터, 갑작스러운 남편의 열병으로부터, 격리병원으로부터, 무시무시한 심야의 헛소리로부터, 악취로부터, 죽음으로부터.

에쓰코는 그 엄청난 빛이 지상에 존재한다는 사실에 여전히 질투를 느꼈던 것일까? 질투에 대한 것이야말로 유일하게 오래도록 이어져온 감동의 습관이었기 때문에? 해방의 감정은 해방 그 자체마저도 부정할 정도로 신선한 감정일 것이다. 우리 안에 있던 사자는 밖으로 나가는 순간, 원래 야생에 있던 사자보다 더 넓은 세상을 소유하게 된다. 갇혀 있는 동안 그에게는 두 개의 세계만 존재했다. 우리 안의 세계와 우리 밖의 세계. 그는 풀려난다. 두려움에 떠는 사람을 해치고, 또 잡아먹는다. 그는 불만이다. 우리 안도 아니고 우리 밖도 아닌 제3의 세계가 존재하지 않는다는 사실이⋯⋯. 그러나 에쓰코의 마음은 이런 것들과는 인연이 없다. 그녀의 영혼은 긍정하는 것밖에 모른다⋯⋯.

격리병원 뒷문에서 에쓰코에게 쏟아진 빛은 하늘의 엄청난 낭비였다. 어쩔 수 없이 이 지상에 넘쳐나는 것일 뿐. 그녀는 영구차 안의 어둠이 더 좋았다. 차의 흔들림에 따라 남편의 관 안에서 달가닥달가닥 뭔가 움직이는 것이 있었다. 관에 넣은 남편의 파이프가 안쪽에서 부딪히는 소리일까? 뭔가로 감싸서 넣었으면 좋았을 텐데. 에쓰코는 관을 싼 하얀 천 위로 그 소리가 나는 부분에 손을 댔다. 그러자 파이프가 숨을 죽인 듯 소리를 멈췄다.

이윽고 먼저 도착한 다른 영구차가 속도를 줄이며 거대한 용광로 같은 건물과 휴게소로 둘러싸인 살풍경한 콘크리트 광장으로 들어서는 것을 보았다. 화장터였다.

에쓰코는 그때 이런 생각을 했던 것으로 기억한다.

'나는 남편을 태우러 가는 게 아니다. 나의 질투를 불태우러 가는 것이다.'

⋯⋯남편의 시체를 태웠다고 해서 그녀의 질투를 불태웠다고 할 수 있을까? 질투는 오히려 남편으로부터 옮은 병독과 같은 것이었다. 그것은 살을 범하고, 신경을 범하고, 뼈를 범했다. 질투를 태우려면 그녀 자신도 관을 따라 그 용광로 같은 건물 깊숙이 걸어 들어갈 수

밖에 없다.

발병하기 전 사흘 동안 남편은 집에 들어오지 않았다. 회사에는 나갔다. 여자 문제로 회사를 빼먹을 료스케가 아니었다. 그저 에쓰코가 기다리는 집으로 돌아가는 것이 견디기 힘들었을 뿐이다. 에쓰코는 하루에 다섯 번씩이나 동네 공중전화 앞까지 가서 망설였다. 회사에 전화를 걸면 그는 반드시 전화를 받았고, 전화기 너머로는 절대 거친 말을 쓰지 않았다. 오히려 그의 부드럽고 달콤한 고양이 같은 변명, 일부러 오사카 사투리를 섞어 애교스럽게, 담뱃불을 재떨이에 정성스레 비벼 끄는 동작을 떠올리게 하는 그 변명이 에쓰코의 고통을 더 가중시켰던 게 아닐까? 차라리 료스케의 입에서 나오는 거친 욕을 듣고 싶었다. 그런 욕설이 금방이라도 튀어나올 것 같은 거구의 남자인데, 료스케는 어차피 깨뜨릴 게 뻔한 약속을 부드러운 목소리로 되풀이했다. 에쓰코는 저항할 수 없었다. 또다시 그런 목소리를 들을 바엔 차라리 전화를 걸지 않고 참는 편이 나았다.

"……전화로 얘기하긴 좀 그런데, 어젯밤에 긴자에서 옛날 친구들을 만났거든. 가자고 해서 갔다가 마작 판이 벌어진 거야. 산업통상부 관료인데 소홀히 할 수 없는 친구라서 말이지……. 응? 오늘은 들어갈 거야. 퇴근하면 바로 갈게……. 그런데 쌓인 일이 많아서. 저녁 준비? 아아, 나는 괜찮아. 준비해도 되고 안 해도 되고……. 당신 마음대로 해……. 먹고 가도 집에서 또 먹으면 되지 뭐……. 이제 끊어야겠다. 옆에서 가와지 군이 부러워 죽겠다는 표정이라……. 응, 알지. 알지……. 이따 연락할게……."

허세가 심한 료스케는 여전히 동료들 사이에서 평범한 행복을 가장했다. 에쓰코는 기다린다. 계속 기다린다. 그는 들어오지 않는다. 어쩌다 집에 들어온 날 밤, 에쓰코가 단 한 번이라도 그를 붙잡고 비난한 적이 있었던가. 그녀는 슬픈 눈으로 남편을 올려다볼 뿐이었다. 이 암캐 같은 눈, 말없이 슬픈 그 눈이 료스케를 더 화나게 했다. 아내가 기다리고 있다는 것, 그녀의 손이 마치 거지가 구걸하는 손 같고 그녀의 눈이 거지의 눈을 닮았다고 느껴질 정도로 아내가 기다리고 있다는 것……. 그 것이 료스케로 하여금 삶의 모든 디테일을 벗겨내고 추악한 골격만 남은 부부관계의 삭막함과 공포를 느끼게 했다. 그는 듬직한, 아니 둔탁한 등을 돌리고 잠든 척했다. 어느 여름 밤, 료스케는 자기 몸에 아내가 입술을 대자 뺨을 때렸다. "부끄러운 줄 알아!"라고 잠꼬대처럼 중얼거리고는 혀를 차며 때린 것이다. 자기 몸에 붙은 모기를 잡듯이, 아무런 감정 없이.

그해 여름 무렵부터였다. 남편이 에쓰코의 질투를 부추기며 즐기게 된 것은.

못 보던 넥타이가 늘었다. 어느 날 아침, 남편이 거울 앞으로 아내를 불러 넥타이를 매달라고 했다. 에쓰코는 기쁨과 불안에 휩싸인 채, 손가락이 떨려 제대로 매주지 못했다. 가까스로 넥타이를 매자마자 료스케는 불쾌하다는 듯 얼른 몸을 떼고 이렇게 말했다.

"넥타이 어때, 무늬 괜찮지?"

"어머, 처음 보는 거네. 샀어요?"

"뭐야, 그 표정은. 알고 있었으면서."

"……잘 어울려요."

"그럼, 잘 어울리지."

료스케의 책상 서랍에 마치 보란 듯이 들어 있던 그 여자의 손수건. 흠뻑 스며든 싸구려 향수. 그리고 더욱 혐오스러운 것들. 그것들이 집 안에서 풍기는 부추 냄새 같은 악취……. 책상 위에 늘어놓은 여자 사진을 에쓰코가 성냥불로 한 장 한 장 태워버렸다. 그건 남편도 예상했던 행동이었다. 남편이 돌아와 사진을 어떻게 했느냐고 물었다. 에쓰코는 한 손에 비소제를, 다른 한 손에는 물을 채운 컵을 들고 서 있었다. 그는 에쓰코가 마시려고 손에 든 약품을 낚아채서 던져버렸다. 에쓰코는 그 충격으로 거울 위에 쓰러져 이마를 벴다.

그날 밤 남편의 애무가 얼마나 격렬했던가! 그 변덕스러운, 단 하룻밤의 폭풍! 그 모멸적인 행복의 초상화!

……에쓰코가 두 번째 음독을 결심한 날 밤, 남편이 돌아왔다……. 그리고 이틀 후 발병……. 2주 만에 사망했다.

"머리가 아파. 머리가 너무 아파서 견딜 수가 없어."

료스케가 현관에서 들어오지도 않고 이렇게 말했다. 에쓰코는 남편이 자신의 음독 결심을 방해하고 괴롭히기 위해 돌아온 것이라고 생각했다. 평소 같으면 스스로에게 화가 날 만큼 남편의 귀가가 기뻤을 텐데, 이날 밤

은 그렇지 않았다. 그녀는 서늘한 마음으로 문에 손을
얹은 채, 어두운 현관에 주저앉아 움직이지 않는 남편을
내려다보는 자신을 자랑스럽게 여겼다. 죽음을 미끼로
삼아 간신히 얻어낸 자부심인데, 어느새 그 죽음이 마음
에서 가뿐히 날아가 버린 것도 모른 채.

"술 드셨어요?"

료스케는 고개를 저으며 아내를 흘끗 쳐다보았다. 료
스케는 알아채지 못했다. 그때 아내를 올려다본 그의
눈에서 항상 그가 혐오감을 담은 채로만 보아왔던 아내
의 그 개 같은 시선이 흘러나오고 있었다. 그 뜨겁게 갈
망하는 흐릿한 눈빛, 가축이 자신의 몸에 생긴 병을 이
해하지 못하고 당황하면서 호소하듯 주인을 올려다보
는 그 눈빛, 료스케는 아마도 자신의 내부에서 처음으
로 이해하기 어려운 무언가가 생겨나고 있다는 불안감
을 느꼈을 것이다. 그것은 병이었지만, 병은 그것만이
아니었다.

……그 후 16일 동안은 에쓰코에게 가장 행복했던 짧
은 기간이었다……. 신혼여행과 남편의 죽음, 짧지만 행
복했던 기간이라는 점에서 이 둘은 얼마나 닮았는지. 에
쓰코는 남편과 함께 죽음의 땅으로 여행을 떠난 것이다.
신혼여행과 마찬가지로 이 여행은 몸과 마음의 극심한
혹사와 지칠 줄 모르는 욕망, 고통과 함께였다……. 고
열에 시달리며 가슴을 드러낸 채 누워 있는 남편은 죽
음의 능숙한 기교에 속수무책으로 당하며 마치 새색시
처럼 신음했다. 뇌까지 점령된 마지막 며칠간은 체조하

듯 갑자기 상체를 일으키고 마른 혀를 내밀며, 잇몸에서 흘러나온 피로 얼룩진 누런 앞니를 드러내고 큰 소리로 웃어댔다……. 아타미 호텔의 2층 객실에서 첫날밤을 보낸 다음 날 아침에도 그는 이렇게 웃은 적이 있다. 그는 창문을 열고 완만한 언덕의 잔디밭을 내려다보고 있었다. 그 호텔에 커다란 그레이하운드를 데리고 온 독일인 가족도 머물고 있었는데, 대여섯 살쯤 된 소년이 개를 산책시키러 나왔다. 잠시 후 개가 잔디밭 관목숲 사이로 지나가는 고양이를 보고 따라갔다. 목줄을 놓지 않고 끝까지 잡고 있던 소년은 그만 잔디밭에 엉덩방아를 찧고 말았다……. 이 모습을 보던 료스케가 천진난만하게 활짝 웃었다. 이를 다 드러내고 거리낌 없이 웃었다. 에쓰코는 료스케가 이렇게 큰 소리로 웃는 모습을 그때까지 본 적이 없었다.

에쓰코도 슬리퍼를 신고 창가로 달려갔다. 잔디밭에 눈부신 아침이 깔려 있었다. 절묘한 경사 덕분에 마치 해변까지 바로 이어지는 것처럼 착각하게 만드는 정원과 그 끝에 펼쳐진 바다의 찬란함. 두 사람은 로비로 내려갔다. 기둥에 설치된 편지꽂이에 '자유롭게 가져가세요'라고 적힌 스티커가 붙어 있고, 형형색색의 여행안내서가 꽂혀 있었다. 지나가는 길에 료스케가 그중 한 장을 꺼내더니 아침 식사를 기다리는 동안 종이비행기를 접었다. 식탁은 정원이 보이는 창가 쪽이었다.

"이것 봐." 하고 남편이 말했다. 그가 창문을 통해 여행안내서 종이비행기를 바다 쪽으로 날렸다……. 바보 같았다. 료스케가 터득한, 여자를 즐겁게 만드는 온갖 비결 중 하나였다……. 그때 료스케는 진심으로 에쓰코를 만족시키고 싶었다. 진심으로 이 새 아내를 기쁘게 해줄 생각이었다. 얼마나 정성스러운가……. 에쓰코의 집에는 아직 재산이 있었다. 아버지와 딸 하나뿐인 부잣집으로, 전국시대 명장의 피를 이어받은 전통 있는 가문답게 집착덩어리 같은 재산이 있었다. 전쟁이 끝났다. 재산세, 아버지의 죽음, 에쓰코가 상속받은 소량의 주식권……. 아무튼 아타미 호텔의 그날 아침, 두 사람은 온전히 둘만 남았다. 료스케의 열병은 다시 두 사람을 둘만의 고독에 빠뜨렸다. 에쓰코는 뜻하지 않게 다시 찾아온 이 헛된 행복을 얼마나 남김없이, 얼마나 탐욕스럽게, 얼마나 허무하게 누렸을까? 그녀의 간호에는 제삼자의 눈을 돌리게 만드는 무언가가 있었다.

장티푸스 진단이 내려지기까지 시간이 걸렸다. 오랫동안 그의 증상은 끈질기고 괴팍한 카타르성 염증에 의한 것으로만 여겨졌다. 지독한 두통, 불면증, 식욕부진……. 장티푸스 초기 증상의 특징이라는 단계적 발열, 체온과 맥박의 불균형, 이 두 가지가 나타나지 않았다. 처음 이틀은 두통과 온몸이 나른한 증상만 있고 열은 없었다. 집으로 돌아온 다음 날, 료스케는 회사를 쉬었다.

그는 그날 하루 종일 남의 집에 놀러간 아이처럼 그답지 않게 얌전히 집안 정리를 하면서 시간을 보냈다. 열이 오르는 나른함 속에서 정체를 알 수 없는 불안이 생겨난 것이다. 에쓰코는 커피를 준비하여 료스케의 다다미 6첩짜리 서재로 들어갔다. 그는 흰 무늬가 인쇄된 남색 평상복 차림으로, 큰대자로 누워 자고 있었다. 입술을 확인하듯 자꾸만 깨물었다. 부어 있지도 않은데 입술에 붓기가 느껴지는 것이다.

그는 들어오는 에쓰코를 보자마자 이렇게 말했다.

"커피는 필요 없어."

그녀가 망설이자 다시 입을 열었다.

"허리띠 매듭을 앞으로 돌려줘. 등에 배겨서 미치겠어……. 나는 못 해. 너무 귀찮아."

오래전부터 료스케는 에쓰코가 자기 몸에 손대는 것을 싫어했다. 심지어는 에쓰코가 양복 윗도리를 입혀 주는 것조차도 싫어했다. 그랬던 그가 오늘은 무슨 일일까? 에쓰코는 커피 쟁반을 탁자 위에 올려놓고 료스케의 옆에 앉았다.

"뭐 하는 거야. 안마사처럼."

남편이 말했다. 에쓰코가 그의 몸 아래로 손을 집어넣어 허술하게 묶인 매듭 부분을 잡아당겼다. 료스케는 몸을 들어 올리려고도 하지 않았다. 에쓰코의 가녀린 손위에 거만하게 얹혀 있는 이 두툼한 몸통. 그녀는 손목이 아팠다. 아팠지만 이 작업이 몇 초 만에 끝나버린다는 사실이 아쉬웠다.

"이렇게 있는 것보다는 편하게 주무시는 게 어때요? 잠자리를 펼까요?"

"내버려둬. 이렇게 있는 게 편해."

"열은 좀 어때요? 아까보다 오른 것 같진 않아요?"

"아까랑 똑같아. 평상시 체온이야."

이때 에쓰코는 스스로 생각지도 못한 일을 감행했다. 남편의 이마에 입술을 대고 열을 쟀다. 료스케는 가만히 있었다. 닫힌 눈꺼풀 속에서 눈동자가 꿈틀거렸다. 그의 번들거리고 지저분하고 거칠거칠한 이마의 피부……. 그렇다, 이것이 곧 티푸스 특유의 증상으로서, 발한 작용을 잃어 이마가 건조해지면서 불타는 것처럼 달아오르다가…… 이윽고 죽은 사람처럼 이마가 흙빛이 된다…….

이튿날 저녁부터 료스케의 열이 39.8도로 급격히 치솟았다. 허리 통증과 두통을 호소했다. 베개의 차가운 부분을 찾아 머리를 움직이는 바람에 베갯잇은 머리 기름과 비듬으로 범벅이 되었다. 그날 밤부터 에쓰코가 물베개를 받쳐주었다. 유동식만 간신히 받아먹을 수 있었다. 사과를 짜서 그 즙을 그릇에 담아 먹였다. 이튿날 아침 진찰하러 온 의사는 단순 감기라고 했다.

'이렇게 나는 남편이 드디어 내 곁으로, 내 눈앞으로 돌아오는 것을 보았다. 나는 무릎을 향해 밀려오는 표류물을 보듯 몸을 굽히고, 이 기괴하게 고통스러워하는 육체를 세밀하게 살폈다. 나는 어부의 아내처럼 매일 바닷가에 나가 홀로 기다렸다. 그러다 강어귀의 바위 사이 웅덩이에서 물에 떠밀려 온 시체를 발견했다. 아직 숨이 붙어 있는 육체였다. 나는 그것을 즉시 물에서 건져 올렸을까? 아니, 인양하지 않았다. 나는 열심히, 그야말로 불철주야의 노력과 열정으로 가만히 물 위로 몸을 웅크리고 있을 뿐이었다. 아직 숨이 붙어 있는 몸이 완전히 물에 잠겨 다시는 신음소리를 내지 않고, 비명을 지르지 않고, 뜨거운 숨을 내쉬지 않을 때까지 지켜보았다……. 나는 알고 있었다. 만약 다시 살려낸다면 표류물은 곧바로 나를 버리고 또다시 바다의 물살을 타고 끝없는 저 너머로 도망쳐 버릴 게 틀림없다는 것을. 이번만큼은 다시는 내 앞으로 돌아오지 않으리라는 것을.

나의 간호에는 목적 없는 열정이 있었지만 누가 알겠는가. 남편의 임종에 흘린 눈물이 나 자신의 나날을 불태운 이 열정과의 이별에 흘린 눈물이었음을 누가 알겠는가…….'

에쓰코는 남편의 지인인 고이시카와 박사의 내과 병원으로 택시를 타고 남편이 입원하러 가던 날을 떠올렸다. 그리고 입원한 지 사흘째 되던 날, 사진 속의 여자가 병실까지 찾아와서 격렬하게 말다툼을 벌였던 일도……. 어떻게 알아냈을까? 병문안 온 회사 동료의 입을 통해 전해 들었을까? 그 동료는 아무것도 몰랐을 것이다. 아니면 개처럼 병 냄새를 맡고 알아차린 걸까……? 또 다른 여자가 찾아왔다. 한 여자는 사흘 연속으로 왔다. 또 다른 여자가 왔다. 때로는 여자들끼리 부딪히기도 했고, 그녀들은 서로 경멸의 눈빛을 주고받으며 떠났다……. 에쓰코는 이 외딴섬을 누구에게도 침범당하고 싶지 않았다. 그녀가 처음으로 마이덴에 위독하다는 전보를 보낸 것은 그가 숨을 거둔 뒤였다. 남편의 병명이 확정된 그날은 에쓰코에게 기쁨으로 기억되었다. 작은 의원이어서 2층에는 병실 세 개가 나란히 있을 뿐이었다. 복도 끝자락이 창문으로 되어 있었다. 이 삭막한 창을 통해 삭막한 마을 풍경이 내려다보였다. 그 복도의 크레졸 냄새. 에쓰코는 그 냄새를 좋아했다. 남편이 잠깐 잠에 빠질 때마다 그녀는 그 냄새를 마음껏 들이마시며 복도를 오갔다. 창문 너머의 바깥 공기보다 이 소독약 냄새가 그녀의 취향에 잘 맞았다. 질병과 죽음을 정화하는 이 약품의 작용은 죽음의 작용이 아니라 생의 작용일지도 모른다. 이 냄새는 삶의 냄새인지도 모른다. 아침 바람처럼 코를 기분 좋게 자극하는 이 가혹하고도 잔인한 약품의 체취.

에쓰코는 벌써 열흘째 40도의 열에 갇힌 채 고통스럽게 출구를 찾고 있는 남편의 육신 곁에 앉아 있었다. 레이스의 종착지에 다다른 마라톤 선수처럼 료스케는 코를 훌쩍이며 헐떡거렸다. 침대에서 그의 존재는 열심히 달리고 있는 일종의 운동체였다. 에쓰코는…… 에쓰코는 응원하고 있다.

"조금만 더! 조금만 더!"

……료스케의 눈이 치켜 올라가고 그의 손끝이 결승 테이프를 끊으려 한다. 하지만 그 손가락은 열기를 머금은 건초 같았고, 게다가 건초에서 잠든 짐승의 냄새를 풍기는 담요 끝자락을 움켜쥐는 게 고작이었다.

아침 진료를 보러 온 원장이 남편의 가슴팍을 펼쳤다. 그 가슴은 거친 호흡으로 인해 팔딱거렸고, 만지면

열이 오른 피부가 분출하듯 튀어나와 손가락에 닿았다. 병이란 애초에 생의 각성이 아니던가. 원장이 상아로 만든 청진기를 료스케의 가슴에 댔을 때, 그 누런 상아의 압박으로 인해 하얗게 찍힌 반점들을, 순식간에 침범해 들어오는 충혈된 피부 곳곳에 불투명하게 솟아오른 미세한 장밋빛 점들을 보고 에쓰코는 물었다.

"이게 뭔가요?"

"이건요." 하고 원장은 귀찮은 듯, 그러면서도 직업을 떠난 친밀감을 담으려는 듯한 어투로 말했다. "장미진……, 꽃 장미에, 발진할 때 그 진입니다. 이따가……."

진료가 끝난 후 그는 에쓰코를 문 밖으로 데리고 나가서 태연한 투로 말했다.

"장티푸스입니다. 혈액검사 결과도 나왔습니다. 료스케는 대체 어디서 옮았을까요? 출장 중에 우물물을 마셨다던데, 거기서 걸렸을까요……. 하지만 괜찮습니다. 심장만 견뎌낸다면 괜찮을 겁니다……. 조금 특이한 형태의 티푸스여서 진단이 늦어지긴 했습니다만……. 오늘 수속을 밟고 내일 전문병원으로 옮기겠습니다. 여긴 격리병실이 없거든요."

박사는 화재 예방 포스터가 붙어 있는 벽을 마른 손가락 관절로 두드리면서, 간병에 지쳐 눈 밑이 거무스름해진 여자가 뭐라고 울부짖으며 하소연하기를 진절머리 나는 기대감으로 기다렸다. '선생님! 부탁입니다. 제발 어디 보내지 마시고 여기 있게 해주세요. 선생님! 저 사람은 이동하면 죽습니다. 법보다 사람 목숨이 더 중요하지 않습니까. 선생님! 격리병원에는 보내지 말아주세요. 차라리 대학병원 격리병실을 소개해 주세요. 선생님……!' 박사는 이런 상투적인 애원이 에쓰코의 입에서 흘러나오기를 연역적 호기심을 품고 기다렸다.

그러나 에쓰코는 침묵을 지켰다.

"힘드시죠?" 박사가 말했다.

"아뇨."

사람들이 '씩씩하다'고 표현할 것 같은 목소리였다.

에쓰코는 감염을 두려워하지 않았다(그녀가 끝내 감염되지 않은 이유라고 할 수 있는 건 그게 유일했다). 그녀는 남편 옆에 있는 의자로 돌아가 뜨개질을 계속했다. 다가올 겨울을 위해 남편의 스웨터를 뜨고 있었던 것이다. 이 방은 아침에는 춥다. 그녀는 한쪽 샌들을 벗고 그 발등을 다른 발등에 대고 문질렀다.

"병명이 나왔구나. 그렇지?"

료스케는 숨을 헐떡이며 소년 같은 말투로 그렇게 물었다.

"네."

에쓰코는 열로 인해 바싹 말라 갈라진 그의 입술을 물수건으로 적셔주기 위해 일어섰다. 하지만 결국 그러지 않고 남편의 뺨에 자기 뺨을 대고 비볐다. 수염이 덥수룩한 병자의 뺨은 바닷가의 뜨거운 모래처럼 에쓰코의 뺨을 달궜다.

"괜찮아요. 이 에쓰코가 꼭 낫게 해줄 거야. 걱정하지 말아요. 당신이 죽으면 나도 죽을 거니까. (이 거짓 맹세

를 누가 알아차리겠어! 에쓰코는 증인이라는 제삼자를, 신이
라는 제삼자도 믿지 않는다.) ……하지만 절대 그런 일은
없을 거예요. 당신은 반드시, 반드시 완치될 거야."

에쓰코는 실성한 사람처럼 남편의 부르튼 입술에 키
스했다. 입술이 지열처럼 뜨거운 열기를 뿜어내고 있었
다. 가시투성이 장미 같은, 피가 밴 남편의 입술을 에쓰
코의 입술이 촉촉하게 적셨다……. 료스케의 얼굴은 아
내의 얼굴 아래에서 몸부림쳤다.

……거즈 수건으로 감싼 손잡이가 꿈틀거리더니 문이
조금 열렸다. 그 기척에 에쓰코가 몸을 일으켰다. 간호
사가 문 뒤에서 에쓰코를 눈짓으로 불러냈다. 복도로 나
갔다. 긴 치마와 모피 반코트 차림의 한 여자가 복도 끝
에 난 창가에 기대어 서 있었다.

사진 속 여자였다. 언뜻 보기에 혼혈아가 아닌가 싶
었다. 이가 의치처럼 가지런하고, 콧구멍은 날개 모양이
다. 손에 든 꽃다발의 젖은 파라핀지가 진홍색 손톱에
달라붙어 있었다. 이 여자의 몸짓에선 왠지 모르게 뒷다
리로 서서 걷는 짐승과도 같은 몸부림이 느껴졌다. 나이
는 어쩌면 마흔에 가까울 것이다. 눈가의 잔주름이 꼭꼭
숨어 있던 복병처럼 갑자기 나타날 나이다. 언뜻 보면
스물대여섯 같기도 했다.

"처음 뵙겠습니다."

여자가 말했다. 그 말투에 어딘지 알 수 없는 미묘한
사투리가 녹아 있었다.

어리석은 남자들이 왠지 신비롭다며 귀하게 다룰 것

같은 여자라고 에쓰코는 생각했다. 이 여자가 자신을 괴롭힌 여자다. 에쓰코는 그 고통과 이 고통의 실체를 즉각적으로 연결하기 어려웠다. 에쓰코의 고통은 이미 이런 실체와는 무관한 것으로 성장해 왔고(이상한 표현이지만), 이제는 좀 더 독창적인 무언가로 변해가고 있다. 이 여자는 뽑힌 충치다. 더 이상 아프지 않다. 가식적이고 말초적인 병이 낫고 나서야 비로소 진짜 죽음의 병에 직면하게 된 병자처럼, 에쓰코는 이런 여자를 자신의 고통의 원인으로 여기는 것은 오히려 자신에 대한 비겁하고 안일한 판단이라고 생각했다.

여자는 남자 이름이 적힌 명함을 내밀며 남편을 대신해 병문안을 왔노라고 말했다. 남편 회사의 중역이었다. 에쓰코는 면회가 금지되어 있어 병실에 안내할 수 없다고 말했다. 여자의 눈가에 그늘이 스치고 지나갔다.

"제 남편이 직접 뵙고 병세를 살피고 오라고 하셨어요."

"하지만 저희 남편은 누구도 만날 수 없는 상태입니다."

"한번 뵙기만 하면 안 될까요? 그래야 남편에게 면목이 설 것 같아요."

"남편 분이 직접 오시면 뵐 수 있도록 해드리겠습니다."

"남편은 되고 저는 왜 안 되는 거죠? 논리에 맞지 않는 이야기군요. 혹시 뭔가 의심하시는 건가요?"

"그럼, 아무도 면회할 수 없다고 다시 한번 말씀드리

지요."

"참 이상하네요. 그렇게 말씀하시다니. 당신, 부인인가
요? 료스케 씨 부인?"

"남편을 료스케라고 부르는 여자는 저 말곤 없는 것
으로 알고 있습니다."

"그렇게 말씀하지 마시고, 제발 좀 뵙게 해주세요. 지
금 제가 이렇게 부탁하지 않습니까. 이건, 별것 아니지
만, 베개 밑에 장식으로 두세요."

"감사합니다."

"저기요, 제발 보게 해주세요. 몸 상태는 어떠신가요?
걱정할 정도는 아닐까요?"

"살지 죽을지 아무도 모르죠."

이때 에쓰코의 조소가 여자의 반격을 이끌어냈다. 여
자는 예의를 버리고 고압적으로 말했다.

"그렇다면 좋아요. 제 마음대로 하겠어요."

"그러세요. 그쪽만 괜찮으시다면, 얼마든지."

에쓰코는 앞장섰다가 뒤돌아보며 말했다.

"남편의 병명을 알고 계시나요?"

"아뇨."

"장티푸스입니다."

멈춰선 여자의 얼굴색이 변했다.

"장티푸스라고요?"

이렇게 중얼거렸다. 무식한 여자임에 틀림없다. 폐병
이라는 말만 들으면 기겁을 하고 펄쩍 뛰는 이런 경악
스러운 반응이라니. 이 여자라면 십자가를 그을 만도

하다. 이 더러운 년! 뭘 꾸물대는 거야……. 에쓰코는 상냥하게 문을 열었다. 이 여자의 예상치 못한 반응이 반가웠던 것이다. 에쓰코는 침대 옆에 있는 의자를 남편의 얼굴 가까이로 가져다 놓으며 여자에게 앉으라고 권했다.

여자가 겁에 질린 채 병실로 들어온다. 이 여자의 공포에 떠는 얼굴을 남편에게 보여주다니, 이 얼마나 즐거운 일인가.

여자는 반코트를 벗으려다 놓을 곳을 찾지 못했다. 균이 묻을 것 같은 장소는 위험하다. 에쓰코의 손에 맡기는 것도 위험하다. 에쓰코는 분명 남편의 대소변까지 처리할 게 틀림없다. 결국 벗지 않는 것이 안전하다……. 그녀는 다시 입었다. 그리고 의자를 멀리 놓고 앉았다.

에쓰코가 남편에게 명함에 적힌 이름을 고했다. 료스케는 여자를 힐끗 쳐다보고는 이내 침묵했다. 여자가 다리를 꼬았다. 그녀 역시 창백한 얼굴로 침묵하고 있다.

에쓰코는 여자 뒤에 간호사처럼 서서 남편의 표정을 응시했다. 불안감이 그녀를 숨 막히게 한다. '만약 남편이, 만약 남편이 이 여자를 조금도 사랑하지 않는다면 어떡하지? 내 고통은 모조리 헛수고가 돼. 남편과 나는 그저 공허한 유희로 서로를 괴롭힌 것에 지나지 않게 돼. 나 혼자 북 치고 장구 치고 한 셈이 되는 거야. 지금이라도 남편의 눈빛에서 이 여자를 향한 사랑을 발견하지 못하면 나는 살아갈 수 없어. 혹시라도 남편이 이 여자를 사랑하지 않는다면, 내가 면회를 거절한 세 여자 중 아무도 사랑하지 않았다면……, 아아! 이제 와서 그런 결과에 맞닥뜨린다는 건 정말 끔찍한 일이야!'

료스케는 천장을 보고 누운 채 깃이불을 뒤적거렸다. 이불이 미끄러질 듯 살짝 걸쳐 있다. 료스케가 다리를 움직이자 이불이 그대로 침대에서 떨어졌다. 여자가 화들짝 놀라 무릎을 살짝 움츠린다. 손을 대려고도 하지 않는다. 에쓰코가 달려와 이불을 다시 덮어주었다.

그 몇 초 동안 료스케는 여자 쪽을 바라보고 있었다. 에쓰코는 이불에 신경 쓰느라 그쪽을 보지 못했다. 그러나 직감적으로 알 수 있었던 건 이때 남편과 여자가 눈빛을 주고받았다는 사실이다. 에쓰코를 멸시하는 눈빛을……. 고열이 지속되는 환자 주제에……. 눈살을 찌푸리고 미소 지으며 여자와 눈빛을 교환했다.

사실은 직감이라기보다 그 순간 남편의 볼의 움직임으로 알아낸 것이다. 그때 일반적인 상식으로는 그 누구도 이해할 수 없는 안도감을 느꼈다.

"하지만 당신이라면 반드시 괜찮아질 거예요. 심장이 강하니까, 누구에게도 지지 않을 만큼."

여자가 갑자기 기탄없는 어조로 이런 말을 내뱉었다.

료스케는 수염이 덥수룩한 뺨에 온화한 미소를 담은 채(그가 에쓰코에게 이런 미소를 보인 적이 한 번이라도 있었을까) 숨을 헐떡이면서 말했다.

"이 병을 당신한테 옮겨줄 수 없다는 게 유감이야. 당신이라면 나보다 더 잘 견뎌낼 텐데."

"어머, 너무하신데요?"

여자가 처음으로 에쓰코를 향해 웃음 지었다.

"난, 난 이제 버틸 수 없어."

료스케가 거듭 말했다. 불길한 침묵이 흘렀다. 여자가 갑자기 새가 지저귀듯 웃어댔다⋯⋯.

그리고 몇 분 후 여자가 돌아갔다.

그날 밤 뇌증이 일어났다. 티푸스균이 뇌를 침범한 것이다.

아래층 대기실에서 라디오 소리가 요란하게 울려 퍼진다. 시끄러운 재즈다.

"도저히 못 참겠어. 중환자가 있는데 저 미친 라디오 소리라니⋯⋯."

료스케가 심한 두통을 호소하며 간신히 말을 내뱉었다. 병실의 전등은 환자가 눈부시지 않도록 보자기로 반쯤 가려져 있다. 에쓰코가 간호사의 도움 없이 혼자 의자 위에 올라가 모슬린 보자기를 씌운 것이다. 보자기에 투과된 빛이 오히려 료스케의 얼굴에 풀빛의 불안정한 그림자를 드리웠다. 이 그림자 속에서 그의 충혈된 눈이 분노로 가득 차 눈물을 흘리고 있었다.

"내려가서 꺼달라고 할게요."

에쓰코가 뜨개질감을 내려놓고 일어섰다. 문 앞까지 갔을 때 뒤에서 무시무시한 신음소리가 들렸다.

짓밟힌 짐승의 울부짖음과 같은 소리였다. 에쓰코가 뒤돌아보았다. 침대 위의 료스케가 상체를 일으켜 양손으로 갓난아기처럼 이불을 꽉 움켜쥔 채 동공이 고정되지 않은 눈동자로 문 쪽을 응시하고 있었다.

간호사가 소리를 듣고 병실로 달려왔다. 에쓰코는 마치 접이식 의자를 정리하듯 료스케의 몸을 눕히고 양팔을 이불 속에 넣는 간호사의 작업을 도왔다. 환자는 으르렁거리면서도 몸은 가만히 있었다. 그러다가 눈동자를 이리저리 굴리더니,

"에쓰코! 에쓰코!"

하고 불렀다.

이 부름을 들었을 때 에쓰코는 그가 불러야 할 수많은 이름 중에 하필 이 이름이 나왔다는 사실에서, 료스케의 의지를 보지 않고 오히려 그녀 자신의 의지를 읽었다. 왜냐하면, 그녀가 이름을 부르게 한 남편은 하나의 규칙을 지키기 위해 이 이름을 부른 것에 불과하다는 묘한 확신이 있었기 때문이다.

"다시 한번 불러보세요."

간호사는 박사에게 보고하러 갔고 병실에는 아무도 없었다. 에쓰코는 료스케의 가슴을 누른 채 거칠게 흔들어대며 다시 한번 불러보라고 했다. 그러자 남편은 헐떡거리면서도 다시 불렀다.

"에쓰코! 에쓰코!"

······그날 밤 늦은 시각에 료스케는 "깜깜해! 깜깜해! 깜깜해! 깜깜해!" 하고 불분명한 소리를 내지르면서 침대에서 뛰어내리고, 탁자 위에 놓여 있던 약병과 물잔을 쳐서 떨어뜨렸다. 바닥에 흩뿌려진 파편들을 맨발로 밟아 발이 피투성이가 되었다. 직원까지 합세하여 세 남자

가 달려들어 겨우 그를 꼼짝하지 못하도록 붙잡았다.

⋯⋯다음날 진정제를 맞은 료스케의 몸이 들것에 실려 구급차 안으로 옮겨졌다. 63킬로그램 남짓한 체구는 결코 가볍지 않다. 게다가 아침부터 비가 내린다. 건물 현관에서 대문까지 에쓰코가 우산을 받쳐 들고 동행했다.

격리병원⋯⋯. 비가 내리는 가운데 움푹움푹 팬 포장도로 위로 그림자를 드리운 담장 너머 저 살풍경한 건물이 다가왔을 때, 에쓰코는 어떠한 기쁨으로 그 모습을 맞았을까⋯⋯? 고립된 섬 생활이 에쓰코가 기대했던 이상적인 형태로 시작되는 것이다⋯⋯. 이제 더 이상 그 누구도 이 안까지 쫓아올 수 없다. 아무도 들어올 수 없다. 이 안에는 병균에 저항하는 것이 유일한 존재 이유가 된 사람들만이 살고 있다. 생명의 끊임없는 인정, 난폭하고 무례한 타인의 시선을 꺼리지 않는 이 인정⋯⋯, 헛소리, 실금, 혈변, 토사물, 악취⋯⋯ 이런 것들이 펼쳐지고, 또 이것들이 매초마다 요구하는 무법적, 무도덕적인 생명에 대한 인정⋯⋯. 청과물시장에서 경매가를 부르는 상인처럼 매 순간 '살아 있다, 살아 있다'를 외쳐야만 하는 이곳의 공기⋯⋯. 생명이 드나들고, 출발하고 도착하고, 승객을 내리고 태우는 이 분주한 정류장⋯⋯. 전염병이라는 뚜렷한 존재 형식을 부여받음으로써 비로소 통일된 이 운동체들의 군중⋯⋯. 여기서 인간과 병균의 원시적 가치는 종종 동등해지고, 환자와 간호사는 병균으로 변신한다⋯⋯. 그 목적 없는 생명으로 변신해 버린다……. 여기서 생명은 인정받기 위해서만 가까스로 존재하기 때문에 더 이상 소소한 욕망은 존재하지 않는다. 여기는 행복이 지배한다. 행복이라는 가장 빨리 썩는 음식이 완전히 먹을 수 없이 부패된 상태로…….

에쓰코는 이 악취와 죽음 속에서 탐하듯이 살아갔다. 남편은 계속 오줌을 쌌고, 입원 다음날에는 피똥을 쌌다. 우려했던 장출혈이 일어난 것이다.

그 정도의 고열이 계속되는데도 그의 몸은 야위지도, 창백해지지도 않았다. 딱딱하고 열악한 침상 위에서 오히려 윤기가 흐르고 불그레해진 그의 몸이 갓난아기처럼 뒹굴었다. 더 이상 날뛸 기력은 없었다. 멍하니 양손으로 배를 감싸거나 주먹으로 가슴을 쓸어 올리거나 했다. 손가락을 어설프게 콧구멍 앞으로 내밀어 냄새를 맡아보기도 했다.

에쓰코는…… 그녀의 존재는 이미 하나의 눈빛, 하나의 응시였다. 그 눈은 감는 것을 잊어버린, 비바람이 거침없이 불어와도 막을 길이 없는 창과 같았다. 간호사들은 열정적인 그녀의 간호에 눈이 휘둥그레졌다. 대소변의 악취를 풍기는 이 반라의 병자 곁에서 에쓰코는 하루 한두 시간씩 깜박깜박 조는 게 전부였다. 잠시 잠에 빠지더라도 남편이 자신의 이름을 부르며 깊은 수렁으로 끌고 가는 꿈을 꾸고 금세 잠에서 깨어나곤 했다.

의사는 최후의 수단으로 수혈을 권유했다. 가망이 없는 수단임을 은근히 암시하면서 말이다. 수혈 후 료스케는 다소 진정되었는지 계속 잠만 잤다. 간호사가 청구서를 들고 들어왔다. 에쓰코는 복도로 나갔다.

사냥용 모자를 쓴 안색이 좋지 않은 소년이 복도에 서서 기다리고 있었다. 소년은 에쓰코를 보자 조용히 모자를 벗고 인사를 했다. 왼쪽 귀 위로 조그맣게 머리 빠진 자리가 한 군데 있었다. 눈은 약간 사시였고, 코의 살이 매우 얇았다.

"넌, 누구니?"

에쓰코가 물었다. 소년은 대답 없이 모자를 만지작거리며 오른발로 거친 마룻바닥을 둥글게 긁어대기만 했다.

"아, 이거구나."

에쓰코가 청구서를 가리켰다. 소년은 고개를 끄덕였다.

돈을 받고 떠나는 더러운 점퍼의 뒷모습을 바라보며 에쓰코는 지금 료스케의 몸속에 흐르는 피는 저 소년의 피가 아닐까 생각했다. 이것만으로는 안 된다. 좀 더 피가 남아도는 남자에게 피를 팔게 해야 한다. 저런 소년의 피를 사는 것은 죄악이다……. 피가 남아도는 남자? 에쓰코는 병상에 누워 있는 료스케를 떠올렸다. 료스케의 병균이 그득한, 지나치게 많은 피. 그 피를 건강한 사람들에게 팔면 된다……. 그러면 료스케는 건강해지고, 건강한 사람들은 병에 걸린다……. 그렇게 하면 격리병원에 들어가는 정부 예산도 절약할 수 있다……. 그러나 료스케가 건강해지면 안 된다. 건강해지면 또 도망가니까. 날아가 버리니까……. 에쓰코는 꿈속에서 스스로 혼탁한 생각을 따라가고 있다는 걸 느꼈다. 갑자기 해가진 듯 주위가 황혼의 풍경으로 변했다. 창이 새하얗게 흐린 저녁 하늘을 비추고 있다……. 에쓰코는 그만 복도에 쓰러져 실신하고 말았다.

가벼운 뇌빈혈이었다. 의무실에서 잠시 휴식을 취하라는 말을 들었다. 네 시간 정도 그렇게 있으니 간호사가 료스케의 임종이 임박했음을 알리러 왔다.

에쓰코의 손이 잡고 있는 산소호흡기 속 료스케의 입술이 무언가를 말하고 있는 것처럼 보였다. 들리지도 않는데 남편은 무슨 이야기를 그렇게 열심히, 오히려 즐거운 듯이, 쉴 새 없이 떠들고 있는 것일까?

'……나는 버틸 수 있는 데까지 산소호흡기를 받치고 있었다. 어느덧 내 손이 굳어지고 어깨가 마비되기 시작했다. 나는 날카로운 소리로 "누군가 교대 좀 해주세요, 빨리!" 하고 외쳤다. 간호사가 놀라서 달려와 나를 대신하여 호흡기를 들었다…….

사실 나는 피곤해서 그런 것이 아니었다. 나는 그저 무서웠을 뿐이다. 저기, 뭔가를 향해서인지도 모른 채 말을 하고 있던 들리지 않는 남편의 목소리가……. 또다시 나의 질투였는지, 아니면 그런 질투에 대한 나의 공포였는지, 그것은 알 수 없다……. 만약 내가 이성을 잃은 상태였다면 나는 이렇게 외쳤을지도 모른다.

"빨리 죽어버려! 빨리 죽어!"

그 증거로 심장이 밤늦게까지 계속 뛰고 멈출 기미가 보이지 않을 때, "어쩌면 살릴 수 있을지도 몰라." 하고 사담을 나누며 자러 가는 두 의사를 나는 증오의 눈빛으로 배웅한 적이 있다……. 남편은 좀처럼 죽지 않았다. 그날 밤, 그것이 나와 남편의 마지막 싸움이었다…….

그때의 나에겐 남편이 다시 살아날 경우 남편과 나 사이에 상상할 수 있는 행복의 결핍은 눈앞에 있는 남편의 생명의 결핍과 거의 동일했다. 그러므로 지금 이 순간의 행복을 보려고 할 때, 남편의 불확실한 삶보다는 확실한 죽음으로 치환하는 편이 더 쉬워 보였다. 남편이 붙잡고 있는 순간순간의 생명에 거는 나의 희망은 곧 그의 죽음을 바라는 것과 같았던 것이다……. 그런데도 남편의 육신은 여전히 살려고 한다. 나를 배반하려 한다……. "고비인지도 몰라." 하고 의사가 희망을 내비쳤다……. 또다시 질투의 기억이 떠오른다……. 오른손으로 감싼 료스케의 얼굴 위로 나는 눈물을 흘렸다. 하지만 내 왼손은 몇 번이나 그의 입에서 산소호흡기를 떼어내려 했다. 간호사는 의자에 앉아 졸고 있다. 밤공기가 차가워진다. 창문 너머로 신주쿠 역의 심야 신호등과 밤새도록 떠도는 광고등 불빛이 보인다. 기적 소리와 희미한 바퀴 소리와 질주하는 자동차의 경적 소리가 한데 뒤섞여 대기를 날카롭게 찌른다. 나는 털실로 된 숄로 옷깃에 스며드는 찬바람을 막았다……. 지금 산소호흡기를 벗겨도 모를 것이다. 보는 사람은 아무도 없다. 인간의 눈 이외의 목격자를 나는 믿지 않는다……. 그러나 할 수 없었다. 두 손으로 산소호흡기를 바꿔들면서, 나는 동이 틀 때까지 그러고 있었다……. 실행하지 못했던 건 어떤 힘에 의해서였을까? 애정일까? 아니, 결코 그렇지 않다……. 나의 사랑은 오로지 그 사람의 죽음을 원했다……. 이성일까? 역시 아니다. 내 이성은 목격자가 없다는 사실을 확인한 것만으로 충분했다……. 겁먹은 것일까? 그럴 리가 없다. 장티푸스 감염조차 두려워하지 않았던 내가……! 아직도 나는 그 힘을 이해하지 못한다.

······그러나 그럴 필요도 없었다는 것을 찬 공기가 가장 매서운 새벽녘에야 알 수 있었다. 하늘이 하얗게 밝아오고 있었다. 구름의 단층이 아직은 하늘의 기색을 험악하게 만드는 데 일조하던 때였다. 별안간 료스케의 호흡이 심하게 불규칙해졌다. 젖을 빨다 지친 갓난아기가 갑자기 얼굴을 돌리는 것처럼, 호흡기에서 실이 끊어지듯 얼굴을 뗐다. 나는 놀라지 않았다. 호흡기를 베개 옆에 내려놓고 허리띠 틈에서 손거울을 꺼냈다. 어릴 때 돌아가신 어머니의 유품인, 뒷면에 붉은색 비단을 덧댄 고풍스러운 손거울이다. 그것을 남편의 입에 갖다 대어도 거울은 흐려지지 않았다. 수염에 둘러싸인, 무언가 불만을 토로하는 듯한 입술이 선명하게 비칠 뿐이었다…….'

······야키치가 마이덴으로 불렀을 때, 에쓰코는 혹시 격리병원에 들어간다는 생각으로 온 것이 아니었을까? 격리병원으로 돌아가겠다는 마음가짐이 아니었을까?

겪으면 겪을수록 스기모토 집안의 공기는 격리병원

그대로가 아닌가. 보이지 않는 쇠사슬로 에쓰코를 가두고 있는, 이 말 못 할 영혼의 부식 작용…….

야키치가 옷 수선을 재촉하러 에쓰코의 방에 들어온 그날 밤은 분명 4월 중순이었다.

그날 밤 열 시경까지 다다미 8첩짜리 작업방에 에쓰코, 겐스케 부부, 아사코, 아사코의 두 아이, 사부로, 하녀 미요가 모여 앉아, 올해는 조금 늦어진 비파 봉지 만들기에 바쁘게 매달려 있었다. 예년 같으면 4월 초부터 봉지 씌우기에 들어가는데, 올해는 죽순이 아주 잘된 해여서 그쪽에 신경을 쓰느라 늦어진 것이다. 비파가 아직 손가락만 할 때부터 종이봉지를 씌워놓지 않으면 바구미가 붙어 과즙을 빨아먹어 버린다. 그 때문에 냄비에 담긴 밀가루 풀을 가운데 두고 각자 무릎 옆에 쌓아둔 오래된 잡지로 경쟁하듯 수천 개의 봉지를 만들기 때문에, 관심 있는 페이지가 문득 눈에 띄어도 자세히 볼 틈 없이 바쁘게 손을 움직여야만 따라잡을 수 있었다.

특히 이처럼 밤일을 할 때 겐스케의 짜증스러운 표정은 볼 만했다. 쉴 새 없이 투덜거리며 봉지를 붙인다.

"정말 짜증나는군. 이건 완전 노예 노동이야. 시킨다고 꼭 해야 되는 법은 없잖아? 아버지는 벌써 주무실 거 아냐. 참 편한 사람이군. 그런데 다들 시키는 대로 얌전하게 잘도 하네. 이 정도면 혁명이라도 일으켜야 되는 거 아냐? 임금 인상 투쟁이라도 하지 않으면 아버지는 점점 자기 맘대로만 하실걸? 이봐, 치에코, 두 배로 올리는 거 어때? 물론 나는 일당이 0원이니까 두 배로 올려도 똑같이 0원이지만 말이야……. 그나저나 뭐야, 이 잡지, 「화북사변에 맞서는 일본 국민의 각오」라니. 깜짝 놀랐네……. 뒷장에는 「비상시국 사계절 요리 메뉴」가 있어……."

이런 말을 주절거리느라 남들이 열 장씩 붙이는 동안 겐스케는 겨우 한두 장 붙이는 게 다였다. 어쩌면 그의 이런 불평불만은 자신의 제로에 가까운 생활력이 사람들 앞에 드러난 것을 의식한 부끄러움의 표현일지도 모른다. 구설수에 오를 법도 한 자신의 처지를 미리 선수 쳐서 스스로 놀림감이 되려 하는 그의 호들갑스러운 모습은, 아버지와 대등하게 논쟁을 벌일 수 있을 것 같은 남편을 늘 존경해 마지않는 치에코의 눈에는 뭔가 냉소적인 영웅으로 비치는 듯했다. 그녀는 시아버지에 대한 원망을 남편을 사랑하는 보통 여자의 당연한 감정으로 여기며, 속으로 남편과 함께 마음껏 시아버지를 경멸했다. 자신의 할당량을 채운 후 남편의 할당량에도 손을 내밀어 슬며시 도와주려는 그녀의 비상한 모습에 에쓰코의 입가가 미소로 일그러졌다.

"에쓰코 씨는 참 빠르네요."

아사코가 말했다.

"중간보고를 하겠습니다."

겐스케가 이렇게 말하면서 완성된 봉지 수를 세어보니 에쓰코가 단연 1등으로 총 380개였다.

아사코와 순진무구한 사부로, 미요는 딱히 그런 것을 신경 쓰지 않았지만, 겐스케 부부는 이런 에쓰코의 능력을 조금 기괴하게 여겼다. 그렇게 생각한다는 걸 에쓰코도 알고 있었다. 특히 겐스케에게는 이 숫자가 생활력의 대명사로 느껴지는지 이렇게 빈정거리는 것이었다.

"이런……. 우리 중에서 봉지나 만들어 먹고살 수 있는 사람은 에쓰코 씨뿐이네."

이 말을 진지하게 받아들인 아사코가 물었다.

"에쓰코 씨는 전에도 봉투 만들어본 경험이 있으신 거예요?"

에쓰코는 시골의 하찮은 명성에 연연하는 이들의 천박한 계급적 편견이 마음에 들지 않았다. 전국시대 명장의 후예의 피는 이런 속물근성을 용납하지 않기로 했다. 그녀는 일부러 긍정함으로써 반격했다.

"네, 있어요."

겐스케와 치에코가 얼굴을 마주보았다. 우아하고 고상한 척하는 에쓰코의 신분에 대한 추궁은 그날 밤의 열띤 이야깃거리가 되었다.

그때 에쓰코는 사부로의 존재에 거의 신경을 쓰지 않았다. 그 모습조차 뚜렷하게 기억이 나지 않을 정도다. 그도 그럴 것이 사부로는 말 한마디 하지 않았고, 가끔씩 사람들의 헛소리에 미소를 흘리며 서투른 손놀림으로 봉지를 붙이는 일에만 열중하고 있었기 때문이다. 여느 때처럼 덕지덕지 기운 와이셔츠 위에 야키치에게 물려받은 몸에 맞지 않은 낡은 양복을 입고, 유일하게 아주 새것인 카키색 바지 차림에 무릎을 꿇고 앉아 어두운 불빛 아래 웅크리고 있었다. 8, 9년 전까지만 해도 스기모토가에서는 백열등을 사용했다. 옛날을 아는 사람들은 그쪽이 오히려 더 밝았던 것 같다고 말한다. 전기가 들어오고 나서 100와트짜리 전구를 40와트 정도밖에 밝혀주지 못하는 약한 전력에 의존할 수밖에 없게 되었다. 적어도 밤에는 들을 수 있었던 라디오도 날씨에 따라 전혀 들리지 않기도 했다…… 그렇다, 조금도 신경을 쓰지 않았다는 말은 사실이 아니다. 에쓰코는 봉지를 붙이면서도 종종 사부로의 서투른 손끝에 마음을 빼앗겼다. 그 굵고 투박한 손가락이 에쓰코를 애태웠다. 옆을 본다. 치에코가 남편을 거들어주고 있다. 에쓰코는 자신이 사부로를 도와준다 해도 이상할 것 없다는 생각이 막연하게나마 들었다. 이런 생각을 하고 있을 때, 마침 사부로 옆에 앉아 있던 미요가 자신의 할당량을 다 채우고 사부로를 돕기 시작했다. 에쓰코는 그 모습을 보고 안심했다…….

'그때 나는 안심했다. 그래, 결코 질투 같은 건 느껴지지 않았다. 부담에서 벗어나 홀가분하다고 생각했을 정도다……. 의식적으로 사부로를 쳐다보지 않으려고 노력했다. 그리 어렵지 않았다……. 나의 침묵과 나의 구부정한 자세와 나의 열정이, 사부로를 보지 않고도, 사부로의 침묵과 자세와 열정을 모방하고 있었기 때문이다…….'

……그러나 아무 일도 없었다.

열한 시가 되었다. 사람들은 각자의 방으로 돌아갔다. 그날 새벽 한 시에 야키치가 옷을 수선하는 에쓰코의 방에 들어와 파이프 담배를 피우며 잠은 잘 자는지 물었을 때, 그녀는 무엇을 느꼈을까? 밤마다 에쓰코의 침실로 향하던 노인의 귀, 복도를 사이에 두고 에쓰코의 방에서 들리는 기척에 밤새도록 귀 기울이던 노인의 귀…… 모두가 잠든 가운데 외로운 짐승처럼 숨죽인 채 잠자지 않던 그 귀의 존재가 에쓰코에게는 문득 친근하게 느껴졌다. 노인의 귀는 청정하고 지혜로운, 깔끔하게 씻어낸 조개껍데기와 같지 않은가? 인간의 머리에서 가장 동물적으로 생긴 귀가 노인에게는 지혜의 화신이었다. 에쓰코가 야키치의 이런 배려를 추하다고 느끼지 않은 것은 이 때문일까? 그녀는 지혜로움에 의해 보호받고, 사랑받고 있다고 느끼는 것일까……?

아니아니, 그런 미명은 말장난일 뿐이다. 야키치가 에쓰코 뒤에 섰다. 기둥에 달아놓은 일력을 보고는,

"이게 뭐냐. 관리가 안 되고 있구나. 날짜가 일주일 전이라니."

라고 말했다.

에쓰코가 살짝 돌아보며 "어머, 죄송해요"라고 답했다.

"뭐, 죄송할 것까지는 없지."

아주 기분 좋은 목소리로 그렇게 중얼거렸다. 달력 찢는 소리가 연이어 들렸다. 그 소리가 멈췄다. 순간 에쓰코의 어깨가 감싸이고, 차가운 조릿대 같은 손이 가슴으로 들어오는 것을 느꼈다. 그녀는 몸으로 조금 저항했지만, 소리는 내지 않았다. 소리를 내려고 했으나 나오지 않은 게 아니라, 내지 않은 것이다.

이 순간 에쓰코의 체념을 혹은 단순한 타락을, 안일을, 어떻게 해석해야 할까? 사람이 목이 마르면 녹이 슨 탁한 물도 마실 수 있듯이, 에쓰코도 이를 받아들인 것일까? 그럴 리가 없다. 에쓰코는 목마르지 않았다. 아무것도 바라지 않는 것이 에쓰코의 숙명이었다. 그녀는 격리병원, 전염병이라는 그 무시무시한 자기만족의 근거지를 다시 찾아 마이덴 마을로 온 것이다……. 어쩌면 에쓰코는 물에 빠진 사람이 어쩔 수 없이 바닷물을 마시게 되는 것처럼, 자연의 법칙에 따라 그걸 마셨을 뿐인지도 모른다. 아무것도 원하지 않는다는 것은 선택의 권한을 잃는 것이다. 그렇게 말하기 전에 마셔버려야 한다. 그게 바닷물일지라도…….

……그러나 그 후의 에쓰코에게도 익사하는 여자의 비통한 표정은 찾아볼 수 없었다. 죽음의 순간까지 그녀의 익사는 아무도 눈치채지 못한 채 지나갈지도 모른다. 그녀는 비명을 지르지 않는다. 자기 손으로 재갈을 물린 이 여자는.

4월 18일은 산행하는 날이다. 이 지방에서는 꽃놀이를 이렇게 부른다. 하루 종일 일을 제쳐놓고 온 가족이 함께 벚꽃을 찾아 산길을 돌아다니는 것이다.

야키치와 에쓰코를 제외한 스기모토 가족은 최근에 '자미'라고 불리는 죽순 부스러기를 먹고 배탈이 났다. 예전에 소작인이었던 오쿠라가 헛간에 쌓아둔 죽순 수확물을 리어카에 싣고 시장에 내다 파는데, 1등, 2등, 3등의 품질이 결정되고 그에 따라 가격이 매겨진다. 리어카에 실려 시장으로 옮겨지고 남는 죽순은 헛간 청소와 함께 엄청난 양의 부스러기가 되어 쓸려나온다. 스기모토 집안사람들은 4~5월에 걸쳐 이 쓰레기 죽순을 한 가마솥 가득 먹어야 했다.

하지만 산행하는 날은 아주 좋았다. 찬합에는 맛있는 음식이 가득했다. 모두 다함께 꽃무늬 돗자리를 안고 산에 올랐다. 마을의 소학교에 다니는 아사코의 큰딸은 학교가 쉬는 날이라 이날이 더 반가웠다.

에쓰코는 회상한다…… 소학교 교과서에 실린 삽화처럼 평온한 봄날의 경치 속에서 보낸 하루였다. 모두가 평면적인 삽화 속 인물이 되었다. 혹은 그 역할을 맡았다……

대기 중에 스며드는 그 푸근한 비료 냄새, 시골 사람들의 친근함에서는 어쩐지 그 비료 냄새가 나는 것 같았다. 그리고 그 많은 곤충들의 비상. 투구벌레와 꿀벌의 나른한 날갯짓 소리로 가득 찬 공기. 햇살을 머금은 싱그러운 바람. 바람 속에서 흔들리는 제비의 배…… 산행하는 날 아침, 집 안의 모든 사람들이 준비에 여념이 없었다. 에쓰코는 초밥 도시락을 준비해 놓고, 창문 너머 현관으로 통하는 자갈길 옆에서 혼자 놀고 있는 아사코의 큰딸을 보았다. 어머니의 형편없는 취향 덕분에 유채꽃 같은 원색의 노란 재킷을 입고 있다. 쪼그리고 앉아서, 고개를 숙이고, 이 여덟 살짜리 아이는 무엇을 하고 있는 것일까? 자갈길에 김이 모락모락 피어오르는 쇠 주전자가 놓여 있다. 여덟 살 노부코는 돌과 흙 사이에서 꿈틀거리는 것들을 가만히 지켜보고 있다…….

'그건 개미집 안으로 끓는 물을 붓는 바람에 땅 위로 떠오른 수많은 개미들이었다. 뜨거운 물속에서 몸부림치는 무수한 개미들이었다. 그것을 여덟 살짜리 여자아이가 단발머리를 무릎 사이로 깊숙이 집어넣은 채 아무 말도 하지 않고 가만히 보고 있는 것이다. 양 손바닥을 뺨에 대고 머리카락이 흘러내리는 것도 모른 채.'

……이 모습을 보고 에쓰코는 일종의 신선한 감정을 느꼈다. 그녀는 부엌에서 쇠 주전자를 찾던 아사코가 딸을 부르러 올 때까지 노란 재킷이 조금 뒤틀어진 노부코의 조그만 등을 마치 자신의 어느 한때의 모습을 보듯 바라보았다……. 이날부터 에쓰코는 어머니를 닮아 얼굴이 못생긴 이 여덟 살짜리 여자아이를 조금은 어머니 같은 심정으로 사랑했다.

출발할 때쯤에 이르러서야 집 지킬 사람을 정하는 문제로 한바탕 실랑이가 벌어졌지만, 결국 에쓰코의 의견이 합리적이라고 받아들여져 미요가 당번을 맡게 되었다. 에쓰코는 무심코 내뱉은 자신의 의견이 이렇게 쉽게 받아들여지는 것을 보고 조금 놀랐다. 사실 이유는 단순했다. 그녀의 의견을 야키치가 지지했기 때문이다.

스기모토가의 땅을 벗어나 이웃 마을로 가는 오솔길을 일렬로 걸을 때, 에쓰코가 다시 한번 놀란 것은 이 가족이 무의식적으로 몸에 익힌, 혐오스러울 정도로 민감한 반응 때문이었다. 일개미가 다른 둥지의 일개미를,

여왕개미가 일개미를, 또 일개미가 여왕개미를 촉각과 후각으로 탐지하는 이 민감한 동물적 반응……. 눈치챘을 리가 없다. 아직 알아차렸다는 증거는 없다……. 그러나 이 대열은 기막히게도 야키치, 에쓰코, 겐스케, 치에코, 아사코, 노부코(그 아래 다섯 살짜리 나쓰오는 미요에게 맡겼다), 그리고 덩굴무늬의 커다란 보자기를 짊어진 사부로 순이었다.

일행은 뒤편에 있는 조금 떨어진 토지의 한 구획을 지났다. 그곳은 야키치가 전쟁 전까지 포도를 재배하다가 전쟁이 끝난 후 포도 재배를 포기한 구획이었다. 약 300평 가운데 100평 정도는 나지막한 꽃이 만발한 복숭아나무 숲이다. 나머지 땅은 비바람에 유리창이 대부분 깨지고 기울어진 세 개의 온실, 썩은 빗물이 고인 드럼통, 제멋대로 자라 무성해진 포도 덩굴……, 볏짚단에 떨어진 햇살.

"아주 엉망이군. 다음에 돈 들어오면 고쳐야겠어."

야키치가 굵은 등나무 지팡이로 온실 기둥을 밀면서 말했다.

"아버지는 늘 똑같은 말씀을 하시지만, 아마 이 온실은 영원히 이 상태로 남을걸요."

겐스케가 말했다.

"영원히 돈이 들어오지 않는다는 뜻이냐?"

"아뇨." 겐스케가 약간 들뜬 목소리로 말했다. "아버지한테 들어오는 돈은 이 온실 수리에 사용하기엔 항상 너무 많거나 너무 적기 때문이죠."

"그렇구나. 너한테 용돈을 주기에 너무 많거나 너무 적다는 것도 수수께끼 같은 일이지."

그러는 사이 일행은 산벚나무 서너 그루가 뒤섞인 언덕 위 솔숲에 도착했다. 이 주변에는 유명한 벚나무 가로수가 없기 때문에 꽃놀이라고 해봐야 몇 그루 안 되는 산벚나무 아래에 돗자리를 펴기만 하면 되었다. 이미 벚꽃나무 그늘은 먼저 온 농부들이 차지한 뒤였다. 그들이 야키치 일행을 보고 반갑게 인사를 건넸다. 하지만 예전처럼 자리를 양보하지는 않았다.

겐스케와 치에코는 농부들의 험담을 은근히 늘어놓기 시작했다. 돗자리가 야키치의 지시로 꽃이 어느 정도 보이는 경사면 한구석에 펼쳐졌다. 친분이 있는 한 농부(이 50대 남자는 보급품인 바둑판무늬 양복에 복숭아색 넥타이를 매고 있었다)가 술병과 잔을 들고 굳이 찾아와서 탁주를 권했다……. 겐스케는 아무렇지도 않게 잔을 받아 마셨다.

'왜일까? 나 같으면 안 마실 텐데.' 에쓰코는 그때 겐스케를 보며 어리석게도 그런 생각을 했다. 생각할 가치도 없는 생각을. '아주버님은 왜 그 술잔을 받았을까? 욕을 그렇게 했으면서……. 정말 탁주를 마시고 싶었다면 잔을 받아도 이상할 건 없다. 하지만 그는 결코 탁주를 마시고 싶은 게 아니었다. 보고 있으면 알다시피. 그는 그저 자기가 욕한 상대가 그것도 모르고 권유한 술을 마시는 게 재미있는 것이다. 시시하고 하찮고 뻔뻔한 기쁨. 조롱의 기쁨. 뱃속에서 끓는 옅은 웃음의 기뿐······. 그런 역할만을 위해 태어나는 인간도 있다니, 신은 왜 이렇게 쓸데없는 일을 즐겨 하시는지.'

다음으로 치에코가 잔을 받았다. 남편이 마셨기 때문이라는 이유였다.

에쓰코는 거절했다. 이로써 옹졸한 여자라는 소문이 퍼질 이유가 또 하나 늘었다.

이날 가족들의 단란한 모습에 어느 정도 질서가 잡혀가는 기미가 엿보였다. 사실 에쓰코도 하나부터 열까지 불쾌한 표정으로 받아들인 것은 아니었다. 그녀는 야키치의 무표정과 그 곁에 있는 무표정한 자신, 두 물체처럼 무표정한 관계에 만족하고 있었다. 그리고 또 말 없는 사람은 말 없는 사람대로 대화 상대가 없어 심심해하는 사부로의 모습에 만족하고 있었다. 겐스케 부부의 이해심을 가장한 적대감에 만족하고 있었고, 아사코의 둔감한 어머니의 모습에 만족하고 있었다. 이러한 질서는 다름 아닌 에쓰코가 만들어낸 것이다.

노부코가 작은 들꽃을 들고 에쓰코의 무릎에 기댔다. 그리고 이 꽃은 무슨 꽃이냐고 물었다. 에쓰코는 그 꽃의 이름을 몰라 사부로에게 물었다.

사부로는 꽃을 힐끗 보고는 바로 에쓰코의 손에 돌려주었다.

"네, 참새꽃이라고 합니다."

꽃 이름의 기이함보다 꽃을 돌려주는 그의 눈부신 속도가 에쓰코를 놀라게 했다. 이 대화를 엿듣고 있던 치에코가 말했다.

"이 사람은 아무것도 모르는 것 같은 얼굴을 하고선 모든 걸 다 안다니깐. 천리교 노래 한번 불러보라고 해. 들으면 정말 감탄할걸?"

사부로가 볼을 붉히며 고개를 숙였다.

"한번 불러봐. 뭘 그렇게 부끄러워하는 거야. 제발 들려주라, 응?"

그렇게 말하며 치에코가 삶은 계란을 하나 내밀었다.

"이거 줄 테니 불러봐."

사부로가 싸구려 보석 반지를 낀 치에코의 손에 들린 계란을 힐끗 보았다. 그의 강아지 같은 검은 눈동자에 날카로운 빛이 살짝 일렁였다. 그리고 이렇게 말했다.

"계란은 필요 없습니다. 노래하겠습니다."

그러고는 겸연쩍은 듯 미소를 지었다.

"온 시대 모든 세계 인간들을…… 그다음 뭐였더라?"

"……살펴보아도, 입니다."

그는 진지한 표정으로 저 멀리 펼쳐진 옆 마을 쪽을 바라보며 마치 율령을 반포하듯 암송했다. 옆 마을은 작은 분지이다. 전쟁 중 육군 항공대의 근거지가 그곳에 있었고, 장교들은 이 든든한 은신처에서 호타루가이케 비행장으로 통근했다. 그곳 개울가에도 벚나무가 있었다. 아담한 교정을 가진 소학교에도 벚나무가 있다. 놀이터 철봉에서 노는 아이들이 두세 명 보인다. 바람에 굴러다니는 작은 실밥 뭉치처럼 보였다.

사부로가 읊조린 것은 이런 노래였다.

온 시대 모든 세계 인간들을 살펴보아도
신의 뜻 아는 자는 바이 없도다

그러리라 풀어서 들려준 일이 없으니
모르는 게 무리는 아닐 것이다

이번에는 천신이 이 세상에 나타나아서
만 가지 자세함을 일러 들린다

"이 노래도 전쟁 중에는 금지되었지. 온 시대 모든 세계 인간들을 살펴보아도 신의 뜻 아는 자가 없다고 하면 그 안에 천황 폐하도 포함되는 거니까. 논리적으로 보면 말이지. 그래서 정보국이 금지한 거라더군."

야키치가 자신의 지식을 피력했다.

……산행했던 날. 그날도 아무 일 없었다.

그로부터 일주일 후, 사부로는 예년처럼 사흘간의 휴가를 얻어 4월 26일의 대제에 참례하기 위해 덴리로 떠났다. 어머니와 고향에 있는 교회 합숙소에서 만나 본전에 참배한다고 했다. 에쓰코는 아직 덴리에 가본 적이 없다. 전국 신도들의 기부금과 '히노키신'이라 불리는 노동 봉사로 지어진 웅장한 본전 중앙에 감로대라는 대가 있는데, 종말이 오면 그곳에 감로가 내린다고 한다. 겨울이면 천창 같은 통유리 지붕 위로 몇 송이의 눈이 바람에 날리는 모습을 이야기로 전해들은 적이 있다. '히노키신'……. 이 단어에서는 새로운 나무의 향기가 느껴진다. 어감에서 밝은 신앙과 노동의 기쁨이 느껴진다. 노인들처럼 노동을 견뎌내기 힘든 사람들이 손수건에 흙을 싸서 들고 다니며 동참하는 이유였다…….

'……그런 것은 중요하지 않다. 그 사흘간의 사부로의 부재, 그 부재가 가져다준 감정, 그것이야말로 내게는 새로웠다. 원예사가 정성을 다한 끝에 수확한 탐스러운 복숭아를 손바닥에 올려놓고 그 무게를 즐기듯, 나는 그의 부재를 손바닥에 올려놓고 즐겼다. 이 사흘간의 부재가 외로웠느냐고 묻는다면 결코 그렇지 않다. 이 부재는 내게 무언가 충만하고 신선한 무게감을 느끼게 했다. 그것은 기쁨이었다. 나는 집안 곳곳에서 그의 부재를 발견했다. 마당에서도, 작업실에서도, 부엌에서도, 그의 침실에서도.'

……그의 침실 창가에 이불이 널려 있었다. 얇고 허름한 감색 면 이불이다. 에쓰코는 저녁 반찬으로 준비할 유채 나물을 뜯으러 뒤뜰로 나갔다. 사부로의 침실은 북서쪽을 향하고 있어 오후가 되면 햇볕이 든다. 햇살이 구석구석, 안쪽의 뜯어진 미닫이문까지 비추고 있다. 그때 에쓰코는 방 안을 살피려고 들른 것이 아니었다…….서녘 햇살에 감도는 은은한 냄새, 햇볕에 누운 젊은 짐승이 내뿜을 것 같은 냄새에 이끌린 것이다. 그녀는 자연스럽게 이불 옆에 서서 닳고 닳은 튼튼한 천의 가죽 같은 냄새와 광택 속에 한참을 머물렀다. 생물을 만지듯, 신기하다는 듯이 손가락으로 눌러보았다. 햇볕에 부풀어 오른 솜이 따뜻한 탄력을 뿜내며 손가락에 반응했

다. 에쓰코는 그곳을 떠나 뒷밭으로 통하는 모밀잣밤나
무 그늘 아래 돌계단을 천천히 내려갔다.

　……그렇게 에쓰코는 마침내 기다리던 잠에 다시 빠
져들었다.

3장

제비집은 이미 비어 있었다. 어제까지만 해도 분명히 있었던 것 같은데.

2층 겐스케 부부의 방은 동쪽과 남쪽으로 창문이 열린다. 여름이면 현관 처마에 둥지를 튼 제비 가족이 동쪽 창문으로 보이는 풍경에 늘 친근하게 어우러져 있었다.

에쓰코가 빌린 책을 돌려주러 겐스케의 방에 가서 창문 난간에 기댔을 때, 그 사실을 알아차리고 말했다.

"제비가 벌써 떠나버렸네요."

"그 대신 오늘은 오사카 성이 보여요. 여름에는 공기가 탁해서 안 보였는데." 겐스케는 그때까지 드러누운 채 읽고 있던 책을 덮으면서 일어났다. 그러고는 남쪽 창을 열어젖히고 동남쪽 지평선 위 하늘을 가리켰다.

성은 여기서 보니 견고한 땅 위에 세워진 것 같지 않

왔다. 그것은 오히려 떠다니고 있다. 부유하고 있다. 공기가 맑아지면 성의 실체에서 성의 정신 같은 것이 빠져나와 높은 곳에서 허리를 펴고 사방을 둘러보는 모습이 멀리서도 보일 것 같다. 오사카 성의 망루는 떠돌이들이 수시로 눈속임을 당하는 몽환적인 섬의 그림자처럼 보이기도 했다.

'혹시 먼지 쌓인 저 망루에 살고 있는 사람이 있을까? 설마 저기는 아무도 살지 않겠지?'

아무도 살고 있지 않다는 결론이 겨우 그녀를 안심시킨다. 저 멀리 있는 낡은 망루에 사람이 사는지 아닌지 당장 판단을 내리지 않으면 견딜 수 없게 만드는 이 불행한 상상력…… 아무 생각도 하지 않는다는 그녀만의 행복의 근거를 항상 위협하는 이 상상력.

"무슨 생각 해요, 에쓰코 씨? 료스케 생각? 아니면……."

창가에 앉은 겐스케가 물었다. 그 목소리가 전에는 몰랐는데 어찌된 일인지 료스케의 목소리와 너무 비슷하여 에쓰코는 깜짝 놀랐다.

"별다른 건 아니고, 저 성에도 사람이 살고 있을까, 그런 생각을 하고 있었어요."

그녀의 옅은 미소가 겐스케의 냉소주의를 자극했다.

"에쓰코 씨는 역시 사람을 좋아하는군요……. 사람, 사람, 사람. 당신은 정말 건실한 사람이에요. 나 같은 놈은 흉내 낼 수도 없는 건전한 정신을 갖고 있는 거죠. 에쓰코 씨는 좀 더 자신에게 솔직해질 필요가 있어요,

내가 진단을 내리자면……. 그러니까……."

늦은 아침 식사가 끝난 후 접시와 그릇을 우물가에 씻으러 갔던 치에코가 마침 행주를 덮은 쟁반을 손에 들고 계단을 올라왔다. 그녀의 가운뎃손가락에 자그마한 꾸러미가 위태롭게 매달려 있었는데, 쟁반을 놓기도 전에 창가에 앉은 겐스케의 무릎에 툭 떨어뜨리며 말했다.

"방금 도착했어."

"아, 기다리고 기다리던 약이 드디어 도착했구나."

'Himrod's Powder'라고 적힌 작은 병이었다. 미국산 천식 특효약인데, 오사카의 무역회사에 다니는 친구가 구해서 보내준 것이다. 부탁한 물건이 아무리 기다려도 도착하지 않아 어제까지만 해도 겐스케가 욕을 퍼부었던 친구다.

이때다 싶었는지 에쓰코가 일어서려 하자 치에코가 말했다.

"어머, 내가 오자마자 바로 나가는 건 좀 아니지 않나?"

하지만 이대로 있으면 어떤 이야기가 나올지 에쓰코는 대충 짐작할 수 있었다. 겐스케 부부에게는 심심한 사람 특유의 병적인 친절함이 있었다. 뒷담화와 오지랖…… 촌사람의 이 두 가지 특성이 고급스러운 모습으로 가장된 채 겐스케 부부를 침범했다. 다시 말해 비판과 충고라는 고급스러운 탈을 쓰고.

"중요한 얘기를 하고 있었지. 내가 에쓰코 씨한테 충고 한마디 했거든. 그래서 지금 도망치려는 거야."

"……그렇게 변명할 필요까진 없고. 그런데 나도 에쓰코 씨한테 어드바이스할 게 있는데. 꼭 에쓰코 씨 편에서 조언해 주고 싶거든, 오히려 응원이라고 해야 할까. 그래, 응원에 가까워."

"해봐. 마음껏 해보라고."

신혼부부 수준의 이 같잖은 말싸움은 옆에서 듣기에 상당히 귀에 거슬렸다. 지루한 시골구석에서 겐스케와 치에코가 매일 밤낮으로 구경꾼 없이 공연하는 이 신혼부부 콘셉트의 연극……. 그들은 이 익숙한 배역을, 숙달된 즉흥극을 매일같이 반복해도 싫증내지 않았다. 그들은 이제 배역에 대한 의문도 갖지 않는다. 여든이 되어도 연극은 계속되고 잉꼬부부로 불릴 것이다……. 에쓰코는 대답도 없이 부부에게 등을 돌리고 계단을 내려갔다.

"진짜 갈 거예요?"

"네, 마기를 산책시키고 오려고요. 돌아오는 길에 들를게요."

"에쓰코 씨는 정말 강철 같은 의지의 소유자야."

치에코가 말했다.

농한기의 아침. 아직 수확이 시작되지 않은 이 계절의 평온한 휴일. 야키치는 배 밭을 가꾸러 나갔다. 아사코는 '추분절'이라 학교에 안 간 노부코를 데리고, 나쓰오는 업기도 하고 걷게도 하면서 마을의 배급소로 유아용 보급품을 받으러 나갔다. 미요는 느긋하게 이 방 저

방을 청소하며 돌아다닌다. 에쓰코는 부엌 입구의 나무 그늘에 묶여 있는 마기의 목줄을 풀었다.

미노오 거리로 나가서 멀리 돌아 옆 마을까지 가볼까? 야키치 말로는 쇼와 10년 무렵엔 밤에 혼자 그쪽으로 가면 여우가 큰 길까지 따라 나왔다고 한다……. 그 길로 가면 두 시간은 넉넉히 걸릴 것이다. 그렇다면 묘지로……? 그건 너무 가깝다.

마기는 그녀의 손바닥에 생동감 넘치는 줄의 진동을 전했다. 에쓰코는 마기가 가는 대로 몸을 맡기기로 했다. 밤나무 숲에 들어서자 가을 매미가 울어댄다. 해가 조금씩 떨어지고 있다. 낙엽 사이로 그물버섯이 보이기 시작했다. 야키치는 이 부근의 버섯을 자신과 에쓰코의 전유물로 삼았다. 노부코는 아무 생각 없이 따와서 장난감으로 가지고 놀다가 야키치에게 맞은 적도 있다.

농한기의 나날은 마치 강요된 휴식, 자각증상이 전혀 없는 환자에게 강제된 휴양과 같은 무거움을 에쓰코의 마음에 던져주었다. 불면증이 심해졌다. 무엇을 하며 살아야 할까. 현재를 살아가기엔 하루하루가 너무 길고 단조롭다. 과거를 반추하려 하면 그 고통은 모든 것을 위태롭게 만든다. 풍경 위에, 계절 위에 떠 있는 이 휴가의 눈부심, 에쓰코는 이미 휴가라는 것이 없어진 졸업생 같은 눈으로 그것을 바라볼 수밖에 없다……. 그러나 그녀의 경우 꼭 그렇지는 않았다. 에쓰코는 학창시절부터 여름방학이라는 걸 싫어했다. 여름방학은 왠지 의무처럼 느껴졌다. 스스로 걸어서 스스로 문을 열고 스스로 문밖의 빛 속으로 달려 나가야 하는 의무였다. 어렸을 때부터 스스로 버선을 신어본 적도, 기모노를 입어본 적도 없는 이 여학생에게는 매일 강제로 나가야 하는 학교가 더 자유롭고 아늑하게 느껴졌다…… 도시에서 느끼는 권태에 비해, 농한기는 이 얼마나 무자비하도록 밝은 것인가……? 무언가가 에쓰코를 유혹한다. 그녀에겐 늘 의무로 느껴지는 그 압박감 같은 갈증. 마시면 금세 구역질을 일으킬 것 같은 두려움에도 물을 찾을 수밖에 없는 술 취한 사람의 갈증.

이러한 감정의 요소는 밤나무 숲을 스쳐 지나는 바람 속에도 있었다. 이미 태풍의 격렬함을 잃어, 지금은 숨죽인 채 나뭇잎만 흩날리며 지나가는 이 바람 속에는 유혹자의 몸짓과 닮은 데가 있는 것 같다…… 소작인의 거처가 있는 방향에서 도끼로 장작 패는 소리가 들려온다. 이제 한두 달 후면 숯 굽는 일이 시작될 것이다. 오쿠라가 스기모토 일가를 위해 매년 숯을 굽는 작은 숯가마가 숲 한편에 묻혀 있다.

마기는 에쓰코를 숲속 이곳저곳으로 데리고 다녔다. 임산부 같은 그녀의 어정쩡한 걸음걸이가 이때만큼은 활기찬 자세로 가뿐히 바뀌었다. 그녀는 언제나처럼 기모노를 입고 있었다. 그루터기에 걸려 찢어지지 않도록 옷자락을 힘껏 들어 올리고 달렸다.

개는 분주하게 냄새를 맡고 있다. 거칠게 숨을 몰아쉬는 늑골의 움직임이 보인다.

숲속의 땅 한 군데가 불룩 솟아 있다. 마치 두더지가

지나간 흔적처럼 보여서, 에쓰코는 개와 나란히 서서 눈을 떨구었다. 그때 희미한 땀 냄새를 맡았다. 사부로가 서 있었다. 개가 그의 어깨로 기어올라 혀로 그의 뺨을 핥았다.

사부로는 웃으면서 괭이를 메고 있지 않은 손으로 마기를 떼어내려 했지만, 개가 쉽게 떨어지지 않자 "마님, 목줄을 좀 당겨주세요"라고 말했다. 에쓰코는 겨우 알아차리고 목줄을 당겼다.

방심했던 그 짧은 순간에 그녀가 본 것은 왼쪽 어깨에 메고 있던 괭이가 개를 밀어내려는 몸짓으로 인해 몇 번인가 공중으로 튀어 오르는 그 움직임이었다. 반쯤은 말라붙은 진흙으로 뒤덮이긴 했지만, 시퍼런 날 끝이 나뭇잎 사이로 쏟아지는 햇볕을 뚫고 도약하는 그 움직임이었다. '위험해! 저 날이 나한테 떨어질지도 몰라!'

그런 뚜렷한 위기의식 속에서도 그녀는 신기하리만치 안도하며 꼼짝도 하지 않았다.

"밭에 나갔던 거야? 어느 밭?"

에쓰코가 물었다. 그녀가 멈춰 서 있는 상태라 사부로 역시 걸음을 떼지 않는다. 이대로 대화를 나누면서 돌아가면 두 사람이 나란히 걷는 모습을 위층에 있는 치에코에게 들킬 것이고, 그렇다고 앞으로 나아가면 사부로가 방향을 틀어야 하는 상황이었다. 에쓰코가 멈춰 선 채로 말을 꺼낸 것은 이런 즉흥적인 계산의 결과였다.

"가지 밭에 갔습니다. 가지를 따고 나서 바로 쟁기질을 할 생각이었어요."

"내년 봄에 해도 되잖아."

"예, 하지만 지금 시간이 많으니까요."

"너도 가만히 놀 수 있는 성격은 아니구나."

"예."

에쓰코는 햇볕에 그을린 사부로의 탄력 있는 목을 가만히 바라보았다. 괭이를 들지 않고는 못 배기는 그의 내면의 과잉이 좋았다. 또 감수성 부족한 이 청년 역시 그녀와 마찬가지로 농한기를 못마땅하게 여기는 것 같다는 점도 마음에 들었다.

맨발 위에 신은 그의 찢어진 운동화가 문득 그녀의 눈에 들어왔다.

'……이 시점에 이르러서도 여전히 양말을 주는 행위에 집착하는 나의 망설임을 알면 나를 욕하는 사람들은 어떻게 생각할까? 마을 사람들은 나를 음탕한 여자라고 소문내고 있다. 그러면서도 그들은 나보다 몇 배나 더 음란한 행위를 아무렇지도 않게 행하지 않는가. 내 행위의 어려움은 어디에서 오는 것일까? 나는 아무것도 바라지 않는다. 어느 날 아침, 내가 눈을 감고 있는 동안 세상이 변했음을 시인한다. 그런 아침이, 그런 순결한 아침이, 이제 곧 찾아와도 괜찮을 것이다. 누구의 것도 아닌, 누구에게도 구애받지 않고 찾아올 아침이……. 나는 아무 욕심이 없다. 그런데도 나의 행위가 그렇게 아무것도 바라지 않는 나를 뿌리째 뒤흔드는 순간을 꿈꾼다. 아주 사소한, 아주 작은, 눈에 띄지 않는 나의 행위가…….'

……그래, 어젯밤 나는 사부로를 만나 양말 두 켤레를 건넨다고 생각한 것만으로도 충분한 위안을 얻었다……. 지금은 그렇지 않다……. 양말을 준다고 해서 뭐가 어떻게 된다는 것인가……. 그는 웃으며 조금 얼떨떨한 목소리로 "감사합니다"라고 말할 것이다. 그리고 등을 돌리고 아무 일 없었다는 듯이 가버릴 것이다……. 눈에 뻔히 보인다. 그러면 내가 너무 비참하다.

이 괴로운 양자택일 앞에서 내가 몇 달을 고민해 왔는지 누가 알겠는가. 덴리에서 춘계 대제가 열렸던 4월 하순부터 5월, 6월……, 긴 장마, 7월, 8월……, 혹독한 여름, 그리고 9월……, 나는 남편의 죽음으로 맛보았던 그 지독하도록 격렬한 자각을 다시 느끼고 싶다. 그것이 바로 행복이다…….'

여기서 에쓰코의 생각이 전환된다.

'그래도 나는 행복하다. 누구에게도 내가 지금 행복하다는 것을 부정할 권리는 없다.'

……그녀는 일부러 시간을 끌며 소맷자락에서 양말 두 켤레를 꺼냈다.

"이거, 신어. 어제 한큐 백화점에서 너 주려고 사온 거야."

사부로는 잠시 의아한 표정으로 에쓰코의 얼굴을 똑바로 쳐다보았다. '의아한 표정'이라는 건 오히려 에쓰코의 추측이다. 그 시선에는 그저 단순한 물음이 있었을 뿐이다. 한 점의 의혹도 없다. 그는 언제나 서먹서먹하기만 했던 나이 든 부인이 뜬금없이 양말을 건네주는 걸 이해할 수 없는 것이다……. 그러다 너무 오래 침묵하는 건 예의에 어긋난다고 생각했는지, 진흙투성이의 손을 바지 엉덩이에 문지르고는 미소 띤 얼굴로 양말을 받아들었다.

"정말 감사합니다."

이렇게 말하고 운동화 뒤꿈치를 맞댄 채 꾸벅 인사를 했다. 인사를 할 때는 습관적으로 발뒤꿈치를 자연스럽게 맞댄다.

"나한테 받았다고 아무한테도 얘기하지 마."

에쓰코가 말했다.

"네."

그는 대답했다. 그리고 새 양말을 바지 주머니에 아무렇게나 쑤셔 넣고 돌아섰다.

……그게 전부다. 아무 일도 없었다.

어젯밤부터 에쓰코가 기대했던 것은 이것뿐이었을까? 아니, 그럴 리가 없다. 그녀에게는 이 사소한 사건도 의식처럼 치밀하게 계획되고 철저히 예정된 일이었다. 이 작은 일을 계기로 그녀의 내면에 어떤 변화가 일어날 것이었다……. 구름이 지나가면서 들판이 어두워지고, 풍경은 마치 의미가 달라진 것처럼 보였다……. 언뜻 인생에도 존재할 것 같은 이런 종류의 변화. 바라보는 방식을 조금 바꾸기만 해도 다른 인생이 될 수 있는 이런 변화. 에쓰코는 이런 변화가 가능하다고 믿을 만큼 오만했다. 어차피 인간의 눈이 멧돼지의 눈으로 변하지 않고서는 이룰 수 없는 이런 종류의 변화……. 하지만 그녀는 여전히 인정하지 않으려 한다. 우리가 인간의 눈을 가지고 있는 한, 아무리 다르게 바라보아도 결국 같은 답이 나올 뿐이라는 것을.

……그리고 그날 하루는 갑자기 바빠졌다. 기묘한 하루였다.

에쓰코는 밤나무 숲을 벗어나 풀숲이 무성한 개울둑으로 나갔다. 옆에는 스기모토가의 입구인 나무다리가 있고, 개울 건너편은 대나무 숲이다. 이 개울은 공원묘지를 따라 흐르는 물줄기에 부딪혀 직각으로 물길을 틀어 북서쪽의 논밭으로 향한다.

마기가 개울을 내려다보며 짖는다. 물에 발을 담그고 그물을 이용하여 붕어를 잡고 있는 아이들을 향해 짖어댄 것이다. 아이들은 침을 튀겨가며 이 세터 종의 늙은 개를 욕하는 것으로 모자라, 보이지 않지만 개 목줄을 당기는 사람을 짐작하고 청상과부가 어떻다는 둥 입방아를 찧어대면서 부모들이 하는 뒷담화를 그대로 따라 했다. 에쓰코가 둑 위로 모습을 드러내자 아이들은 바구니를 휘두르며 건너편 둑으로 뛰어올라 햇볕이 내리쬐는 대나무 숲 안으로 사라졌다. 대나무 밑동에 난 이파리들이 밝은 수풀 속에서 여전히 의미심장하게 흔들리고 있다. 그 주변에 아직 숨어 있는지도 모른다…….

그때 대나무 숲 너머에서 자전거 벨 소리가 울렸다. 곧이어 나무다리 위로 우편배달부 아저씨가 자전거를 끌면서 나타났다. 이 마흔대여섯 살쯤 된 배달부는 늘 무언가를 달라고 조르는 버릇이 있어 모두가 불편해한다.

에쓰코가 다리 쪽으로 다가가서 전보를 받았다. 도장이 없으면 사인을 하라고 배달부가 요청했다. 사인 정도의 영어는 이런 시골에서도 이미 보편화된 단어다. 에쓰코가 꺼낸 가느다란 연필 모양의 볼펜을 배달부가 유심히 들여다본다.

"그거, 무슨 펜입니까?"

"볼펜이에요. 싸구려예요."

"특이하네요. 좀 보여주십시오."

주겠다고 할 때까지 끝없이 칭찬을 늘어놓을 그에게 에쓰코는 아낌없이 줘버리고 야키치 앞으로 도착한 전보를 챙겨 돌계단을 올랐다. 그녀는 어처구니가 없었다. 사부로에게 겨우 두 켤레의 양말을 주는 것이 얼마나 어려운 일인지, 그리고 졸라대는 배달부에게 볼펜을 주는 것이 얼마나 쉬운 일인지. '……그럴 수밖에 없지. 사랑하지만 않는다면 사람과 사람 사이를 엮는 일 따위는 쉽게 할 수 있어. 사랑하지만 않는다면…….'

스기모토가의 전화기는 베히슈타인 피아노와 함께 이미 팔아버렸다. 전보는 전화를 대신하여 오사카에서 오는 그다지 급하지 않은 용무에 사용되었다. 스기모토가의 사람들은 심야의 전보에도 놀라지 않았다. 이 전보를 펼친 야키치의 얼굴에는 기쁨이 가득했다. 발신자인 미야하라 게이사쿠는 국무대신이다. 야키치의 후배로서, 그의 뒤를 이어 간사이상선 사장을 지낸 사람이다. 그러다 종전 후 정계에 진출한 것이다. 그는 지금 선거 유세를 위해 규슈로 가는 길이며, 반나절 정도 짬을 얻어 저녁 때 한 삼사십 분 야키치를 만나고 싶다고 했다…….
놀랍게도 방문일이 바로 오늘이었다.

야키치의 방에 마침 농업협동조합의 간부급 손님이 와 있었다. 아직 한낮에는 더운 날씨인데도 점퍼를 대충 껴입고 공출 관련 조사를 하러 돌아다니는 남자였다. 청년단 소속인 선임 간부들의 부정부패가 심해 이번 여름에 임원 교체가 단행되었는데, 신임 임원 중 한 명으로 선출된 이 남자는 오로지 옛 지주들의 고견을 들으러 다니는 것을 본업으로 삼았다. 이 지역은 보수당의 텃밭이므로, 그는 이와 같은 처세술이 가장 시의적절하다고 믿었다.

전보를 읽는 야키치의 얼굴에 희색이 넘쳐나는 것을 보고, 그가 무슨 좋은 소식인지 물었다. 야키치는 말해주고 싶지 않은 기쁜 비밀 때문에 문득 주저하는 모습을 보였다. 하지만 결국 털어놓지 않을 수 없었다. 필요 이상의 극기는 노쇠한 몸에 독이 된다.

"뭐, 국무대신 미야하라 씨가 놀러 온다는 소식이야. 비공식적인 방문이니 마을 사람들한텐 아무에게도 말하지 말게. 몸과 마음을 쉬러 오는 것인데 귀찮게 하면 내가 미안할 것 같아서 말이지. 미야하라 씨는 내 고등학교 후배거든. 간사이상선에는 나보다 2년 늦게 입사했고."

……응접실 안, 오래도록 사람의 손길이 닿지 않은 두 개의 소파와 열한 개의 의자는 마치 기다림에 지친

여인들과 같았고, 그 하얀 삼베 커버에 묻은 것은 되돌릴 수 없는 감정의 고갈이었다. 그러나 이 방에 서면 왠지 모르게 에쓰코의 마음이 편안해진다. 맑은 날이면 아침 아홉 시에 이 방의 창문이라는 창문을 모두 여는 것이 그녀의 역할이다. 창문을 열면 동쪽을 향한 창문으로 아침 햇살이 한꺼번에 쏟아져 들어오는데, 이 계절에는 햇빛이 대체로 야키치의 청동 흉상의 뺨 높이에서 겨우 멈춘다. 마이덴에 온 지 얼마 되지 않은 어느 날 아침, 에쓰코는 이 창문을 열어보고 깜짝 놀랐다. 화병에 꽂혀 있던 유채꽃에서 날아올랐다고 보기에는 너무 많은 나비가 창문이 열리자마자 그동안 숨죽여 이 순간을 기다렸다는 듯이 일제히 날갯짓을 하며 밖으로 몰려나갔기 때문이다.

에쓰코는 미요와 함께 정성스레 먼지를 털고 광을 냈다. 극락조 박제가 담긴 유리상자의 먼지도 털어냈다. 그래도 가구나 기둥까지 스며든 곰팡이 냄새는 지워지지 않았다.

"이 곰팡이 냄새를 어떻게 하면 좋을까?"

에쓰코가 흉상을 행주로 닦으면서 주위를 둘러보며 말했다. 미요는 대답하지 않았다. 이 반쯤 잠든 듯한 시골 아가씨는 의자에 올라서서 무표정하게 먼지떨이로 기다란 액자를 털고만 있었다.

"냄새가 너무 심하네."

에쓰코가 다시 한번 또박또박 혼잣말처럼 말했다. 그러자 미요는 의자 위에 선 채로 이쪽을 보면서,

"예, 심하네요, 정말."

이라고만 했다.

에쓰코는 화가 났다. 화를 내면서, 사부로와 미요의 공통점인 이 촌스럽고 우둔한 반응이 왜 사부로의 경우는 에쓰코의 마음에 위안을 주고, 미요의 경우는 에쓰코를 화나게 하는지를 생각했다. 다름 아닌 미요와 사부로 쪽이 그녀와 사부로 쪽보다 훨씬 더 닮았다는 점이 에쓰코를 화나게 한 것이다.

에쓰코는 야키치가 저녁에 아마도 대신에게 소탈하게 권유할 게 뻔한 의자에 앉아보았다. 그러자 그녀의 얼굴에 사회로부터 잊힌 선배의 거처를 둘러보는 바쁜 남자의, 조금은 연민이 섞인 의젓한 표정이 떠올랐다. 대신은 1분 1초에 경매라도 붙을 듯한 그의 바쁜 하루 중 수십 분을 이 방문의 유일한 선물로 들고 와서, 그것을 묵직하게 주인 앞에 내려놓을 것이다.

"그냥 이대로 괜찮아. 준비 따위 필요 없어."

야키치는 행복한 듯 눈가를 찡그리며 에쓰코에게 그런 말을 되풀이했다. 어쩌면 이 거물급 대신의 방문이 생각지도 못한 복귀의 실마리를 가져다줄 것 같기도 했다.

'어떻습니까? 한번 출마해 보시지 않겠습니까? 전후에 미숙하고 변변찮은 신인이 득세하던 시대는 이제 지났습니다. 정계에도 재계에도 경험이 풍부한 대선배가 부활하는 시대가 곧 올 것입니다.'

이 말을 들을 때, 자기비하의 가면을 쓴 야키치의 자조는 순식간에 날개를 달고 빛을 발할 터였다.

'나 같은 건 이제 안 되지요. 이런 늙은이는 더 이상 아무짝에도 쓸모가 없소. 농사짓는 흉내는 내고 있지만 늙은이한테는 어울리지도 않고, 내가 할 수 있는 일이라고 해봐야 화분이나 가꾸는 정도입니다…… 하지만 나는 후회하지 않아요. 나는 이대로 만족하고 있소. 자네 앞에서 이런 말을 하는 것도 좀 그렇지만, 이런 시대에 표면에 나서는 것은 위험하기 짝이 없는 일이라는 생각이 듭니다. 언제 뒤집어질지 모르는, 그래요, 모든 것이 껍데기뿐인 세상입니다. 평화도 허상이라면 불황도 허상이고, 그리고 보면 전쟁도 허상이라면 호황도 허상, 이 허울뿐인 세상에서 수많은 사람들이 살고 죽어요. 인간이기 때문에 생사는 당연한 것입니다. 이는 자연스러운 일이에요. 하지만 이런 겉치레뿐인 세상에서는 목숨을 걸 만한 것을 찾을 수 없어요. 그렇지요? 겉모습에 목숨을 걸면 어릿광대가 아니겠소? 게다가 나라는 인간은 목숨을 걸지 않고는 일을 할 수 없는 사람이에요. 아니, 나만 그런 게 아닙니다. 목숨을 걸지 않으면 진짜 일을 할 수 없는 법이라오. 나는 그렇게 생각합니다. 그렇다면 현재 세상에서 활동하시는 분들은 목숨을 걸 만한 직업 없이도 단지 일을 해야 하는 측은한 분들이라고 말씀드려야 할 것 같소. 뭐, 그런 거지요…… 그건 그렇다 치고, 나는 늙었어요. 이제 앞날이 길지 않아요. 그저 한낱 노인의 넋두리라 생각하시고 화를 내지는 말아주

시오. 나는 이제 늙었소. 술지게미요. 술을 거른 후에 누룩 국이나 끓일까 싶은 찌꺼기예요. 그런 걸로 재탕해서 다시 술을 만들겠다는 그런 살벌한 이야기는 하지 말아주세요.'

야키치가 대신에게 쥐여주려는 뇌물은 명예도 재물도 헛되다고 생각하게 만드는 '유유자적'이라는 이름의 뇌물이었다. 이런 뇌물이 무슨 이득을 약속해 줄 것인가. 이는 곧 야키치의 은거에 사회적 평가를 부여해 줄 것이다. 세상을 버린 늙은 매의 숨겨둔 날카로운 발톱을 재평가해 줄 것이다.

> 아침에는 목란에서 떨어지는 이슬을 먹고
> 저녁에는 가을 국화 떨어지는 꽃잎 먹네

응접실 액자에는 야키치 자신이 직접 쓴, 그가 좋아하는 「이소경離騷經」 시구가 걸려 있다. 자수성가한 부자가 이 정도의 취미에 도달했다는 것은 대단한 일이고, 만약 괴팍한 천성이 그의 안목을 키워주었다면, 이 시골 촌부 같은 괴벽은 역시 어떤 식으로든 야키치의 야심에 제동을 걸었을 것이다. 태생이 좋은 사람은 좀처럼 풍류에 물들지 않는 법이다.

오후까지 스기모토 일가는 바쁘게 움직였다. 야키치는 거창하게 맞이할 필요가 없다고 재차 말했다. 하지만 그 말대로 하면 심기가 불편해질 것을 모두 잘 알고 있었다. 겐스케 혼자 2층에 조용히 숨어 노동을 피했다. 에쓰코와 치에코는 추분을 위해 찬합에 준비했던 떡을 정리하고, 만일의 사태에 대비하여 저녁 식사를 준비했다. 비서관과 운전기사 몫까지 챙겼다. 오쿠라의 아내까지 호출하여 닭을 잡기로 했다. 잔무늬 원피스를 입은 그녀가 닭장 쪽으로 가자 아사코의 두 아이가 재미있어하며 따라갔다.

"안 돼. 닭 잡는 걸 보면 안 된다고 몇 번이나 말했니?"

아사코의 고함 소리가 집 안에 울려 퍼진다.

요리도 바느질도 못 하지만, 아이에게 소시민적인 교육을 시키는 재주는 충분히 가지고 있다고 믿는 아사코였다. 그녀는 노부코가 오쿠라의 딸에게 빨간 표지 만화책을 빌려올 때마다 화를 냈다. 그리고 빼앗은 만화책 대신 영어로 된 그림책을 내밀었다. 노부코는 공주의 얼굴을 파란 파스텔로 마구 칠하는 식으로 반항했다.

에쓰코는 옻칠을 한 나무 쟁반을 찬장에서 꺼내 하나하나 닦으면서, 목이 졸려 죽어가는 닭의 울음소리를 희미한 전율 속에서 기다렸다. 쟁반에 입김을 불었다가 또 닦는다. 적갈색 옻칠이 흐려졌다가 바로 투명해지면서 에쓰코의 얼굴을 비춘다. 이 불안한 반복 속에서 그녀는 한 마리의 닭이 목 졸려 죽어가는 헛간의 광경을 상상했다.

헛간은 부엌 뒷문과 이어져 있다. 오쿠라의 안짱다리 아내가 닭을 들고 헛간으로 들어선다. 헛간 내부는 오후의 햇볕에 반쯤 노출되어, 어두운 부분은 한층 더 어두워 보인다. 둔한 쇠붙이에서 반사된 그림자 윤곽이 안쪽에 세워둔 괭이와 가래의 위치를 넌지시 알려준다. 썩어가는 덧문 두세 짝이 벽에 기대어 있다. 삼태기가 있다. 살충제인 황산구리를 감나무에 뿌리는 데 사용하는 분무기가 있다. 기울어진 작은 의자에 오쿠라의 아내가 앉아서 그 굵은 나무 둥치 같은 무릎 사이에 버둥거리는 닭의 날개를 단단히 끼워 넣는다. 그때서야 그녀는 자신을 따라 온 두 아이가 헛간 입구에서 그녀의 일거수일투족을 가만히 지켜보고 있는 것을 알아차린다.

"안 돼요, 아가씨. 엄마한테 혼날 거예요. 저쪽으로 가세요. 아이들이 볼 수 있는 게 아니에요."

닭이 울부짖는다. 그 기척을 알아채고 닭장 쪽에서도 친구 닭들이 소란을 떨기 시작한다.

노부코와 노부코의 손을 잡은 어린 나쓰오가 역광의 그림자 속에서 눈만 반짝이며, 온몸으로 날갯짓하는 닭 위에 한 여인이 엎드려 귀찮다는 듯이 닭의 목덜미로 양손을 뻗는 모습을 숨죽인 채 지켜보고 있다…….

에쓰코는 마침내, 혼란스러워 어떻게 소리를 질러야 할지 몰라 되는 대로 있는 힘껏 내지르는 초조한 닭의 울부짖음을 듣게 된다.

손님이 오지 않음에도 야키치가 초조함을 숨기고 전혀 기다리지 않는 것처럼 태연하게 보였던 것도 기껏해야 네 시쯤까지였다. 마당의 단풍나무 그늘이 짙어지자 불안한 표정을 솔직하게 드러내기 시작했다. 평소와 달리 줄담배를 피워댔다. 그러고는 다시 서둘러 배 밭을 손질하러 나갔다.

에쓰코는 그를 위해 도로가 끝나는 지점인 묘지 입구까지 나가서 스기모토가를 찾아오는 고급 승용차가 있는지 살폈다. 다리 난간에 기대어, 저 멀리 완만하게 우회하는 도로 저편으로 시선을 돌렸다.

여기서 포장이 끝나는 미완성된 자동차 도로, 추수가 가까워진 풍요로운 논과 줄지어 선 옥수수 밭, 숲과 그 그늘에 숨은 작은 늪, 한큐 전철 선로, 마을길, 개울, 그 다양한 것들 사이를 눈길 닿는 데까지 뻗은 자동차 도로를 이 끝에서 바라보고 있자니, 에쓰코는 정신이 아득해지는 것 같은 기분이 들었다. 이 길을 따라 고급 승용차 한 대가 에쓰코의 발밑까지 달려와 멈추는 상상은 공상을 넘어 기적에 가까워 보였다. 아이들에게 물어보니 낮에 두세 대의 자동차가 이곳에 서 있었다고 한다. 하지만 지금은 그 흔적조차 없다.

'그래, 오늘이 추분이었어. 그런데 어떻게 된 거지. 아침부터 만들어놓은 떡도 눈치 빠른 아이들이 함부로 건드리지 못하도록 찬합에 넣어 찬장에 숨겨둔 걸 아무도 기억해 내지 못할 정도로 바빴어. 나는 불단 앞에서 한 번은 절을 했지. 그저 매일 하는 것처럼 습관적으로 향을 피웠을 뿐이야. 모두들 온종일 산 사람의 방문을 기다리느라 죽은 자를 잊고 있었어.'

핫토리 공원묘지 입구에서 한 가족이 앞서거니 뒤서거니 하며 떠들썩하게 나오고 있었다. 평범한 중년 부부와 여학생도 섞여 있는 네 명의 아이들이었다. 아이들은 쉽게 무리를 짓지 못하고 끊임없이 뒤로 물러섰다가 앞서서 달려 나가거나 했다. 자세히 보니 회전 교차로처럼 되어 있는 원형의 잔디밭 위에서 메뚜기 잡기 놀이를 하고 있었다. 잔디밭을 밟지 않고 가장 많은 메뚜기를 잡는 아이가 이기는 놀이다. 잔디밭은 서서히 어두워졌다. 입구 안쪽으로 보이는 묘지와 울창한 나무숲, 덤불까지 마치 솜이 물을 머금듯이 슬그머니 그림자에 잠긴다. 오로지 먼 언덕 경사면에 있는 묘지만이 석양에 비치고, 묘비와 상록수림이 햇볕을 받아 밝게 빛났다. 그곳만이 마치 은은하게 반짝이는 얼굴처럼 보인다.

에쓰코는 중년의 부부가 아이들에게는 전혀 무관심한 채로 둘이서만 웃으며 대화를 나누는 모습이 우스꽝스럽다고 생각했다. 그녀의 자유분방한 상상력에 따르면, 남편은 반드시 바람을 피우고, 아내는 반드시 고통을 겪어야 하며, 중년 부부는 지쳐서 말을 하지 않거나, 서로 미워서 말을 하지 않거나 둘 중 하나여야 한다. 그런데 이 화려한 줄무늬 윗옷과 바지를 입은 신사도, 보온병이 머리를 내민 쇼핑백을 든 연보랏빛 정장 차림의 부인도 마치 이런 이야기와는 아무런 인연도 연고도 없는 사람들처럼 보인다. 이들은 이런 세상 속 이야기를 식후의 화젯거리로 삼고 잊어버리는 종족에 속한다.

다리 있는 곳까지 도달한 부부가 아이들을 부른다. 아무도 없는 길 한가운데서 불안한 표정으로 주위를 둘러본다. 신사가 에쓰코에게 다가와 정중하게 묻는다.

"한 가지 여쭙겠습니다. 한큐 오카마치 역으로 가려면 이쪽 길을 어떻게 돌아가야 할까요?"

에쓰코가 논밭을 지나 공영주택 사이로 가는 지름길을 알려주는 동안 부부는 에쓰코의 정확한 도쿄 상류층 발음에 눈이 휘둥그레졌다. 어느새 네 명의 아이들도 몰려와 에쓰코의 얼굴을 올려다보고 있다. 일곱 살쯤 되어 보이는 남자아이가 그녀 앞에 주먹을 내밀고는 슬며시 펼쳐 보여주었다. 그리고 이렇게 말했다.

"이것 봐요."

작은 손가락 우리 사이로, 몸을 구부린 연두색 메뚜기가 보였다. 곤충은 손가락 사이로 다리를 뻗었다가 오므리기도 했다.

손위 여자아이가 이 아이의 손을 아래에서 거칠게 올려쳤다. 아이가 무심코 손가락을 벌린다. 튀어나온 메뚜기는 흙바닥에서 한 번 두 번 뛰어오르더니 길가의 수풀 속으로 숨어들어 결국 보이지 않게 되었다.

남매의 싸움이 시작된다. 부모가 웃으며 꾸짖는다. 일행은 에쓰코에게 목례를 하고 다시금 여유로운 행진을 이어가며 풀숲이 우거진 논두렁길을 따라 멀어져 갔다.

에쓰코는 문득 자기 뒤에 스기모토 일가족이 애타게 기다리는 자동차가 서 있는 게 아닐까 하는 생각에 뒤를 돌아보았다. 도로에는 역시나 자동차의 그림자 하나 보이지 않았다. 길 위는 조금씩 그늘이 늘어나 어둑어둑해지고 있었다.

모두가 잠자리에 들 시간까지 끝내 손님은 오지 않았다. 일가족은 무거운 분위기에 휩싸인 채, 답답함에 말문이 막힌 야키치를 따라 어쩔 수 없이 아직 손님이 올 것 같은 표정을 짓고 있었다.

에쓰코가 이 집에 온 이래로 온 가족이 한자리에 모여 이토록 뭔가를 기다린 적은 없었다. 야키치는 잊어버린 것인지, 오늘이 기념해야 할 추분날이라는 것에 대해서는 입도 뻥긋하지 않았다. 그는 기다리고 있다. 계속 기다리고 있다. 희망과 절망에 교대로 상처받으며, 예전에 에쓰코가 남편의 귀가를 기다렸던 것처럼, 의지할 곳 없이, 모든 것으로부터 버림받은 채.

'올 거야, 아직 시간이 있잖아. 올 거야.'

이런 말을 하는 것이 두렵다. 그렇게 말하면 정말 오지 않을 것 같기 때문이다. 야키치의 심정을 조금은 알고 있는 에쓰코라도, 그의 오늘 하루를 채운 희망이 단순히 성공의 기회에 대한 희망이라고 생각하지 않는다. 우리는 자신이 기대하던 것에 배신당하는 것보다, 오히려 애써 무시했던 것에 배신당할 때 더 깊은 상처를 입는다. 그것은 등에 꽂힌 비수다.

야키치는 협동조합 간부에게 전보를 보여준 걸 후회하고 있었다. 이를 계기로 그들은 야키치에게 '버림받은 남자'라는 딱지를 붙일 것이다. 그는 대신의 얼굴을 한번 보고 싶다며 저녁 여덟 시경까지 스기모토 집에 머물며 틈틈이 일을 도와주었다. 그리고 그는 야키치의 초조함을, 겐스케의 조롱 섞인 투덜거림을, 가족들의 환영 준비를, 다가오는 밤을, 의심을, 결정적으로 잃어가기 시작한 희망을, 고스란히 지켜보았다.

에쓰코는 이 하루의 사건에서 그 어떠한 것도 기다려서는 안 된다는 교훈을 얻었다. 그리고 희망을 배반당한 야키치가 어떻게든 마음에 상처를 받지 않으려고 애쓰는 모습에, 그녀는 마이덴에 온 이래 처음으로 묘하게도 애틋한 감정을 느꼈다. 어쩌면 그 전보는 오사카에 있는 야키치의 많은 지인 중 누군가가 술자리에서 반은 술김에 장난으로 쓴 것이었는지도 모른다.

에쓰코는 야키치를 은근히 다정하게 대했다. 그에게 동정심으로 받아들여질까 봐 조심스럽게, 눈에 띄지 않도록 은밀하게.

밤 열 시가 지나자 낙담한 야키치는 이전과는 달라진 겸허한 두려움을 안고 료스케에 대해 생각했다. 평생 단 한 번도 생각해 본 적 없는 죄라는 관념을 마음 한구석에서 건드려보았다. 그 관념은 무게를 더해가며, 맛을 보면 씁쓸한 단맛을 혀에 선사했고, 다루기에 따라서는 마음에 매혹적으로 다가오는 상념 같기도 했다. 그 증거로 오늘밤의 에쓰코는 그 어느 때보다 아름다워 보였다.

"기념해야 할 명절을 어수선하게 보내고 말았구나. 기일에는 도쿄에 같이 성묘라도 다녀올까?"

그가 말했다.

"가주실 수 있으신가요?" 에쓰코는 듣기에 따라서는 기쁨이 묻어나는 말투로 되물었다. 잠시 후 다시 말을 이었다. "그 사람에 대해서라면, 아버님께서는 아무 걱정 하지 않으셔도 돼요. 그 사람은 살아 있을 때부터 제 사람이 아니었으니까요."

……비에 갇힌 이틀이 이어졌다. 그리고 사흘째인 9월 26일은 맑은 날씨였다. 일가족은 쌓인 빨래를 하느라 아침부터 바쁘게 움직였다.

에쓰코는 꿰맨 자국이 많은 야키치의 양말을 말리다가(그는 에쓰코가 자신을 위해 새 양말을 사면 화를 낼 것이다) 문득 사부로가 그 양말을 어떻게 했을지 궁금해졌다. 오늘 아침에 봤을 때 그는 여전히 맨발에 찢어진 운동화를 신고 있었다. 그리고 다소 친근해진 듯한 미소를 지으며 "마님, 안녕히 주무셨어요"라고 인사했다. 찢어진 운동화 틈 사이로 보이는 그의 지저분한 발목에 풀잎에 베인 듯한 작은 상처가 살짝 드러났다.

'외출할 때 신으려고 아껴둔 걸까? 별로 비싼 것도 아닌데, 정말 시골 소년 아니랄까 봐……'

하지만 그녀는 왜 양말을 신지 않느냐고 물을 수 없었다.

부엌 앞 네 그루의 커다란 모밀잣밤나무 가지에 밧줄이 묶여 있고, 빨래가 그 가로 세로로 길게 드리워진 노끈을 온통 점령한 채 밤나무 숲을 휘젓는 서풍에 펄렁이고 있었다. 줄에 묶인 마기는 머리 위에서 휘날리는 하얀 그림자의 장난에 몇 번이고 몸을 일으켜 세웠다가, 기억났다는 듯이 간헐적으로 짖어댔다. 에쓰코는 다 마른 빨래 사이사이를 돌아다녔다. 그러자 점점 세게 불어

오는 바람이 아직 젖어 있는 하얀 앞치마를 날려 갑자기 그녀의 뺨을 휘갈겼다. 이 상쾌한 타격이 에쓰코의 뺨을 빨갛게 달구었다.

사부로는 어디에 있는 것일까?

그녀는 눈을 감고, 오늘 아침에 본 그의 상처 입은 더러운 발목을 떠올렸다. 그의 작은 버릇, 그의 미소, 그의 가난, 그의 허름한 옷, 이 모든 것이 에쓰코의 마음에 들었다. 그의 사랑스러운 가난! 그것이 특히 마음에 들었다. 여자가 부끄러워하는 모습을 남자가 사랑스러워하듯, 그의 가난은 에쓰코 앞에서 처녀의 수치심을 대신해주고 있었다.

'혹시 자기 방에서 얌전히 이야기책이라도 읽고 있는 걸까?'

에쓰코는 앞치마 자락으로 젖은 손을 닦으며 부엌을 가로질렀다. 부엌 뒷문 옆에 쓰레기통이 있다. 미요가 매일 남은 음식물이나 상한 야채를 버리는 드럼통이다. 드럼통이 가득 차면 퇴비를 만들기 위해 파놓은 다다미 두 장 크기의 구덩이에 버리러 간다.

드럼통 안에서 뜻밖의 물건을 발견하고 에쓰코는 걸음을 멈췄다. 누렇게 변색된 채소와 생선뼈 아래에서 선명한 색깔의 천이 살짝 엿보였다. 남색이었고, 왠지 익숙한 느낌이었다. 손가락을 집어넣어 천을 꺼내보았다. 양말이었다. 남색 양말 한 켤레 아래에서 갈색 한 켤레가 나왔다. 한 번도 신은 흔적은 없었다. 백화점 상표가 핀으로 고정된 채였다.

그녀는 이 예상치 못한 발견 앞에 멍하니 서 있었다. 양말은 손가락을 떠나 드럼통의 더러운 찌꺼기 위에 놓였다. 그렇게 이삼 분쯤 지났다. 에쓰코는 주위를 둘러보고는 마치 태아를 땅에 묻는 여인처럼 두 켤레의 양말을 누런 채소와 생선뼈 밑에 서둘러 묻어버렸다. 손을 씻었다. 손을 씻으면서, 다시 앞치마로 양손을 꼼꼼히 닦으면서, 계속 생각했다. 생각은 쉽게 정리되지 않았다. 생각이 정리되기 전에 설명이 필요 없는 분노가 솟구쳐 올라와 그녀의 행동을 결정지었다.

자기 방에서 작업복으로 갈아입으려던 사부로가 창문 밖에 나타난 에쓰코를 보고는 서둘러 와이셔츠 단추를 다시 채우면서 조용히 앉았다. 소매 단추는 아직 채우지 않았다. 그가 에쓰코의 표정을 슬쩍 살핀다. 에쓰코는 아직 아무 말도 하지 않는다. 소매 단추를 끼운다. 여전히 침묵하고 있다. 사부로는 그녀의 얼굴 표정이 조금도 바뀌지 않는 것에 놀랐다.

"내가 준 양말 어떻게 했어? 왜 안 신는 거야?"

에쓰코는 부드럽게 말했지만, 듣는 사람에겐 필요 이상으로 부드러워서 섬뜩했다. 그녀는 화가 났다. 이유도 모른 채, 우연히 감정의 한구석에서 생겨난 이 분노를 에쓰코는 스스로 확대 해석하고 재생산해 냈다. 그것 없이는 감히 이런 질문을 할 수 없는 에쓰코에게 분노는 그저 눈앞의 필요에 의해 생겨난 절실하고 추상적인 감정이었다.

사부로는 강아지 같은 검은 눈동자에 동요의 기색을

드러냈다. 다 채운 왼쪽 소매 단추를 다시 풀었다가 끼웠다. 이번에는 그가 언제까지고 침묵을 지킨다.

"어떻게 했길래 그래? 왜 입을 다물고 있어?"

에쓰코는 창문의 난간에 팔을 걸고, 사부로를 노려보듯 뚫어지게 쳐다보았다. 화를 내면서 이 순간의 쾌감을 맛보았다. 세상에! 지금까지는 상상도 할 수 없었다. 이런 식으로 승리의 기분을 느끼며, 고개 숙인 이 구릿빛의 탄탄한 목을, 그 매끈한 면도 자국을 탐욕스럽게 바라볼 수 있을 줄은…… 에쓰코의 말투에는 자기도 모르게 애무의 어조가 묻어났다.

"괜찮아, 그렇게 당황하지 않아도 돼. 이미, 봤으니까. 쓰레기통에 버려져 있는 걸……. 네가 버렸어?"

"네, 제가 버렸습니다."

사부로가 망설임 없이 이렇게 대답했다. 이 대답이 에쓰코를 불안하게 했다.

'누군가를 비호하고 있다. 그렇지 않다면 조금이라도 망설이는 기색이 보였을 거야.'

문득 에쓰코의 등 뒤에서 흐느끼는 소리가 들렸다. 미요가 자신의 키에 비해 너무 큰 낡은 쥐색 모직 앞치마로 얼굴을 가리고 울고 있었다. 흐느낌 사이사이로, 끊어질 듯 말 듯이 이렇게 말하는 소리가 들렸다.

"제가 버렸어요. 제가 버렸어요."

"뭐라고? 그런데 왜 우는 거야?"

에쓰코는 미요를 이렇게 추궁하다가 문득 사부로의 얼굴을 보았다. 그의 눈빛이 초조함을 드러내며 미요에게 무슨 말을 하고 싶어 한다. 이 발견이 미요의 얼굴에서 앞치마를 벗겨내는 에쓰코의 손길을 아주 폭력적으로 만들었다.

겁에 질린 미요의 새빨간 얼굴이 앞치마 너머로 나타났다. 평범한 시골 처녀의 얼굴이다. 눈물로 얼룩진 얼굴은 오히려 못생겼다는 표현이 더 맞을 것이다. 잘 익은 감처럼 쿡 찌르면 터질 것 같은 벌겋게 부풀어 오른 뺨, 가늘고 빈약한 눈썹, 아무 말도 할 수 없을 것처럼 우둔하고 커다란 눈동자, 밋밋한 코……. 다만 입술 모양이 에쓰코를 조금 짜증나게 했다. 에쓰코의 입술은 보통 사람들보다 얇다. 그러나 이 오열하며 떨고 있는, 눈물과 콧물에 젖은 채 빛나고 있는 이 입술은 복숭아 같은 솜털로 둘러싸였고, 적당한, 말하자면 작고 사랑스러운 진홍색 바늘겨레만큼의 두께를 가지고 있었다.

"이유를 말해 봐. 난 양말을 버린 것에 대해서는 별다른 생각 없어. 그냥 이유를 모르겠어서 물어보는 것뿐이야."

"네……."

사부로는 미요가 하려는 말을 막았다. 민첩한 말투가 평소의 그를 가짜인 것처럼 보이게 만들었다.

"정말 제가 버린 겁니다, 마님. 제가 신기에는 너무 아까워서 일부러 버린 겁니다. 제가 그랬습니다, 마님."

"그런 이치에도 맞지 않는 말을 하면 내가 어떻게 믿겠니."

사부로의 행위가 에쓰코의 입을 통해 야키치에게 전

해지면, 야키치는 반드시 사부로를 징계할 것이라고 미요는 생각했다. 사부로가 더 이상 자신을 비호하게 해서는 안 된다. 그래서 사부로의 말을 가로막고 이렇게 말했다.

"제가 버렸어요, 마님. 사부로 씨가 마님께 받았다며 제게 처음 보여주었을 때부터 저는 마님께서 그런 것을 그냥 주실 리가 없다고 계속 의심했어요……. 그랬더니 사부로 씨가 화를 내면서 저한테 주겠다며 두고 가버린 거예요……. 남자 양말은 여자가 신을 수 있는 게 아니기 때문에, 그래서 버렸어요."

미요는 다시 앞치마를 들어 올려 얼굴을 가렸다……. 이 정도면 말이 된다. '남자 양말은 여자가 신을 수 없다'는 귀여운 말장난을 빼고 들으면 말이다.

에스코는 무슨 말인지 알아차렸다. 그리고 나른한 어조로 말했다.

"괜찮아. 울 일이 아니야. 누가 보기라도 하면 어떻게 생각할지 모르겠네. 양말 한두 켤레 때문에 이렇게 소란 피울 거 없어. 괜찮아. 눈물 닦아."

에쓰코는 일부러 사부로의 얼굴을 보지 않는다. 그녀는 미요의 어깨를 안고 그 자리를 떠났다. 그녀는 자신이 안은 어깨를, 지저분한 목덜미를, 다듬어지지 않은 머리카락을 물끄러미 바라보았다.

'이런 여자를! 하필이면 이런 여자를!'

청명한 가을 하늘이 드문드문 이어지는 모밀잣밤나무 가지에서 올해 처음 듣는 것 같은 때까치 울음소리가 떨어졌다. 이 소리에 정신이 팔려 비 온 뒤의 물웅덩이에 빠진 미요의 발이 에쓰코의 옷자락에 흙탕물을 튀겼고, 에쓰코는 아, 하고 손을 놓았다.

미요가 갑자기 땅바닥에 개처럼 쪼그리고 앉았다. 그리고 방금 자기 눈물을 닦던 모직 앞치마로 에쓰코의 옷자락을 정성으로 닦기 시작했다.

그저 묵묵히 지켜보는 에쓰코의 눈에는 이 무언의 충직한 행동이 시골 처녀의 발칙한 수작이 아닌, 삐딱하면서도 은근한 적대감으로 비쳤다.

그 일이 있은 후의 어느 날, 에쓰코는 사부로가 그 양말을 신고 아무 일도 없었다는 듯이 천진난만하게 웃으며 인사하는 것을 보았다.

……에쓰코는 삶의 보람을 느꼈다.

그날부터 10월 10일 가을 축제날의 그 가증스러운 사건이 있기까지, 에쓰코는 살 만한 가치가 있다고 느끼면서 살아왔다.

에쓰코는 결코 구원을 바라지 않았다. 그런 그녀에게도 삶의 보람이 생긴 것은 참으로 기이한 일이다.

인생이 살아갈 가치가 없다고 생각하는 것은 쉬운 일이지만, 그렇기 때문에 또한 살아갈 가치가 없다고 생각하지 않는 것은 조금이라도 예민한 감수성을 가진 사람에게는 어려운 일이다. 다름 아닌 이 어려움이 에쓰코가 느끼는 행복의 근거이며, 세상에서 말하는 '삶의 보람'과도 같은 것이다. 즉, 우리는 삶의 의미를 모색하고,

아직 그것을 구하지 못한 동안에도 어쨌든 살아가고 있다. 찾아낸 삶의 의미를 소급함으로써 이 삶의 이중성을 통일하려는 욕망이 우리 삶의 실체라고 한다면, 삶의 보람이란 끊임없이 발현되는 이 통일의 환각, 아직은 소급할 수 없는 생의 의미를 가설적으로 소급해 보는 데서 생기는 환각에 지나지 않는다. 그런 의미의 '삶의 보람'이라는 것은 에쓰코에게는 아무런 인연도 관계도 없는 대상이었다. 에쓰코에게 싹튼 뜻밖의 기이한 식물 같은 '삶의 보람'은 상상력과 환각을 엄격히 구분하는 그녀의 판단이 오히려 상상력의 범주에 넣은 것으로서, 상상력은 에쓰코에게 잘 훈련된 위험이자 목적지와 도착 시각에 지극히 충실한 모험 비행이었다. 그녀에게는 거지의 노련한 손끝이 자기 옷에 붙은 이를 한 마리도 남김없이 으깨버리는 것과 비슷한 재능이 있었고, 이 재능은 그녀의 상상력을 순식간에 자극하여 그녀가 생존의 무의미함을 생각하지 않기 위한 모든 자료를(즉 **그럼에도 불구하고** 그녀가 그것을 생각하지 않는다고 말할 수 있는 근거로 그녀의 생존을 무의미하게 하는 모든 자료를) 수집하게 하고, 이를 위해 다소나마 에쓰코에게 희망의 외관을 보이며 속이려 드는 모든 것들을 꼼꼼히 부수고 다닌다. 이 상상력은 집행관처럼 희망을 뒤엎고 그 뒷면에 압류 딱지를 붙이는 것이었다. 이보다 더한 열정이 있을 수 없는 이유는 이 세상의 열정은 희망에 의해서만 훼손되기 때문이다.

이때부터 에쓰코의 본능은 사냥꾼의 본능과 비슷해졌

다. 어쩌다 저 멀리 조그만 덤불 속에서 산토끼의 하얀 꼬리가 움직이는 것을 보면 그녀의 지혜는 날카로워지고, 온몸의 피가 요동치고, 근육이 꿈틀거리며, 신경 조직이 날아가는 화살처럼 팽팽하게 긴장한다. 이런 삶의 보람이 사라진 한가한 날에는 사냥꾼도 언뜻 다른 사람처럼 보이고, 아궁이 옆에서 조는 것 외에는 아무것도 바라지 않는 무기력한 세월을 보내게 된다.

어떤 사람에게는 사는 것이 너무나 쉽고, 또 어떤 사람에게는 너무나 어렵다. 인종 차별보다 더 심한 이런 불공정에 에쓰코는 아무런 저항을 느끼지 못했다.

'쉬운 게 좋은 건 당연하다'라고 그녀는 생각했다. '왜 그런가 하면, 사는 것이 쉬운 사람은 그 쉬운 것을 삶의 평계로 삼지 않기 때문이다. 그런데 어려운 사람은 그걸 금세 삶의 평계로 삼는다. 사는 게 어렵다는 것은 결코 자랑거리가 될 수 없다. 우리가 삶에서 어려움을 찾아내는 능력은 어떤 의미에선 우리의 삶을 사람답게 만드는 데 도움이 되는 능력이다. 이 능력이 없었다면 우리에게 삶은 어렵지도 쉽지도 않은, 발을 디딜 수도 없는 진공의 구슬이 되어버렸을 것이기 때문이다. 이 능력은 삶이 그렇게 보이지 않게 방해하는 능력이며, 삶이 쉬운 사람들에겐 알 수 없는 능력이긴 해도, 그것은 특별한 능력이 아닌 그저 일상의 필수품에 지나지 않는다. 인생의 저울을 속여 필요 이상으로 무겁게 보이도록 하는 사람은 지옥에서 벌을 받는다. 그런 속임수를 쓰지 않더라도 삶은 의복처럼 의식되지 않는 무게이다. 외투를 입는다고 어깨가 뻐근한 사람은 병자다. 내가 사람들보다 무거운 의상을 입어야 하는 것은 내 정신이 우연히 설국에서 태어나 그곳에 살고 있기 때문일 뿐이다. 내게 있어서 삶의 어려움은 나를 보호해 주는 갑옷에 불과하다.'

 ……그녀가 느끼는 삶의 보람은 더 이상 내일도, 모레도, 모든 미래도 짐으로 여기지 않게 했다. 그것이 짐이라는 사실에는 변함없지만, 무게 중심이 미묘하게 이동함으로써 에쓰코의 몸을 가볍게 미래로 향하게 했다. 희망 때문인가 하면 결코 그렇지는 않았다……. 에쓰코는 하루 종일 사부로와 미요의 행동을 감시했다. 그들이 어딘가 나무 그늘에서 입술을 맞대고 있는 것은 아닌지, 한밤중에 멀리 떨어진 방과 방 사이에 실 같은 걸 연결해 둔 것은 아닌지……. 그런 발견은 그녀를 괴롭힐 뿐일 텐데, 그렇다고 해도 불확실성에서 오는 고통은 그 이상일 것 같아서, 에쓰코는 두 사람의 사랑의 증거를 찾기 위해 어떤 비열한 행동도 마다하지 않기로 결심했다. 결과만 놓고 보면 그녀의 행동은 인간이 스스로를 괴롭히기 위해 쏟을 수 있는 열정에는 한계가 없다는 사실을 섬뜩할 정도로 확실하게 증명했다고 볼 수 있다. 단지 희망을 잃기 위해서 이토록 쏟아붓는 열정은 어쩌면 인간 존재의 가시적인 형식, 그것이 유선형이든 아치형이든 어떤 형식의 충실한 모형일지도 모른다. 열정이라는 것은 하나의 형식이며, 그렇기 때문에 인간의 생명을 그토록 온전히 구현할 수 있는 매개체가 되기도 한다.

시시각각 두 사람을 감시하는 에쓰코의 눈빛을 알아
차린 사람은 한 명도 없었다. 에쓰코는 차분하게 오히려
평소보다 더 열심히 일하는 것처럼 보였다.

　그 사이 에쓰코는 예전에 야키치가 그랬던 것처럼 사
부로와 미요가 없는 틈을 노려 그들의 방을 점검했다.
아무런 증거도 나오지 않았다. 이 두 사람은 일기를 쓸
만한 인종에 속하지 않는다. 연애편지를 쓸 능력도 없
고, 사랑의 순간순간을 기억 속에 기념하려는 계획도 세
우지 못하고, 현재가 아름다운 추억으로 쌓일 수 있도
록 배려하는 방법도 알지 못할 것이다. 그들은 어떤 기
념도, 어떤 증거도 남기지 않고 그저 둘이 있을 때, 눈
과 눈을 맞대고, 손과 손을, 입술과 입술을, 가슴과 가슴
을……, 그리고 어쩌면, 그곳과 그곳을……! 아아! 이 얼
마나 수월한가! 이 얼마나 직설적이고 아름다운 추상적
인 행동인가. 말도 필요 없고, 의미도 필요 없는, 창을
던지기 위해 선수가 취하는 자세처럼, 단순한 목적을 위
해 취한 필요하고도 충분한 그 자세, 그 행동……, 그 모
든 행위가 얼마나 단순하고 추상적이며 아름다운 선에
따라 이루어질 것인가. 그런 행위에 무슨 증거가 남겠는
가. 들판을 한순간에 날아오르는 제비와 같은 그런 행위
로…….

　에쓰코의 몽상은 종종 일탈하여 그녀의 존재가 우주
적 어둠 속에서 단 하나 크게 흔들리는 아름다운 요람
에 실린 듯한 그 순간, 그 요람을 격렬하게 흔들고 있는
반짝이는 분수대의 물기둥에까지 이르렀다.

미요의 방에서 에쓰코가 본 것은 셀룰로이드 상자에 담긴 싸구려 손거울, 빨간 빗, 싸구려 크림, 멘소래담, 거친 옷감으로 만든 단 한 벌의 화살깃무늬 외출복, 주름 투성이 오비, 새 속치마, 한여름에 입는 투박한 원피스, 그 속에 입는 슈미즈(미요는 여름이면 이 두 개만 입고 태연히 마을로 장을 보러 갔다), 모든 페이지가 낡은 조화처럼 구겨진 여성잡지, 시골 친구의 서툰 편지……, 그리고 그것들 어디에나 한두 개씩은 붙어 있는 적갈색 머리카락.

에쓰코가 사부로의 방에서 본 것은 더 단순한 생활의 부속품에 지나지 않았다.

'저 두 사람은 내 탐색의 화살을 따돌릴 만큼 치밀하게 대비해 놓고 다니는 걸까? 아니면 겐스케 씨에게 빌려 읽은 에드거 앨런 포의 어느 소설처럼 '도둑맞은 편지'는 가장 눈에 잘 띄는 곳에 놓여 있기 때문에 오히려 나의 지나치게 꼼꼼한 탐문에서 빠져나가는 것일까?'

……사부로의 방을 나가려던 에쓰코는 우연히 복도에서 야키치와 마주쳤다. 이 방은 복도의 끝이다. 야키치가 이 방에 오려고 한 것이 아니라면 여기 나타날 이유가 없다.

"여기 있었니?"

야키치가 물었다.

"네."

에쓰코는 변명을 위한 대답을 하지 않았다. 두 사람이 야키치의 방으로 돌아오는 동안, 좁지 않은 복도였지만 노인의 몸이 에쓰코의 몸과 어색하게 부딪혔다. 마치 칭얼대는 아이가 엄마 손에 이끌려 걸으면서 어설프게 몸을 맞대는 것처럼.

방으로 돌아와서야 야키치가 물었다.

"뭐 하러 간 거니? 그 녀석 방에."

"일기를 보러 갔었어요."

야키치는 입술을 애매하게 움직이다가 그대로 입을 다물었다.

10월 10일은 이 부근 몇 개 마을의 가을 축제날이다. 사부로는 청년단 소속 젊은이들의 권유로 해가 지기 전부터 준비를 하고 나갔다. 축제는 사람들이 많이 모여 혼잡하므로 어린아이를 데리고 다니는 것은 위험하다. 가고 싶어 하는 노부코와 나쓰오를 달래기 위해 아사코가 아이들과 함께 집을 지키는 일을 맡았다. 야키치, 에쓰코, 겐스케 부부는 저녁 식사 후 미요를 데리고 축제를 구경하러 마을 신사로 향하기로 했다.

이미 해 질 녘부터 여기저기에서 북소리가 울려 퍼졌다. 북소리에 섞인 환호성과 노랫소리가 바람결에 실려 들려온다. 어두운 밤의 시골길을 가로지르는 이 외침들, 숲속에서 울어대는 밤새와 짐승들의 노래 같은 이 함성은 고요함을 방해하지 않고 오히려 더욱 깊게 만드는 역할을 했다. 대도시에서 그리 멀지 않은 지방이라도 시골의 밤은 그만큼 깊다. 벌레 소리는 어느덧 드문드문 들릴 뿐이었다. 겐스케와 치에코는 축제에 나갈 준비를 마친 후 2층 창문을 열고 사방에서 들려오는 북소리를 들었다. 저건 아마 역 앞 하치만구의 북소리일 것이다. 저건 분명 곧 찾아갈 마을 신사의 북소리다. 저것은 아마도 옆 마을 회관 앞에서 코에 분칠을 한 어린아이들이 번갈아 가며 치고 있는 북소리일 것이다. 그 소리는 가장 약했고, 가끔씩 끊어지기도 했다.

이런 식으로 의견이 엇갈려 말다툼을 시작하는 부부의 모습은 마치 연극이라도 보는 듯했고, 도저히 나이가 38세, 37세인 부부의 대화라고는 생각할 수 없을 만큼 유치했다.

"아냐. 저건 오카마치 방향이지. 저 북소리는 역 앞 하치만구에서 나는 소리야."

"당신도 고집이 참 세단 말이야. 6년이나 살았는데 역 방향을 아직도 모르겠어?"

"나침반이랑 지도 가져와 볼까?"

"그런 건 여기 없사옵니다, 부인."

"그래, 나는 부인이지만, 당신은 그냥 일개 서방이야."

"당연히 그렇지. 그냥 서방의 부인도 아무나 될 수 있는 게 아니야. 다른 부인들은 다 국장님 사모님이거나, 생선가게 사모님이거나, 트럼펫 연주자 사모님이거나, 뭐 그렇잖아? 그에 비해 당신은 행복한 사람이야. 그냥 서방의 부인이면 부인들 중에는 제일 출세한 부인이라고. 여자로서 남자의 삶을 독차지할 수 있는 거니까. 암컷에게 이보다 더 좋은 출세가 어디 있어?"

"그거랑 의미가 달라. 당신은 특별할 것 없는 그냥 평범한 서방일 뿐이라고."

"평범하다는 건 대단한 거야. 인간의 삶과 예술이 마지막으로 일치하는 지점이 평범함이거든. 평범함을 경멸하는 것은 패배주의이고, 평범함을 두려워하는 것은 그 인간이 아직 미숙하다는 증거야. 바쇼 이전의 익살스러운 하이쿠라든가 마사오카 시키 이전의 진부한 하이쿠에는 진부함의 미학이 아직 죽지 않은 시대의 생활력이 깃들어 있지."

"당신의 하이쿠야말로 진부한 하이쿠의 최고봉이야."

……이런 식으로 땅에서 네다섯 걸음 정도 붕 떠 있는 듯한 대화가 길게 이어지지만, 거기에는 늘 일관된 감정의 주제가 있었는데, 그 주제는 치에코가 남편의 '학식'에 바치는 무한한 존경심이었다. 한참 전 도쿄 지식인들 중엔 이런 부부가 드물지 않았다. 지금도 이런 미풍양속을 고수하는 것은 유행에 뒤처진 여자의 헤어스타일이 시골에 오면 아직 먹히는 것과 다르지 않았다.

겐스케는 담배에 불을 붙이고 창문에 기댔다. 연기를 내뿜는다. 연기는 창밖의 감나무 가지에 스며들었다가 물 위에 떠도는 한 움큼의 흰머리처럼 밤공기 속으로 흘러갔다. 잠시 후 이렇게 말했다.

"아버지는 아직 안 나오셨나?"

"에쓰코 씨가 아직 준비 중이라 그래. 아버님이 오비 매는 걸 도와주고 계시겠지. 당신은 대수롭지 않게 생각하지만, 에쓰코 씨의 속치마 끈까지 아버님이 매주시는 거라고. 옷 갈아입을 땐 항상 방문을 닫고 속닥속닥 이야기하면서 하니까, 시간이 얼마나 걸리겠어……."

"아버지도 참, 말년에 호사를 누리시는구면."

두 사람의 이야기는 자연스럽게 사부로에게로 흘러갔지만, 요즘 에쓰코가 좀 안정된 걸 보니 사부로를 포기한 것 같다는 결론에 이르렀다. 소문이라는 것은 사실보다 대체로 순리를 따르는 경우가 많아서, 간혹 소문보다 사실이 더 믿기 힘든 경우가 있다.

마을 신사로 가려면 뒤편 숲을 지나 올봄에 꽃놀이를 했던 소나무 숲으로 향하는 갈림길에서 소나무 숲과 반대 방향으로 한참을 가야 한다. 골풀과 마름으로 뒤덮인 늪지대를 지나면 가파른 언덕길이 나오는데, 그 길을 내려가면 민가가 늘어서 있다. 이 마을 건너편 산비탈에 신사가 있다.

미요가 초롱불을 들고 앞장서고, 겐스케는 뒤에서 손전등으로 발밑을 비춘다. 갈림길에서 다나카라는 순박한 농사꾼을 만났다. 다나카도 축제에 가는 길이라 일행의 뒤를 따랐다. 그는 피리를 가지고 있었고, 연습을 하면서 걸었다. 예상 밖의 능숙한 피리 소리가 경쾌한 가락이었음에도 오히려 구슬프게 들렸고, 초롱을 앞세운 일행은 그 덕분에 장례식 행렬처럼 숙연해졌다. 흥을 돋우기 위해 한 소절마다 겐스케가 손뼉을 치자 모두들 따라했다. 늪지대 바깥쪽으로 박수 소리가 울려 퍼졌다.

"여기까지 오니 오히려 북소리가 더 멀어지는군."

야키치가 말했다.

"지형 탓이죠."

겐스케가 뒤쪽에서 이렇게 대답했다.

그때 미요가 뭔가에 발이 걸려 넘어질 뻔하는 모습을 보고 겐스케가 대신 초롱을 들고 선두에 섰다. 이 어리바리한 아이에게 안내를 맡기는 것은 무리라는 듯이. 미요가 겐스케에게 등불을 건네는 모습을 길가로 비켜서 있던 에쓰코가 바로 눈앞에서 보았다. 초롱의 불빛 때문인지 미요의 얼굴색이 창백하다. 눈빛도 흐릿하다. 기분 탓인지 숨소리까지 괴로워 보인다……. 등불이 손에서 손으로 넘어가는 한순간에 비친 미요의 상체에서 이런 세심한 변화를 포착할 수 있을 정도로 에쓰코의 눈은 어느새 관찰에 익숙해져 있었다.

그러나 이 발견은 곧 잊었다. 가파른 언덕에 다다른 일행은 집집마다 처마에 달린 커다란 제등의 아름다운 불빛에 탄성을 내지르지 않을 수 없었기 때문이다.

마을 사람들이 대부분 축제에 나갔는지, 아무도 없는 마을은 제등만 밝고 고요했다. 스기모토 가족들은 마을을 관통하는 개울의 돌다리를 건너고 있었다. 낮 동안 개울에 떠다니다가 밤이 되면 우리에 갇히는 거위들이 사람들의 때 아닌 웅성거림에 놀라 울어댔다. 야키치가 밤에 칭얼대는 아기 울음소리랑 비슷하다고 말하자, 모두들 나쓰오와 야무지지 못한 그의 어머니를 떠올리고 웃음을 터뜨렸다.

에쓰코는 딱 한 벌뿐인 화살깃무늬 기모노를 입은 미요를 바라보는 자신의 눈이 은연중에 매서운 눈빛으로 변하진 않을지 경계했다. 이 경계심은 스기모토 사람들을 두려워해서가 아니다. 그런 시선을 받은 미요가 에쓰코의 질투를 눈치챌까 봐 경계한 것이다. 이런 보잘것없는 시골 처녀가 질투를 알아챈다는 상상만으로도 에쓰코의 자존심을 무너뜨린다. 안색이 좋지 않은 탓인지, 아니면 화살깃무늬 기모노 때문인지, 오늘밤의 미요는 그런대로 예뻐 보였다.

에쓰코는 '참 어처구니없는 세상이 되었구나'라고 생각했다. '적어도 내가 어렸을 때만 해도 하녀가 줄무늬가 아닌 색다른 기모노를 입는 건 금기시되었지. 하녀가 화려한 화살깃무늬를 입는 건 관습을 깨는 일이고 세상의 질서를 거스르는 짓이야. 돌아가신 어머님이 계셨다면 아마 이런 당돌한 여자는 그날로 퇴짜를 놓으셨을 텐데.'

아래에서 위를 볼 때나 위에서 아래를 볼 때나 계급의식이란 것은 질투의 대체물이 될 수 있다. 에쓰코가 사부로에게는 이런 시대착오적인 계급의식을 품은 적이 없었다는 것만 봐도 그건 분명했다.

에쓰코는 시골에서 흔히 볼 수 없는 국화꽃이 흩뿌려진 무늬에 최고급 소재로 만든 기모노를 입고 있었다. 옻칠한 옷감으로 조금 짧게 주문 제작한 겉옷을 걸치고, 아껴둔 향수 우비강을 뿌려 은은한 향기를 풍겼다. 시골 마을 축제에 어울리지 않는 이 향수는 분명 사부로를 위한 것이다. 야키치는 그런 줄도 모르고, 고개 숙인 그녀의 목덜미에까지 향수 분무기를 들이댔다. 있는 듯 없는 듯 한 살색 솜털이 미세한 향수 방울을 머금고 진주

빛으로 빛나는 모습은 무엇과도 비교할 수 없을 정도로 아름다웠다. 원래 곱고 섬세한 에쓰코의 피부는 야키치가 점령한 사치스러운 부분과 흙에 찌들고 뼈마디가 굵어진 손과 같은 실질적 부분으로 이루어져 있는데, 이 둘은 모순된 형태임에도 불구하고 별 어색함 없이 서로 연결되어 있다. 그 진흙투성이 손을 훑고 올라가다 보면 어느새 향기를 머금은 가슴에 닿아 있으며, 어디가 끝이고 어디가 시작인지도 모르게 이어져 있다. 야키치는 이런 인위적인 모순을 만들어놓고서야 비로소 그녀를 진정으로 소유했다고 안심했을 것이다.

일행은 쌀 배급소 모퉁이를 돌아서자마자 갑자기 아세틸렌 램프의 고약한 냄새를 맡았고, 그제야 비로소 그 불빛이 비추는 야시장의 활기를 느낄 수 있었다. 엿장수가 있다. 묶은 짚에 손잡이를 꽂아놓고 파는 바람개비 장사꾼이 있다. 꽃 장식을 한 종이우산을 파는 곳 옆에서는 계절에 맞지 않는 불꽃놀이와 딱지, 풍선을 팔고 있었다. 이 상인들은 축제 기간이 되면 오사카의 막과자 가게에서 팔다 남은 과자를 싼값에 사들여 어깨끈이 달린 드럼통을 메고 한큐 우메다 역 구내를 어슬렁거리면서 아무나 붙잡고 오늘은 어느 역에서 내리면 축제를 볼 수 있느냐고 묻는다. 오카마치 역 앞 하치만구 경내에서 이미 경쟁자들이 목 좋은 자리를 점유한 것을 목격한 상인들은 매상에 대한 과도한 꿈을 반쯤은 포기한 채, 이제 빨리 가봐야 소용없다는 듯 느릿한 발걸음으로 두 번째 후보지인 이 마을 신사 경내로 삼삼오오 들길을 걸어온 것이다. 그래서인지 이곳에는 할아버지, 할머니 장사꾼이 많았다.

타원형을 그리며 달리도록 조작된 장난감 자동차 주변을 아이들이 둘러싸고 서 있다. 스기모토 가족들은 야시장을 하나하나 기웃거리며 하나에 50엔짜리 자동차를 나쓰오에게 사줄까 말까 하면서 논쟁을 벌인다.

"비싸, 비싸. 에쓰코가 오사카에 나갈 때 사다 주는 게 더 낫지. 더구나 이런 가게에서는 하루도 못 놀고 망가질 것 같은 물건들만 팔고 있잖아."

야키치가 큰소리로 이렇게 결론을 내리자, 장난감 가게 노인이 무서운 눈빛으로 야키치를 노려본다. 야키치도 노인을 노려본다. 승부는 야키치의 승리로 끝났다. 포기하고 다른 아이들을 상대로 입방아를 찧기 시작하는 노인을 뒤로하고, 야키치는 승리감에 취한 채 첫 번째 입구인 도리이를 지나 돌계단을 올라갔다.

사실 오사카보다 마이덴의 물가가 더 비쌌다. 그래서 어쩔 수 없는 것들만 마이덴에서 구입한다. 한 가지 예를 들자면 거름이 그렇다. '오사카의 똥은 비싸다'는 말이 있을 정도로 겨울에는 한 차에 2천 엔씩이나 한다. 소달구지를 타고 오사카에서 사오는 농부가 있는데, 야키치는 마지못해 그걸 샀다. 오사카의 거름은 이 지역보다 원재료가 고급인 만큼 효과가 좋았다.

돌계단을 오르는 순간, 일행은 모두 머리 위로 파도 같은 포효가 몰아치는 것을 느꼈다. 돌계단 위의 밤하늘에는 불꽃이 흩날리고, 대나무가 타닥타닥 터지는 소리가 함성에 섞여 강하게 귓전을 때렸다. 오래된 삼나무 가지를 무심히 비추면서 활활 타오르는 화톳불의 불꽃을 바라본다.

"이쪽으로 올라가면 신사까지 갈 수 있을지 모르겠네."

겐스케가 말했다. 그래서 일행은 돌계단 중간에서 우회하여 신사 배례전 뒤편으로 돌아가는 구불구불한 산길을 택했다. 배례전에 도착했을 때 눈에 띄게 숨을 헐떡이는 사람은 야키치보다 오히려 미요였다. 그녀는 커다란 손바닥으로 핏기 없는 양 볼을 불안한 듯 문지르고 있었다.

배례전 앞쪽은 불길과 비명소리가 들끓는 소용돌이 속으로 뱃머리를 향하고 있는 함교 같은 모습이었다. 소용돌이 속으로 들어가지 못한 여자아이들이 이곳에 서서 광장의 소란을 내려다보고 있었다. 돌계단과 돌난간이 그 소용돌이로부터 그들을 간신히 보호해 주고 있다. 그러나 그들이 침묵하는 데는 이유가 있었다. 불의 그림자와 이를 가리고 지나가는 한 무리의 그림자가 끊임없이 이곳에 있는 사람들의 얼굴 위를, 난간에 올려놓은 손 위를, 돌계단 위를 정신없이 뛰어다니고 있었기 때문이다.

때때로 화톳불의 불길이 심하게 타올라, 불꽃이 대기를 걷어차는 듯한 움직임을 보일 때가 있었다. 그러면 구경하는 여자아이들의 얼굴이(이미 스기모토 가족들도 그곳에 합류했다) 선명한 빛으로 물들고, 처마에 매달린 방울을 묶은 낡은 천은 석양을 제대로 받아 붉게 물들었다. 또다시 그림자가 꿈틀대며 날아올라 찰나의 광채를 핥았다. 돌계단 위에는 무표정하게 입을 다문 새카만 사람들 한 무리가 남았다.

"이런 미친 짓을 하다니. 저 안에 사부로가 있는 거구나."

겐스케가 아래에서 서로 몸싸움을 하는 군중을 바라보며 혼잣말처럼 이렇게 말했다. 옆을 보니 에쓰코의 겉옷 겨드랑이 부분이 조금 터져 있었다. 그녀는 알아차리지 못했다. 오늘 밤의 에쓰코가 묘하게 매혹적이라고 그는 생각했다.

"어이쿠, 에쓰코 씨, 옷이 찢어졌네요."

안 해도 될 말을 하는 것이 그의 방식이다.

이때 마침 새로운 함성이 들려왔고, 쓸데없는 충고는 에쓰코의 귀에 전달되지 않았다. 화톳불의 비극적인 반사광에 비친 그녀의 옆모습은 평소보다 조금 더 강렬하고, 조금 더 엄숙하고, 조금 더 처참해 보였다.

광장의 군중은 세 방향의 도리이 중 한 곳으로 몰려들어 끊임없이 몸싸움을 했다. 이 무질서해 보이는 움직임을 한 마리의 사자 머리가 지배하고 있다. 사자는 이빨을 깨문 채 녹색 천으로 된 갈기를 휘날리며 파도를 가르듯 질주한다. 이 사자를 조종하는 사람은 유카타를 입은 세 명의 청년이었는데, 금세 땀에 젖어 교대를 해야 했다. 사자 뒤를 백여 명의 젊은이가 저마다 손에 하얀 제등을 들고 쫓아간다. 제등을 든 채 사자를 중심으

로 서로 몸을 부딪치며 한동안 몸싸움을 벌인다. 그러다
가 사자가 성이 난 듯 그곳을 벗어나 다른 도리이를 향
해 달려간다. 그 뒤를 또 백여 명의 젊은이가 따라간다.
아직까지 불이 붙어 있는 등불은 드물고 대부분 찢어져
손잡이만 남았는데, 다들 그것도 모르고 있다. 게다가
끊임없이 있는 힘껏 함성을 지르고 있었다. 광장 중앙에
조릿대가 우뚝 솟아 있는데, 그 아래에 불을 피워 활활
타오르는 불이 조릿대를 타고 올라가 폭죽의 울림을 만
들어낸다. 대나무가 불에 휩싸여 쓰러지면 다시 새로운
조릿대를 세우는 것이다. 마당 네 귀퉁이에 마련된 화톳
불은 이 광란의 불에 비하면 그나마 불길이 잔잔한 편
이었다.

평소에는 모험을 즐기지 않는 마을 사람들이 불똥이
튀는 것도 무릅쓰고 사자를 따라 사투를 벌이는 젊은
이들의 거의 충동적이고도 과격한 움직임 뒤를 좇으며
지루할 틈 없이 구경하고 있다. 군중은 겉으로는 조용
해 보이지만 끈적끈적한 파동을 일으켰고, 그 뒤엉킴은
맨 앞줄의 구경꾼들을 몸싸움이 한창인 젊은이들 사이
로 몰아넣을 기세였다. 부채를 든 연세가 지긋한 관리인
들이 젊은이들의 몸싸움을 선동하면서 그와 동시에 구
경꾼들을 안내하느라, 이 두 집단 사이에서 목이 쉬도록
소리를 지르고 있었다.

그 모습을 배례전 돌계단 위에서 내려다보면, 모닥불
주위를 맴도는 거대하고 음산하고 군데군데 빛을 발하
는 뱀의 몸체로밖에 보이지 않았다.

에쓰코의 눈은 하얀색의 수많은 등불이 격렬하게 부 딪히는 곳으로 향하고 있었다. 야키치도 겐스케 부부도 미요도 이미 그녀의 의식에 존재하지 않았다. 이 외침의 주체, 이 광란의 주체, 이 무시무시한 격동의 주체……. 에쓰코의 직관은 알 수 없는 취기로 인해 비약하여 그 주체가 바로 사부로이며, 사부로여야 한다고 생각했다. 이 소용돌이치는 생명력의 무익한 남용은 에쓰코에게 찬란한 것처럼 보였고, 그녀의 의식은 이 위험한 혼돈 위에 놓여 마치 불판 위에 놓인 얼음조각처럼 녹아내렸 다. 에쓰코는 가끔씩 모닥불의 불길에 자신의 얼굴이 무 자비하게 노출되는 것을 느꼈다. 그 느낌은 남편의 시 신을 옮기기 위해 열어젖힌 문틈으로 쏟아져 내리던 그 11월의 햇살을 떠올리게 했다.

치에코는 에쓰코의 눈이 사부로를 찾고 있다는 걸 알 아차렸다. 하지만 애초에 에쓰코가 찾고 있는 것이 그 이상일 거라는 생각은 하지 못했다. 치에코는 특유의 친 절함을 발휘하여 이렇게 말했다.

"어머, 너무 재미있겠다. 저 안으로 들어가 볼래요? 이렇게 멀리서는 시골의 야만적인 축제 분위기를 맛볼 수 없잖아요."

겐스케는 아내의 눈짓으로 이 제안의 속내를 짐작했 다. 어차피 야키치가 따라올 것 같지 않으니, 그에게 작 은 복수가 될 수 있다면 일석이조다.

"좋아, 용기를 내서 가보지 뭐. 에쓰코 씨도 같이 갈래 요? 아직 젊으니까."

야키치는 특유의 심드렁한 표정을 지었다. 사소한 표정 변화로 사람들을 좌지우지해 온 남자의 자신감이다. 옛날에는 이 표정 하나만으로 중역에게 사퇴를 요구할 수도 있었을 것이다. 그러나 에쓰코는 야키치의 얼굴을 보지 않고 바로 응했다.

"네, 같이 갈게요."

"아버님은요?"

치에코가 물었다.

야키치는 대답하지 않고 미요를 향해 인상을 찡그리며, 자기와 함께 여기 남을 것을 지시했다.

"여기서 기다릴 테니…… 최대한 빨리 오너라."

그는 에쓰코를 보지 않고 이렇게 말했다.

에쓰코는 겐스케 부부와 손을 잡고 돌계단을 내려갔다. 손에 손을 잡은 채 파도를 헤치고 바다로 들어가듯, 떠들썩한 군중들 사이로 들어갔다. 구경꾼들은 위에서 보는 것보다 여유롭게 움직이고 있었다. 멍하니 입을 벌린 무기력한 얼굴들의 집합을 가로질러 앞쪽으로 나가는 일 따위 전혀 어렵지 않았다.

에쓰코는 귓가에서 대나무가 불에 타 갈라지는 상쾌한 소리를 들었다. 그 어떤 불쾌한 소리도 지금 그녀의 귀에는 상쾌하게 들렸을 것이다. 사소한 것에는 더 이상 움직이지 않게 된, 고막을 찢어놓을 정도의 위험만을 찾게 된 부드러운 귀는 오히려 내면에 깃든 감정의 율동에 주의를 기울이게 된다.

사람들의 머리 위로 갑자기 금빛 이빨을 드러낸 사자 머리가 파도를 일으키며 다른 도리이 쪽으로 이동했다. 순식간에 혼란이 일어나고, 인파가 좌우로 나뉘었다. 에쓰코의 눈앞에서 눈부신 것들이 한 무리를 지어 지나갔다. 불꽃에 비친 반라의 젊은이들이었다. 어떤 이는 머리를 헝클어뜨리고, 어떤 이는 하얀 머리띠 매듭을 뒤로 휘날리며 짐승 같은 목소리로 고래고래 소리를 질렀다. 찌는 듯한 냄새를 풍기는 바람을 일으키며 에쓰코 앞을 질주하는 동안, 그 구릿빛 반라의 몸들이 끊임없이 서로 부딪혔다. 단단한 살과 살이 부딪히는 묵직한 울림과 땀에 젖은 피부와 피부가 달라붙었다가 떨어지는 경쾌한 마찰음이 주변 공기를 가득 채웠다. 어둠 속에서 얽히고 설키는 그들의 맨다리는 마치 무수히 꿈틀거리는 또 다른 생명체처럼 섬뜩했다. 어느 누구도 자신의 다리가 어느 다리인지 알 수 없을 것 같았다.

"사부로는 어디에 있는 걸까? 다 알몸이니 누가 누군지 모르겠네."

겐스케는 길을 잃지 않으려는 듯 아내와 에쓰코의 어깨에 양손을 얹은 채로 말했다. 에쓰코의 매끈한 어깨가 그의 손바닥을 피하려 한다.

겐스케가 "진짜." 하고 스스로에게 맞장구를 치며 계속 말을 잇는다. "인간이 알몸이 되면 개성의 근거 따위 얼마나 허술한지 알 수 있게 되지. 사상의 유형도 네 가지 정도면 충분해. 뚱뚱한 남자의 사상, 마른 남자의 사상, 키 큰 남자의 사상, 키 작은 남자의 사상. 얼굴도 말

이야, 어떤 얼굴이든 눈이 두 개밖에 없고, 코와 입은 각
각 하나밖에 없잖아. 눈이 하나만 있는 아이는 없거든.
가장 개성을 잘 드러내는 얼굴조차도 기껏해야 타인과
구별되는 기호의 역할밖에 할 수 없어. 말하자면, 연애
란 것도 기호가 기호를 사랑하는 것에 불과한 거야. 육
체적 관계에 한 번 들어가면, 이건 이미 익명과 익명의
사랑이라고. 혼돈과 혼돈, 무개성과 무개성의 단성생식
에 지나지 않아. 남자, 여자도 없는 거야. 그렇지 않아?
치에코."

아무리 치에코라도 어이없다는 듯이 콧방귀를 끼지
않을 수 없었다.

에쓰코는 헛웃음을 흘렸다. 귓가에서 끊임없이 재잘
거리는 이 남자의 사고력, 요실금에 걸린 것 같은 이 남
자의 사고력. 그렇다, 이것은 말하자면 '뇌수의 실금'이
다. 이 얼마나 애처로운 놀음인가. 이 남자의 사상은 정
확히 이 남자의 엉덩이만큼이나 우스꽝스럽다. 더 근본
적으로 우스꽝스러운 점은 그의 이런 독백의 템포가 눈
앞에서 펼쳐지고 있는 절규의, 동요의, 냄새의, 역동성
의, 생명력의 템포와 전혀 어울리지 않는다는 것이다.
이런 연주자를 오케스트라에서 쫓아내지 않는 지휘자가
있다면 한 번 만나보고 싶다. 하지만 변방의 오케스트라
는 으레 불협화음을 용인한 채로 진행한다…….

에쓰코는 눈을 부릅떴다. 그녀의 어깨가 겐스케의 끈
적거리는 손바닥에서 빠져나왔다.

사부로를 보았다. 그의 과묵한 입술이 소리를 지르기

위해 노골적으로 벌어져 있었다. 살짝 엿보인 날카로운 이빨이 찬란한 광택으로 화톳불의 불꽃을 비추며 하얗게 빛났다…….

에쓰코는 그의, 결코 에쓰코를 향하지 않는 그의 눈동자에 비친 불꽃을 응시했다.

이때 다시 사자 머리가 군중 속에서 튀어나와 주위를 노려보는 것 같더니 갑자기 미친 듯이 방향을 틀어 녹색 갈기를 휘날리며 구경꾼들 사이로 들어갔다. 배례전 정문의 도리이를 향해 달려가자 반라의 젊은이들이 우르르 몰려간다.

에쓰코의 발은 의지의 끈을 놓아버리고 이 무리 뒤를 따라갔다. 뒤에서 겐스케가 "에쓰코 씨, 에쓰코 씨." 하고 부른다. 치에코 특유의 요란한 웃음소리도 섞여 들려온다. 에쓰코는 돌아보지 않는다. 그녀는 모호하고 불안정한 내면의 진흙탕 속에서 일어나 그녀의 외면을 향해, 거의 마력과 같은 일종의 육체적 힘이 솟구쳐 오르는 것을 느꼈다. 인생을 살다 보면 무엇이든 가능할 것처럼 믿어지는 순간이 몇 번 도래하고, 아마도 이 순간에 사람들은 평소의 눈으로는 볼 수 없는 많은 것들을 엿보게 된다. 그것들은 한번 망각의 늪에 깔려 있다가도 가끔씩 되살아나 세상의 고통과 환희가 얼마나 풍요로운 것인지 다시금 우리에게 암시한다. 그러나 어느 누구도 이 운명적인 순간을 피할 수 없다. 그 때문에 어떤 인간도 자신의 눈에 보이는 것 이상의 무언가를 보게 되는 불행과 한 번쯤은 맞닥뜨린다……. 에쓰코에겐 지금 불가능한 것이 하나도 없었다. 그녀의 뺨이 불덩이처럼 달아오른다. 무표정한 군중에게 밀려 정문 도리이를 향해 반쯤 비틀거리며 달려가는 동안 그녀는 거의 맨 앞줄에 있었다. 어깨띠를 두른 관리인의 부채가 가슴에 닿아도 타격이 전혀 느껴지지 않는다. 마비된 상태와 격렬한 흥분이 서로 맞부딪히고 있는 것이다.

사부로는 에쓰코를 알아보지 못했다. 거무스름한 살이 붙은 그의 멋진 등짝은 구경꾼들을 향해 있었고, 얼굴은 고함을 지르며 중앙에 있는 사자 머리를 향해 돌진하고 있었다. 이미 불이 꺼진 제등이 그의 날렵한 팔에 높이 매달려 있었는데, 다른 제등들처럼 보기 흉하게 찢어지지는 않았다. 그의 역동적인 하반신은 어슴푸레하게 보이고, 오히려 움직임이 적은 등이 불빛과 그림자의 난무에 맡겨져 어지럽게 움직이는 것처럼 느껴졌다. 그의 흔들리는 어깨뼈는 마치 퍼덕이는 날개 근육처럼 보였다. 에쓰코의 손가락은 오로지 그것을 만져보고 싶어 미칠 것 같았다. 어떤 종류의 욕망인지는 알 수 없었다. 은유적으로 말하자면, 그녀는 그 등을 깊고 깊은 바다처럼 생각하고 그곳에 몸을 던지고 싶었던 것이다. 그것은 투신자의 욕망에 가까운 것이었지만, 투신자가 바라는 것은 결코 죽음이 아니다. 투신 뒤에 오는 것이 지금까지와는 다른 것, 어쨌든 다른 세계이기만 하면 충분했다.

이때 군중 속에서 어떤 강한 파동이 일어나 사람들을

앞으로 밀고 나갔다. 반라의 젊은이들은 이와 반대로 사자의 기발한 움직임에 따라 뒤로 물러났다. 에쓰코가 밀려 넘어질 뻔한 순간, 불덩이처럼 뜨거운 벌거벗은 등이 앞쪽에서 덮쳐왔다. 그녀는 손을 내밀어 이를 지탱했다. 사부로의 등이었다. 에쓰코의 손가락이 며칠간 햇볕에 그을린 떡과도 같은 등살의 감촉을 맛보았다. 그 장엄한 열기를 맛보았다…… 뒤쪽의 군중이 더 밀어붙이자 그녀의 손톱이 사부로의 살에 날카롭게 박혔다. 흥분으로 인해 사부로는 통증을 느끼지 못했다. 이 광란의 몸싸움 속에서 자신의 등을 떠받치고 있는 여자가 누구인지 알려고 하지도 않았다……. 에쓰코는 그의 피가 그녀의 손가락 사이로 흘러내리는 것을 느꼈다.

관리인의 제지는 전혀 효과가 없어 보였다. 일사불란하게 움직이는 광란의 군중은 넓은 광장의 한가운데서 끊임없이 소리를 내며 활활 타오르고 있는 조릿대 근처까지 다가왔다. 모닥불이 짓밟힌다. 맨발인 사람들조차도 이미 뜨거움을 느끼지 못하고 있다. 조릿대는 불길에 휩싸인 채 늙은 삼나무 가지를 붉게 물들이며 진홍색 연기를 내뿜고 있었다. 연기를 뿜어내는 대나무 잎은 햇볕을 제대로 받은 듯 노랗게 물들어 있었다. 작렬하는 불기둥이 한동안 돛대처럼 좌우로 크게 흔들리더니 갑자기 서로 몸싸움을 벌이는 군중들 위로 쓰러질 것처럼 기울었다.

에쓰코는 머리카락에 불이 붙은 채 큰 소리로 웃고 있는 여자를 본 것 같았다. 그 뒤로는 확실한 기억이 없

다. 어쨌든 그녀는 도망치듯 빠져나와 배례전 돌계단 앞
에 섰다. 눈에 보이는 하늘이 불꽃으로 가득했던 한 순
간이 떠올랐다. 그러나 무섭다는 생각은 들지 않았다.
문득 보니 젊은이들이 또 다른 도리이를 향해 달려가고
있었다. 군중들은 조금 전의 공포를 잊은 듯 다시 삼삼
오오 그 뒤를 따라 걸어간다……. 아무 일도 없었다.

에쓰코 혼자만 왜 여기 있는 것일까? 그녀는 광장 바
닥에서 춤추는 불꽃과 사람의 그림자가 만들어내는 그
림을 신기하다는 듯이 바라보았다.

갑자기 누군가가 에쓰코의 어깨를 두드렸다. 끈적끈
적한 겐스케의 손바닥이었다.

"여기 있었구나, 에쓰코 씨, 걱정했어요."

에쓰코는 아무 감정도 없이 그를 조용히 올려다보았
다. 하지만 그는 숨을 헐떡이며 다급하게 말을 이었다.

"그보다 큰 문제가 생겼어요. 갑시다."

"무슨 일이에요?"

"일단 와보세요."

겐스케는 그녀의 손을 잡아끌며 성큼성큼 돌계단을
올라갔다. 아까 야키치와 미요가 있던 곳에 사람들이 모
여 있었다. 겐스케가 사람들을 밀어내고 에쓰코를 안으
로 들였다.

두 개를 나란히 놓은 평상 위에 미요가 하늘을 보고
누워 있었다. 치에코가 오비를 풀려고 미요의 몸 위로
허리를 굽힌다. 야키치는 뭘 어떻게 해야 할지 몰라 그
냥 서 있는 상태였다. 미요는 평소에도 옷매무새가 엉

성해서, 가슴 쪽 속살을 다 드러낸 채 입을 살짝 벌리고 쓰러져 있었다. 몸은 뒤틀려 손가락 끝이 돌계단에 닿아 있었다.

"무슨 일이에요?"

"갑자기 쓰러졌어. 빈혈이겠지. 간질일 수도 있고."

"의사 선생님을 불러야겠어요."

"방금 다나카 씨가 연락했어. 들것을 가지고 오겠대."

"사부로한테도 알릴까요?"

"아니, 괜찮아. 별일 아닌 것 같으니."

겐스케는 풀빛으로 변한 이 여인의 얼굴을 직시할 수 없어 눈을 돌렸다. 그는 소위 벌레도 못 죽일 것 같은 사람이다.

그러는 사이 들것이 와서 청년단의 젊은이와 다나카 둘이서 메고 내려갔다. 돌계단은 위험하다. 겐스케가 손 전등으로 길을 비추고 조심스럽게 굽잇길을 내려갔다. 손전등 불빛이 우연히도 눈을 꼭 감은 미요의 얼굴에 닿았다. 마치 연극배우들이 쓰는 가면 같아 보였다. 뒤 따라오던 아이들이 이를 보고 장난스럽게 비명을 질러 댔다.

야키치는 들것을 따라가면서 뭐라고 계속 중얼거린 다. 뭐라고 웅얼거리는지는 듣지 않아도 알 수 있다.

'……정말 창피하군. 이러다 하찮은 구설수에 휘말리 겠어. 내 얼굴에 먹칠을 해도 유분수지. 게다가 하필이 면 축제 중에……'

진료소는 다행히 노점상 사이를 지나지 않아도 되는

한구석에 있었다. 들것이 첫 번째 도리이를 지나 어두운 통로 중 한 곳으로 들어섰다. 환자와 일행이 안으로 들어간 뒤에도 병원 앞은 구경하려는 사람들로 북적댔다. 그들은 언제 끝날지 모르는 축제의 되풀이되는 행렬에 질려서 오히려 이쪽 사건의 결과를 알고 싶어 하는 것이다. 돌을 걷어차면서, 수다를 떨면서, 사람들이 즐겁게 기다리고 있다. 이런 사건도 축제의 부산물 중 하나다. 이 같은 여흥이 있는 덕분에 앞으로 열흘 동안은 홍밋거리가 끊이지 않아 지루할 틈이 없을 것이다.

아들이 병원을 물려받아, 현재 원장은 젊은 의사다. 무테안경을 쓴 이 의사는 죽은 아버지와 친척들의 촌뜨기 기질을 비웃는 경박한 인재였다. 하지만 스기모토가 별장에 사는 사람들은 눈엣가시처럼 여겨서 혹시라도 길에서 마주치면 경계심 어린 눈빛으로 살갑게 인사를 건넸다. 어떤 종류의 경계심이냐 하면, 겉멋만 들어 도시 사람 흉내 내는 자신의 모습을 들키지나 않을까 하는 불안감과 유사한 것이었다.

환자는 진료실로 옮겨지고, 야키치, 에쓰코, 겐스케 부부는 정원에 인접한 방으로 안내되어 그곳에서 기다리게 되었다. 네 사람 모두 말이 없다. 야키치는 전통인형극인 분라쿠에 나오는 시라타유라는 이름의 인형을 닮은 빗자루 눈썹으로 파리라도 쫓으려는 건지 갑자기 씰룩거리기도 하고, 괴상한 소리를 내며 어금니 빠진 자리에 바람을 넣기도 했다. 그는 자기도 모르게 흥분한 일을 후회하고 있었다. 다나카를 부르지 않았더라면 일이 커지지도 않았을 것이고, 들것도 오지 않았을 것이고, 근처에 있던 사람들만 알아차리는 것으로 끝났으리라. 언젠가 그가 협동조합 사무실에 들어섰을 때, 담소를 나누던 직원들이 별안간 입을 꾹 다문 적이 있다. 그중 한 명은 스기모토가에 대신이 오기로 했던 날, 집에 같이 있던 사람이다……. 그 일만으로도 웃음거리가 되기에 충분했다. 이번 사건은 더 심각하다……. 악의적인 추측의 소재가 될 위험이 많다…….

에쓰코는 고개를 숙인 채 무릎 위에 자신의 손톱을 가지런히 모아놓고 바라보았다. 손톱 중 하나에는 이미 말라서 검붉게 변한 피가 묻어 있었다. 그녀는 거의 무의식적으로 그 손톱을 입술에 댔다.

하얀 진찰복 차림의 원장이 미닫이문을 열고 선 채로, 스기모토 일가를 향해 다소 호탕한 여유를 드러내며 대수롭지 않다는 듯 이렇게 말했다.

"안심하세요. 이제 깨어났습니다."

야키치에게 이 소식은 전혀 관심사가 아니었기에 무뚝뚝하게 되물었다.

"뭔가요, 원인은?"

의사는 미닫이문을 닫고 안으로 들어와 바지 주름에 신경을 쓰느라 어색하게 앉아서 전문가스럽지 않은 엷은 미소를 지으며 말했다.

"임신입니다."

4장

축제날 밤의 끔찍한 잠자리에서 꿈을 꾸고 난 이후로, 오랫동안 잊고 있던 료스케에 대한 기억이 다시금 에쓰코의 일상을 괴롭히기 시작했다. 그러나 이 장면은 그가 죽은 직후 감상적인 달무리 속에서 보았던 것과는 달리 적나라하고, 유해하며, 심지어 유독했다. 그와 함께 했던 삶이 비밀의 방에서 펼쳐지는 음침한 학교, 무시무시한 과업으로 변모했다. 료스케는 에쓰코를 사랑했다기보다 교육했다. 교육했다기보다 길들였다. 마치 장사꾼이 불운한 딸에게 여러 가지 재주를 가르치듯 말이다.

기괴하고 혐오스러우며 잔혹했던 그 수업 시간, 강요된 무수한 암송, 채찍, 징벌……, 이것들은 에쓰코에게 '질투를 금하기만 하면 사랑하지 않아도 된다'는 묘책을 가르쳤다.

이 간교한 지혜를 자기 것으로 만들기 위해 에쓰코는 온힘을 다했다. 쓸데없이 모든 힘을 다 썼다. 그리고 이루지 못했다…….

사랑하지 않기 위해서라면 어떤 수고로움도 감수할 수 있다고 생각하게 만드는 가혹한 과제……, 그 과제가 에쓰코에게 가르친 교활한 처방……, 게다가 이 처방은 어떤 약품의 부족으로 인해 효과가 없었다.

그녀는 그 약품이 마이덴에 있다고 생각했다. 그리고 발견되었다. 에쓰코는 안심했다. 하지만 설마 이것도 교묘하게 위조된 무용지물일 줄이야……! 그것은 가짜였다. 두려워했던 것이, 우려했던 것이 다시 찾아왔다…….

의사가 엷은 미소를 지으며 말했다.

"임신입니다."

그 말을 들었을 때, 에쓰코는 가슴에 심각한 통증을 느꼈다. 얼굴에서 핏기가 가시는 것이 느껴지고, 입은 구역질이 날 만큼 극심한 갈증을 호소했다. 눈치채게 해선 안 된다. 그녀는 야키치와 겐스케와 치에코가 어리둥절한, 아니 오히려 황당해하는 표정을 짓는 것을 지켜보고 있었다. 그래, 이럴 땐 놀라는 것이다. 놀라야 한다.

"어머, 이게 무슨 일이래. 기가 막혀서 말이 안 나오네요."

치에코가 먼저 입을 열었다.

"그러게나 말이다. 요즘 여자애들이란 참……."

야키치가 나서서 경쾌하게 분위기를 맞췄다. 이는 의사에게 이 사건은 자신과 무관한 일이라고 납득시키려는 의미도 포함돼 있었다. 그가 가장 먼저 계산한 것은 의사와 간호사의 입을 막는 데 쓸 비용이었다.

"어이가 없죠? 에쓰코 씨."

치에코가 말했다.

"네."

에쓰코는 굳은 미소를 머금었다.

"에쓰코 씨는 여간해선 놀라지 않는 성격인가 봐. 정말 침착한 사람이네."

치에코가 거듭 말했다.

그 말이 맞았다. 에쓰코는 놀라지 않았다. 그녀는 질투하고 있었다.

겐스케 부부는 이 사건을 매우 재미있어했다. 도덕적 편견을 갖지 않는 것이 이 부부의 자랑거리였는데, 스스로 우월하게 생각하는 이 장점 덕분에 그들은 공감능력에서 정의감만 뺀 존재로 자리매김할 수 있었다. 불구경은 누구나 좋아하는 일이며, 길거리에서 보는 것보다 높은 곳에서 보는 것이 더 고급스럽다고 할 수는 없다.

편견 없는 도덕이 있을까? 이런 근대적 취미의 이상향이야말로 그들에겐 지루한 시골 생활을 참아내게 하는 꿈이었다. 그 꿈의 실현을 위해 그들이 가진 유일한 무기는 바로 그들의 충고, 그들의 전매특허인 친절한 충고였던 것이다. 덕분에 적어도 정신적으로는 꽤나 바쁘게 지냈다. 정신적인 분주함, 사실 이것은 병자의 영역이다.

치에코가 가슴이 벅차오를 정도로 남편의 내공에 감탄한 일례로는, 겐스케가 누구에게도 과시하지는 않지만 그리스어를 읽을 수 있다는 사실을 들 수 있다! 적어도 일본에서는 드문 일이다. 그는 또한 라틴어 문법의 217개 동사 변화를 꿰뚫고 있다. 러시아의 수많은 소설에 나오는 등장인물의 장황한 이름을 빠짐없이 말할 수 있었고, 일본의 가면 음악극인 노가쿠가 세계 최고의 '문화유산'(그는 이 말을 좋아했다) 중 하나라는 것, '그 세련된 미의식은 서양의 고전에 비할 만하다'는 것 등에 대해 장광설을 늘어놓을 수 있었다. 저서가 전혀 팔리지 않기 때문에 스스로를 격이 다른 천재라고 생각하는 저자처럼, 강연 요청이 한 번도 들어오지 않으니 자신의 견해는 세상 사람들이 이해하지 못하기에 통용되지 않는 이론이라고 믿었다.

이 지식인 부부의 믿음은 살짝 손만 대면 인생을 얼마든지 바꿀 수 있다는 허황된 수준의 확신인데, 퇴역군인 같은 이런 자부심은 어디서 왔을까 생각해 보니, 겐스케가 가장 경멸하는 스기모토 야키치로부터 유전된 것이었다. 편견도 사심도 없는 그들의 충고에 따라 행동하면 될 텐데, 그 충고를 거스르고 실패하는 것은 순전히 충고를 받은 자의 편견이 만들어낸 일이라고 나무랐다. 그들 부부는 누구라도 비난할 자격이 있으므로, 어느 누구든 용서해야 하는 함정에 빠진 것이다. 그렇지 않은가? 그들에게 이 세상에서 진정으로 중요한 것은 아무것도 없었다.

자신들의 삶도 조금만 손을 대면 쉽게 바꿀 수 있는데, 막상 손을 대는 것이 귀찮을 뿐이었다. 그들이 에쓰코와 다른 점은 자신의 게으름을 정말 쉽게 사랑할 수 있다는 점이다.

그래서 겐스케는 축제에서 돌아오는 길에 비구름이 드리워진 길을 치에코와 함께 한 발짝 뒤쳐져 걸어가면서 미요의 임신을 둘러싼 전말을 예측하며 기대에 부풀었다. 미요는 오늘 밤 병원에 머물고 내일 아침에 돌아올 예정이었다.

"누구 아이인지에 대해서는 논쟁의 여지가 없겠지? 당연히 사부로겠지?"

"뻔한 거 아냐?"

겐스케는 아내가 자신을 털끝만큼도 의심하지 않는다는 사실에 묘한 쓸쓸함을 느꼈다. 이런 점에서 그는 죽은 료스케에게 가벼운 시샘을 품고 있다. 조금은 서운한 표정으로 이렇게 말했다.

"나라면 어쩔 건데?"

"농담이라도 싫어. 나는 그런 불결한 농담은 참을 수 없는 사람이야."

치에코는 양손의 손가락을 어린아이처럼 귀에 꽂았다. 그러고는 허리를 크게 흔들며 토라졌다. 이 진지한 여자는 세속적인 농담을 좋아하지 않는다.

"사부로야. 당연히 사부로지."

겐스케도 그렇게 생각했다. 야키치는 이미 정상적인 능력을 잃었다. 에쓰코를 보면 알 수 있는 일이다.

"어떻게 흘러갈까? 에쓰코 씨의 안색이 심상치 않군."

그는 대여섯 걸음 앞에서 야키치와 어깨를 나란히 하고 걸어가는 에쓰코의 뒷모습을 보며 목소리를 낮췄다. 뒤에서 보니 에쓰코의 어깨가 다소 화난 것처럼 느껴진다. 감정을 억누르고 있는 게 틀림없었다.

"역시 아직 사부로를 사랑하고 있는 모양이군."

"에쓰코 씨 입장에선 정말 힘들겠다. 저 사람은 왜 이리 불행한 걸까?"

"습관성 유산처럼 습관성 실연이라는 것도 있잖아. 신경 조직인지 뭔지에 습관이 들어서 연애할 때마다 반드시 실연하는 버릇이 생기는 거야."

"하지만 에쓰코 씨도 똑똑한 여자니까, 마음을 다스리는 방법은 스스로 알아서 터득할 거야."

"우리는 친절하게 상담이나 해주자고."

이 부부는 기성복만 입는 사람이 재단사의 존재 이유를 의심하듯, 이미 벌어진 비극은 충분히 재미있어하지만 비극을 재단해 입는 사람의 존재는 의문스러워했다. 그들에게 에쓰코는 여전히 풀기 어려운 대상이었다.

10월 11일은 아침부터 비가 내렸다. 비바람이 몰아쳐서 한 번 열었던 덧문을 다시 닫았다. 게다가 낮에는 전기가 들어오지 않는다. 토굴처럼 어두운 아래층 방들을 훑고 지나가는 나쓰오의 울음소리와 이에 맞춰 장난으로 울부짖는 노부코의 목소리를 듣고 있자니 너무나도 우울하다. 오늘 학교에 가지 않는 노부코는 축제 구경을 못 했다고 못내 억울해했다.

야키치와 에쓰코는 이례적으로 겐스케의 방에 찾아갔다. 2층은 덧문이 없는 대신 유리창이 튼튼하다. 한 군데 비가 새는 곳이 있었고, 그 밑에 걸레를 담은 양동이가 놓여 있었다.

이 방문은 획기적인 것이었다. 문턱을 높이고 자기만의 세계를 좁혀 살아온 야키치는 그동안 겐스케나 아사코의 방을 한 번도 드나든 적이 없었기 때문에, 자연스럽게 자기 집 안에 자신의 출입금지 구역을 만들어버렸다. 자기 방으로 들어오는 야키치를 보고 이런 일에 실수가 없는 겐스케도 황송하기 그지없다는 듯이 허둥대며 치에코와 함께 홍차를 준비하는 모습은 야키치의 기분을 흐뭇하게 만들었다.

"신경 쓰지 마라. 잠깐 피난 왔을 뿐이니까."

"정말 신경 쓰지 마세요."

그렇게 말하는 야키치와 에쓰코는 마치 회사 놀이를 하는 아이들이 부하 직원의 집에 놀러 온 사장 부부를 연기하는 것 같았다.

"에쓰코 씨는 정말 속을 알 수가 없다니까. 아버님 뒤에 숨어서는."

나중에 치에코가 이렇게 말했다.

비는 주위를 짙은 밀도로 둘러싸고 있었다. 바람은 다소 잦아들었고, 빗소리만 요란하게 울려 퍼졌다. 에쓰코는 눈을 돌려 새까만 감나무 줄기를 먹물처럼 훑어 내리는 빗물을 바라보았다. 이렇게 있으니 마치 단조롭고 압도적으로 무자비한 음악에 갇힌 기분이다. 이 빗소리는 마치 수만 명의 승려들이 경을 읽는 소리 같지 않은가……. 야키치가 말한다. 겐스케가 말한다. 치에코가 말한다……. 인간의 말이란 얼마나 무력한가. 얼마나 교활한가. 이 얼마나 무익한가. 거칠고, 비열하고, 그러면서도 무언가를 향해 열심히 고개를 치켜든다. 이 얼마나 부산스러운가……. 그 누구의 말도 이 무자비하고 강렬한 빗소리를 이길 수 없다. 죽음과도 같은 이 빗소리의 벽을 뚫는 것은 이런 말에 구애받지 않는 사람의 외침뿐이다. 말을 모르는 단순한 영혼의 외침뿐이다……. 에쓰코는 화톳불의 불꽃을 휘감은 채 눈앞을 지나가던 그 장밋빛 나체의 무리를, 젊고 매끈한 짐승의 외침을 떠올렸다……. 그 외침뿐이다. 그것만이 중요하다.

에쓰코는 문득 정신을 차렸다. 야키치의 목소리가 높았다. 그녀에게 의견을 묻고 있었던 것이다.

"미요를 어떻게 할까? 상대가 사부로라면, 이 문제는 사부로한테 달렸다고 봐. 그놈의 도덕적 태도가 어떤지에 달렸어. 책임을 회피한다면, 그런 부도덕한 놈은 이 집에 둘 수 없지. 내보내고 미요만 남겨두겠어……. 그 대신 미요의 아이는 즉시 지운다……. 만약 사부로가 진지하게 자기 잘못을 인정하고 미요를 아내로 삼는다면, 그건 뭐 그것대로 괜찮은 일이니 부부로 맺어주고 이대로 놔두면 돼……. 이 두 가지 중 하나겠지. 넌 어떻게 생각하니? 내 의견이 다소 과격할 수도 있지만, 나는 신헌법의 정신에 따를 생각이야."

에쓰코는 대답을 하지 않고 입안에서 "글쎄요"라는 말만 내뱉을 뿐, 그 고운 검은 눈동자를 허공에서 발견한 무의미한 초점에 가만히 고정하고 있었다. 빗소리가 이 침묵을 허락했다……. 그렇지만 겐스케는 그런 에쓰코를 조금은 실성한 여자 같다고 생각하며 바라보았다.

"에쓰코 씨는 어느 쪽이라고도 말할 수 없겠네요."

야키치는 이를 가차 없이 묵살해 버렸다. 그는 조급했다. 겐스케 부부 앞에서 이 양자택일을 꺼내놓은 야키치의 속셈은 에쓰코를 시험해 보고 싶은 간절한 욕망이었으며, 그녀가 사부로를 감싸면 결혼을 용인할 수밖에 없고, 반대로 그녀가 사람들 앞에서 대놓고 사부로를 비난하면 그를 내쫓는 데 동의할 수밖에 없는 구조로 된 질문이었다. 야키치가 이렇게 치졸한 술수를 쓰는 모습을 옛 부하들이 보았다면 눈을 의심했을 것이다.

야키치의 질투심은 참으로 빈곤했다. 장년기의 그였다면 다른 남자에게 마음을 빼앗긴 아내에 대해 따끔한 뺨 한 방으로 그 망상을 깨뜨릴 수 있었을 것이다. 죽은 아내는 다행히도 그런 기발한 망상을 품지 않고, 오로지 야키치에게 상류사회식 교육을 시켜주겠다는 귀여운 망상만 품었던 여자다. 지금 야키치는 늙어가고 있다. 이는 내면에서 오는 늙음이다. 정확히 말하면, 흰개미에 의해 내부에서부터 잡아먹힌 박제된 독수리 같은 늙음이다……. 에쓰코의 사부로를 향한 은밀한 애착을 직감하면서도 야키치는 강경한 수단에 호소할 수 없었다.

이 노인의 눈빛에 담긴 질투의 무력함과 빈곤함을 보

고, 에쓰코는 오히려 자신의 질투 능력을, 자신의 내면에 아직도 무궁무진하게 저장되어 있음을 끊임없이 느끼고 있는 '고통받는 능력'을 만천하에 자랑하고 싶은 마음이 들었다.

에쓰코는 제안했다. 명쾌하게 제안했다.

"일단 제가 사부로를 만나서 어떻게 된 일인지 물어볼게요. 아버님께서 직접 말씀하시는 것보다 그 편이 낫다고 생각해요."

한 가지 위험이 야키치와 에쓰코를 동맹 관계로 만들었다. 세상의 일반적인 동맹 관계처럼 이익에 따른 것이 아니라 질투를 기반으로 한 동맹 관계로.

이후 네 사람은 허물없이 이야기를 나누며 정오까지 함께 있었다. 식사하러 방으로 돌아온 야키치는 에쓰코를 시켜 고급 산밤 두 홉을 겐스케의 방으로 보냈다.

에쓰코는 점심을 준비하다가 작은 접시 하나를 깨뜨렸다. 또 손가락에 가벼운 화상을 입었다.

야키치는 부드러운 것이면 뭐든지 맛있다고 하고, 딱딱한 것이면 무엇이든 맛없다고 한다. 에쓰코의 요리가 칭찬받는 기준은 맛의 문제가 아니라 부드러움의 문제였다.

툇마루 밖으로 쏟아지는 빗줄기를 보며, 에쓰코는 부엌으로 나가서 요리를 했다. 미요가 지은 밥은 식지 않도록 밥통에 옮기지 않고 가마솥에 그대로 놓아두는데, 밥을 다 지은 미요는 여기 없고 숯불은 이미 꺼져 있었다. 치에코에게서 받은 불씨를 풍로에 옮기려다 에쓰코는 그만 가운뎃손가락에 화상을 입었다.

이 통증이 에쓰코를 짜증나게 했다. 만약 그녀가 소리를 지른다고 하자. 그 소리를 듣고 달려오는 사람은 왠지 사부로일 리가 없을 것 같다는 생각이 들었다. 제일 먼저 달려온 야키치가 헐렁한 옷자락 사이로 갈색의 흉측하고 주름진 정강이를 드러내며 "무슨 일이냐?" 하고 물을 것이다. 사부로는 결코 오지 않는다……. 갑자기 에쓰코가 미친 듯이 웃음을 터뜨린다고 하자. 역시 달려오는 사람은 야키치일 것이다. 의구심 가득한 눈을 삼각형으로 찌푸린 채, 그녀와 함께 웃지는 않고, 그 웃음의 의미만 찾으려고 애쓸 것이다……. 그는 더 이상 여자와 함께 소리 내어 웃을 수 있는 나이가 아니다……. 게다가 그는 그녀의 유일한 메아리다. 유일한 반향이다. 아직 결코 늙었다고 할 수 없는 이 여자의 유일한 울림이다.

다섯 평 남짓한 부엌의 흙바닥에 빗물이 일부 흘러들어와 고여 있다. 유리문의 회색빛 광선을 느리게 따라가는 그 반사광을 에쓰코는 맨발에 들러붙은 축축한 나막신 위에 서서 혀로 화상을 입은 가운뎃손가락을 핥으며 넋을 잃은 듯이 바라보았다. 그녀의 머릿속은 빗소리로 가득하다…….

그런데도 일상이란 우습기 짝이 없다. 그녀의 손은 풀린 듯 저절로 움직여 냄비를 불에 올린다. 물을 붓는다. 설탕을 붓는다. 둥글게 썬 고구마를 넣는다……. 오늘 점심 메뉴는 오카마치에서 사온 다진 고기를 넣고 버터로 볶은 나팔버섯볶음, 달게 조린 고구마, 참마……, 에스코는 넋 빠진 열정 같은 것으로 이 요리들을 완성했다.

그러면서도 그녀는 멈출 줄 모르고, 부엌데기처럼 서서 몽상 속을 헤맨다.

'아직 고통이 시작되지 않았다. 어떻게 된 일일까? 아직 진짜 고통이 시작되지 않았어. 고통은 내 심장을 얼어붙게 하고, 내 손을 움켜쥐고, 내 발을 묶어버릴 것이다……. 이렇게 요리를 하고 있는 나는 누구일까. 왜 이런 짓을 하고 있는 걸까……. 냉철한 판단, 정곡을 찌르는 판단, 이성적인 판단, 그런 것이 아직, 아니 앞으로도 나는 가능할 것 같다……. 미요의 임신으로 나의 고통이 완성된 줄 알았는데. 아직 부족한 것일까. 완성되기 위해서는 그보다 끔찍한 무언가가 더해져야 하는 걸까.

……일단 나는 나 자신의 냉정한 판단에 따르겠다. 사부로를 보는 것은 나에게 고통이지 더 이상 기쁨이 아니다. 그러나 사부로를 보지 않고는 살아갈 수 없다. 사부로는 이곳을 떠나서는 안 된다. 그러기 위해서는 결혼을 시켜야 한다. 나와? 이 무슨 착각인가. 미요와, 그 촌뜨기와, 그 썩은 토마토와, 그 지린내 나는 멍청한 계집과! 그렇게 하면 내 고통이 완성되리라. 나의 고통은 비로소 완전한 것이 된다. 더 이상 미련도 없어지는 것이다……. 그렇게 되면 아마 나는 안심하리라. 잠시나마, 거짓 안도감이 찾아올 것이다. 그것에 매달리자. 그 거

짓을 믿어보자……'

에쓰코는 창틀에서 박새가 지저귀는 소리를 들었다. 유리창에 이마를 대고 작은 새가 젖은 몸으로 날갯짓하는 모습을 바라보았다. 작은 새의 하얗고 얇은 눈꺼풀 같은 것이 까맣게 반짝이는 눈동자를 숨기고 있다. 목 언저리에서 살짝 벌어진 깃털이 자꾸만 움직였고, 그 사이로 애처로운 울음소리가 새어나온다……. 에쓰코는 시야 밖에서 무언가 아주 밝은 것을 보았다. 비가 약간 소강상태에 접어들었다. 정원 끝자락의 밤나무 숲 속이 마치 어두운 사찰 속에서 금빛 감실이 활짝 열리는 것처럼 밝아진 것이다.

오후가 되자 비는 완전히 그쳤다.

에쓰코는 야키치를 따라 마당으로 나가서, 지주목이 떠내려가는 바람에 쓰러진 장미를 바로 세웠다. 어떤 장미는 풀숲을 뒤덮은 탁한 빗물에 얼굴을 파묻고 있다. 고통으로 몸부림쳤는지 꽃잎이 물에 흩어져 있다.

에쓰코는 그중 하나를 일으키고, 세워놓은 지주목에 끈으로 묶었다. 다행히 부러지지 않았다. 손가락에 닿는 꽃잎의 촉촉하고 묵직한 감촉은 야키치가 자랑할 만했다. 손가락에 닿자마자 산뜻한 느낌으로 달라붙는 이 멋진 진홍색 꽃잎에 에쓰코는 넋을 잃었다.

이런 작업을 할 때의 야키치는 무뚝뚝한 표정에 말이 없었다. 고무장화와 군인용 바지 차림으로 허리를 구부린 채 장미를 하나하나 다시 세웠다. 감정이 전혀 없는 듯한 표정으로 묵묵히 진행하는 노역은 피 속에 농민의 기질이 흐르는 사람의 일이었다. 이럴 때의 야키치는 에쓰코도 좋아했다.

마침 사부로가 눈앞의 좁은 돌길을 지나면서 말을 걸었다.

"미처 알아차리지 못했습니다. 죄송합니다. 바로 준비하고 와서 제가 하겠습니다."

"이제 다했어. 괜찮아."

야키치가 사부로의 얼굴을 보지 않고 말했다.

문득 보니 사부로의 검고 둥근 얼굴이 커다란 밀짚모자 아래에서 에쓰코를 향해 미소 짓고 있었다. 찢어진 밀짚모자 챙이 비스듬히 기울어져 서녘의 햇볕이 이마에 밝은 얼룩을 드리웠다. 웃는 입의 새하얀 이, 비에 씻긴 직후처럼 싱그러운 그 모습을 보고, 에쓰코는 눈이 번쩍 뜨였다.

"마침 잘됐다. 너한테 할 말이 있어. 저기까지 같이 가자."

에쓰코가 지금까지 야키치 앞에서 사부로에게 이렇듯 당당하게 말을 건넨 적은 단 한 번도 없었다. 설령 이것이 야키치를 신경 쓰지 않고 스스럼없이 건넨 공명정대한 말투였다고 해도 말이다. 뿐만 아니라 이 말만 따로 떼어내어 듣는 귀에는 노골적인 유혹으로 받아들여질 수도 있었다. 에쓰코는 그 뒤에 다가올 가혹한 임무에는 눈을 감은 채 지금 자신이 하고 있는 깊은 환희의 말을 반쯤 취한 느낌으로 내뱉고 있었기 때문에, 그녀의 목소리에는 예상치 못한 달콤함이 묻어났다.

사부로는 의문스러운 표정으로 야키치를 보았다. 하지만 에쓰코가 이미 그의 팔꿈치를 밀며 스기모토가의 입구로 내려가는 방향으로 이끌었다.

"잠시 서서 이야기하는 걸로 끝날 내용인가?"

뒤에서 야키치가 반쯤 당황한 목소리로 이렇게 말했다.

"네."

에쓰코가 대답했다. 그녀의 무의식적인 순발력으로 야키치는 사부로와 나누는 대화를 엿들을 수 있는 기회를 잃고 말았다.

"너, 어디 가는 길이었니?"

그녀가 먼저 물은 것은 이런 무의미한 내용이었다.

"편지를 부치러 가는 길이었습니다."

"무슨 편지? 보여줘."

사부로는 돌돌 말아 손에 쥐고 있던 엽서를 순순히 내밀었다. 고향 친구가 보낸 편지에 대한 답장이었다. 지극히 어설픈 글씨로 간단한 근황이 겨우 네댓 줄 적혀 있다.

'어제는 이곳의 축제였습니다. 나도 젊은 사람이라 나가서 놀았습니다. 오늘은 역시나 지쳤습니다. 하지만 노는 것은 뭐니 뭐니 해도 신나고 유쾌합니다.'

에쓰코는 어깨를 들썩이며 웃었다.

"간단한 편지네."

이렇게 말하며 사부로에게 돌려주었지만, 사부로는 그 말에 불쾌한 표정을 지었다.

좁은 돌길을 따라 늘어선 단풍나무 숲은 비 온 뒤의 빗방울과 석양의 물방울을 길 위에 고스란히 떨어뜨리고 있었다. 어떤 나무는 이미 단풍이 든 밑가지를 바람에 살랑살랑 흔들어댔다. 돌계단에 올라서자, 이제까지 단풍나무가 차지하고 있던 하늘이 넓디넓게 펼쳐졌다. 두 사람은 하늘에 떠 있는 조개구름을 뒤늦게 발견했다.

이 말할 수 없는 즐거움, 이 침묵의 말할 수 없는 풍요로움은 에쓰코에게 일종의 죄책감을 안겨주었다. 자신의 고통을 완성하기 위해 허락한 잠깐의 여유를 이렇게까지 즐기고 있는 스스로가 한심했다. 언제까지 이렇게 끝도 없는 이야기를 계속할 생각인가? 고통스럽지만 정작 중요한 이야기는 꺼내지도 못하는 게 아닐까?

두 사람은 다리를 건넜다. 개울이 불어나 흙빛 물줄기가 거세게 흐르는 가운데, 물이 흘러가는 방향으로 한꺼번에 몰려든 수많은 물풀이 훤히 들여다보였다. 보일 듯 말 듯 한 것이 마치 싱그러운 초록빛의 머리카락 같았다. 대나무 숲 사이를 지나 비 온 뒤의 청량한 논밭이 펼쳐진 길로 나오자 사부로는 걸음을 멈추고 밀짚모자를 벗었다.

"그럼, 다녀오겠습니다."

"편지 부치러 가는 거야?"

"예."

"할 말이 있어. 편지는 나중에 부치고."

"예."

"시가지 쪽으로 가면 아는 사람도 많고, 길에서 누구라도 만나면 성가실 것 같아. 도로변으로 가서 걸으며 이야기하자."

"예."

사부로의 눈에 불안한 빛이 엿보인다. 멀게만 느껴졌던 에쓰코가 친근하게 다가와 대화를 청하는 것이다. 말로든 몸으로든 이렇게 가까이 있는 에쓰코를 느낀 것은 처음이었다. 그는 무심코 손을 뒤로 돌려 자기 등을 어루만졌다.

"등은 왜?"

에쓰코가 물었다.

"어제 축제에서 돌아와 보니 등에 조금 상처가 나 있어서요."

"많이 아프니?"

에쓰코가 눈살을 찌푸리며 물었다.

"아뇨. 이제 다 나았어요."

사부로가 쾌활하게 대답했다. 이 젊은 피부는 마치 불사신 같다고 에쓰코는 생각했다.

오솔길의 진흙탕과 젖은 잡초가 에쓰코와 사부로의 맨발을 더럽혔다. 어느덧 오솔길의 폭이 좁아져 나란히 지나갈 수 없게 되었다. 에쓰코가 앞장서서 옷자락을 살짝 들고 걸었다. 문득 사부로가 뒤에 없는 게 아닐까 하는 불안에 휩싸여 그의 이름을 부르고 싶었지만, 이름을 부르는 것도 뒤돌아보는 것도 부자연스럽게 느껴졌다.

"자전거 소린가?"

에쓰코가 뒤를 돌아보며 말했다.

"아니요."

사부로의 당황한 듯한 얼굴이 눈앞에 있었다.

"그래? 방금 벨소리가 들린 것 같았는데."

그녀는 시선을 내렸다. 사부로의 크고 투박한 맨발이 그녀의 맨발처럼 진흙으로 뒤범벅되어 있는 점이 에쓰코를 만족스럽게 했다.

큰길로 나가도 여전히 차는 보이지 않았다. 콘크리트 노면은 금세 말라버려 곳곳에 조개구름이 비친 물웅덩이만 남겨놓았다. 분필로 그린 듯한 선명한 선이 짙은 저녁 하늘을 품은 지평선 너머로 가라앉았다.

"미요가 임신한 거, 알고 있지?"

나란히 걸어가면서 에쓰코가 물었다.

"예, 들었습니다."

"누구한테?"

"미요 씨한테서요."

"그래……."

에쓰코는 심장이 빨리 뛰는 것을 느꼈다. 자신에게 가장 고통스러운 사실을 드디어 사부로의 입을 통해 듣게 된다. 이 결심의 밑바닥에는 여전히 복잡한 희망이 있었다. 어쩌면 사부로가 반박할 가능성이 없는 것도 아니라고 그녀는 생각했다. 예를 들어, 미요의 상대는 마이덴 마을의 어떤 청년인데, 그 남자가 소문난 불량배라서 종종 미요에게 충고를 했지만, 미요가 이 충고를 듣지 않았다든가……. 예를 들어, 협동조합 직원 중 이미 아내가 있는 남자와의 관계에서 저지른 실수라든가.

이러한 희망과 절망은 에쓰코의 머릿속에 현실화된 모습으로 나타났고, 그 하나하나에 겁먹은 그녀의 마음은 핵심을 건드리는 당면한 질문을 한없이 늦추고 있었다. 비 온 뒤의 상쾌한 대기 속에 무수하게 숨어 있는 쾌활한 미립자 같은 것, 새로운 결합을 위해 서둘러 뛰어다니는 수많은 원소 같은 것, 그 투명한 기운을 콧속으로 들이마시고, 달아오르는 뺨의 피부로 마음껏 느끼며, 두 사람은 한동안 침묵한 채 인적 없는 자동차 도로를 걸었다.

"미요의 아이 말이야."

에쓰코가 불쑥 말을 꺼냈다.

"……미요의 아이 말이야, 아버지가 누구야?"

사부로는 대답하지 않았다. 에쓰코는 대답을 기다렸다. 아직 대답이 없다. 침묵이 일정 시간 이상 지속되면 의미를 띠게 된다. 의미를 띠게 되는 그 순간을 기다리는 것이 에쓰코에게는 버거웠다. 그녀는 눈을 감았다가 다시 떴다. 오히려 질문을 받고 있는 것은 그녀 쪽이 아니었을까……? 에쓰코는 밀짚모자 밑에서 고집스럽게 그림자놀이를 하며 고개를 숙이고 있는 사부로의 옆모습을 가만히 엿보았다.

"너니?"

"그런 것 같아요."

"그런 것 같다니, 아닐 수도 있다는 거야?"

"아니요."

사부로는 볼을 붉게 물들였다. 억지 미소가 어느 정도의 각도까지만 퍼지다가 딱 멈췄다.

"저 맞습니다."

이 허망함에 에쓰코는 입술을 깨물었다. 그녀는 사부로의 부정이, 서투른 거짓말이라도 일단 부정하는 것이 그녀에 대한 당연한 예의라고 생각했던 기대가 무너진 순간, 남아 있던 약간의 희망마저 잃었다. 만약 에쓰코라는 존재가 그의 마음속에 어느 정도의 부피를 차지하고 있었다면 이렇게 노골적인 고백은 할 수 없었을 것이다. 겐스케와 야키치의 단정으로 이미 그녀도 명백하다고 생각했던 이 사실, 사부로가 아이의 아버지라는 사실을 아는 것보다 오히려 그녀는 그것을 부정하는 사부로의 부끄러움에 더 많은 기대를 걸고 있었던 것이다.

"그래." 에쓰코는 지친 듯이 말했다. 그 말에는 힘이 없었다. "그래서, 너는 미요를 사랑하니?"

사부로가 가장 이해하기 어려웠던 것은 이 단어였다. 그 단어는 자신과는 거리가 먼, 뭔가 특별한, 사치스러운 어휘에 속하는 것 같았다. 그 말에는 무언가 잉여의 것, 절실하지 않은 것, 불필요한 것이라는 어감이 있었다. 자신과 미요를 이어주는 절실한 관계, 그러나 반드시 영속적이지는 않은 관계, 어느 반경 안에 놓이면 서로를 끌어당기지만 그 밖으로 나가면 더 이상 끌어당기지 않는 자석과 같은 관계에는 사랑이라는 단어가 그다지 적절하지 않은 것 같았다. 사부로는 야키치가 아마 미요와 자기 사이를 갈라놓을 것이라고 예측했다. 이 예측은 그를 괴롭히지 않았다. 미요의 임신 소식을 듣고도 이 젊은 일꾼에겐 도무지 아버지라는 자각이 생기지 않았다.

에쓰코의 질문은 그로 하여금 여러 가지 회상을 하게 했다. 에쓰코가 마이덴에 온 지 한 달쯤 지난 어느 날, 야키치의 지시로 미요가 삽을 가지러 헛간에 들어갔다. 삽은 헛간 안쪽 틈에 끼어 있어 좀처럼 빼낼 수가 없었다. 미요가 사부로에게 부탁했고, 그가 가서 삽을 꺼내주었다. 그때 미요는 삽을 빼려고 애쓰는 사부로를 돕기 위해서인지 그의 가슴 밑으로 얼굴을 들이밀고 삽에 얹혀 있는 낡은 책상을 받쳐주고 있었다. 사부로는 곰팡이 냄새와 함께 미요의 얼굴에서 강한 크림 냄새를 맡았다. 꺼낸 삽을 건넸지만 미요는 받으려 하지 않고 멍하니 그를 올려다보기만 했다. 사부로의 팔이 저절로 뻗어나가 미요를 안았다.

그게 사랑일까?

장마가 끝나갈 무렵, 억눌린 포로 같은 계절이 곧 끝날 것 같은 뜨거운 초조함에 휩싸여, 사부로는 충동적으로 창문을 넘어 맨발로 한밤중의 빗속으로 뛰어내렸다. 집을 반 바퀴 돌아 미요의 방 창문을 두드렸다. 어둠에 익숙해진 눈은 유리창에 희미하게 비치는 미요의 잠든 얼굴을 선명하게 알아볼 수 있었다. 미요는 눈을 떴다. 창문을 통해 들여다보는 사부로의 흐릿한 얼굴과 그 하얀 치아를 보았다. 평소에는 동작이 굼뜬 이 소녀가 민첩하게 이불을 벗어 던지고 일어났다. 잠옷의 앞가슴이 벌어져 한쪽 유방이 드러났다. 잠옷이 벗겨진 것은 유방의 힘이 아닌가 싶을 정도로 팽팽하게 당겨진 활처럼 생긴 가슴이었다. 미요는 아주 조심스럽게 소리 없이 창문을 열었다. 얼굴을 마주한 사부로가 조용히 진흙투성이의 발을 가리켰고, 미요는 걸레를 가지러 일어섰다. 그리고 그를 창틀에 앉히고 발을 손수 닦아주었다…….

그게 사랑일까?

잠시 동안 일련의 기억들을 되짚어 보았지만, 그는 미요를 원했는지는 몰라도 사랑하는 것 같지는 않았다. 하루 종일 그가 생각하는 것은 밭의 잡초를 뽑는 일정, 다시 전쟁이 나면 해군에 지원하겠다는 꿈, 천리교의 여러 예언의 성취에 대한 공상, 하늘에서 감로가 내리는 세상의 마지막 날에 대한 상상, 즐거웠던 소학교 시절에 산과 들로 놀러 다녔던 추억, 저녁 식사에 대한 기대감 등이었고, 미요를 생각하는 순간은 하루 시간 중 몇백 분의 일에도 미치지 못했다. 이렇게 생각하니 미요를 원했다는 사실조차도 모호하게 느껴졌다. 그것은 식욕과 거의 동격이었다. 자기 욕망과의 처절한 투쟁 같은 건 이 건강한 청년과는 전혀 상관없는 일이었다.

사부로는 이해할 수 없는 질문에 잠시 생각에 잠긴 듯한 모습을 보이다가 갈피를 잡지 못하겠다는 듯 고개를 저었다.

"아니요."

에쓰코는 자신의 귀를 의심했다.

환희로 반짝이는 그녀의 얼굴은 마치 고통이 가득한 모습을 연상케 한다. 사부로는 마침내 보이기 시작한 한큐 전철이 나무 사이로 질주하는 모습에 시선을 빼앗겨 에쓰코의 표정을 보지 못했다. 만약 그가 보았다면, 자신의 말이 에쓰코에게 안겨준 극심한 고통에 놀라서 바로 말을 바꾸었을 것이다.

"사랑하지 않는다……."

에쓰코는 자신의 기쁨을 천천히 씹어 삼키듯 말했다.

"……그 말, 너, 진짜야……?"

에쓰코는 사부로가 앞서 한 말을 번복하지 않게끔 신경을 쓰면서 다시 한번 그가 명확하게 "아니요"라고 말할 수 있도록 유도했다.

"……사랑하지 않는 건 상관없지만, 사부로, 너의 진심을 말해 봐. 미요를 사랑하지 않는단 말이지?"

사부로는 반복되는 이 말을 귀담아듣지 않았다.

"사랑해? 사랑하지 않아?"

……아, 이 얼마나 성가시고 쓸데없는 일인가. 이런 대수롭지도 않은 일을 갖고, 마님은 무슨 큰일이라도 난 것처럼 말씀하신다. 바지 주머니 깊숙이 찔러넣은 손가락이 어제 축제 때 술안주로 나온 오징어 몇 조각에 닿았다. '지금 오징어를 꺼내 입에 물고 씹으면 마님은 어떤 표정을 지을까?' 에쓰코의 진지함은 그의 마음에 장난기를 불러일으켰다. 손가락으로 오징어 한 조각을 끄집어내어 공중으로 가볍게 던져 올렸다가, 놀이에 정신

이 팔린 개처럼 입으로 받아 물고 씹으며 천진난만하게
말했다.

"네, 사랑하지 않습니다."

참견쟁이 에쓰코가 미요를 찾아가, 사부로는 너를 사
랑하지 않는다고 통보하더라도 놀라지 않을 것이다. 욕
망에 솔직한 두 연인은 사랑한다느니 사랑하지 않는다
느니 하는 번거로운 말을 주고받은 적이 없기 때문이다.

너무 오랜 고뇌는 사람을 어리석게 만든다. 고뇌에
의해 어리석어진 사람은 더 이상 환희를 의심하지 않는
다.

에쓰코는 한순간에 모든 것을 계산했다. 무의식중에
야키치의 자의적인 정의를 신봉하고 있었다. 사부로는
미요를 사랑하지 않기 때문에 미요와 결혼해야 한다고
그녀는 생각했다. 게다가 위선자의 가면을 쓰고 '사랑하
지도 않는 여자를 임신시킨 남자의 책임은 그녀와 결혼
하는 것이다'라는 도덕적 판단을 사부로에게 강요하는
것을 즐거움으로 삼았다.

"넌 보기보다 나쁜 남자구나."

에쓰코가 말했다.

"사랑하지도 않는 사람에게 아이를 낳게 하다니. 넌
미요랑 반드시 결혼해야 해."

사부로는 문득 날카로우면서도 아름다운 눈으로 에쓰
코를 바라보았다. 이 시선에 맞서기 위해 에쓰코는 말을
더 세게 내뱉었다.

"싫다고 하지 마. 우리 집안엔 옛날부터 젊은 사람을

잘 이해해 주는 가풍이 있긴 하지만, 무분별한 건 용납하지 않아. 너희들의 결혼은 아버님의 명령이야. 결혼해."

사부로는 일이 생각지도 못한 방향으로 흘러가자 눈이 번쩍 뜨였다. 그는 야키치가 두 사람 사이를 갈라놓을 것이라고만 생각했다. 결혼을 하라고 한다면 해도 좋았다. 까다로운 어머니가 잠시 걱정되었을 뿐이다.

"어머니와 상의해서 결정하겠습니다."

"너의 마음은 어떤데?"

에쓰코는 자신의 설득으로 사부로가 결혼을 수락해야 마음이 편할 것 같았다.

"주인님께서 미요를 아내로 삼으라고 말씀하신다면 결혼하겠습니다."

사부로가 말한다. 어느 쪽이든 그에겐 큰 문제가 아니었다.

"나도 이제 어깨가 한결 가벼워졌어."

에쓰코가 밝게 말했다. 문제는 아주 쉽게 해결되었다.

에쓰코는 자신이 만들어낸 환영에 기만당한 채, 그녀의 강요로 사부로가 마지못해 미요와 결혼하는 행복한 상황에 취했다. 이 취기는 사랑의 상처를 입은 여자의 술주정과 비슷하지 않을까? 취기보다는 자멸을 추구하고, 몽롱함보다 맹목성을 추구하며, 고의적으로 어리석은 판단을 하기 위해 마신 술이 아니었을까? 이 강압적인 취기는 스스로의 상처를 피하기 위해 무의식적으로 짜놓은 플롯이 아니었을까?

에쓰코는 결혼이라는 글자가 단적으로 무서웠다. 그
녀는 그 가증스러운 글자를 어떻게 처분할지 야키치의
손에 맡기고, 그의 폭압적인 명령에 그 책임을 묻고 싶
었다. 무서운 것이 궁금해서 어른의 등 뒤에 숨어 슬쩍
슬쩍 훔쳐보는 아이처럼, 그녀는 야키치에 의지하고 있
었다.

오카마치 역 앞에서 오른쪽으로 꺾이는 길이 차도와
만나는 지점에서 두 사람은 멋들어진 대형 자동차 두
대가 차도로 진입하는 것을 보았다. 한 대는 진주색, 한
대는 물빛으로 도색된 48년식 시보레였다. 차는 벨벳
처럼 부드러운 소리와 함께 커브를 그리며 두 사람 옆
을 지나갔다. 앞차는 유쾌한 젊은 남녀를 가득 싣고 있
었다. 운전석 라디오에서 흘러나오는 재즈 음악이 한동
안 에쓰코의 귓가에 맴돌았다. 뒤차는 운전수가 일본인
이었는데, 어두운 뒷좌석엔 맹금류 커플 같은, 금발에다
눈빛이 날카로운 초로의 부부가 꿈쩍도 않고 앉아 있었
다……

사부로는 입을 살짝 벌린 채 감탄한 시선으로 차를
보냈다.

"저 사람들은 오사카로 가는 거구나."

에쓰코가 말했다. 그러자 갑자기 대도시의 갖가지 소
리가 뒤섞인 먼 소음이 바람에 실려와 에쓰코의 귓전을
때리는 것 같았다.

거기까지 가봤자 아무것도 없다는 걸 잘 아는 에쓰코
에겐 시골 사람들이 도시를 동경하듯 동경할 이유가 없

다. 과연 도시는 언제나 특별한 무언가가 있을 것만 같은 허황된 건축물이긴 하다. 그 기괴한 건축물은 에쓰코를 매료시키지 못한다.

에쓰코는 사부로가 팔짱을 끼어주기를 간절히 바랐다. 금빛 솜털로 감싸인 그의 팔에 기대어 이 길을 끝까지 걸어가고 싶다. 그러다 보면 어느새 두 사람은 오사카, 그 복잡한 대도시의 한가운데에 있으리라. 두 사람은 어느새 인파에 밀려 걷고 있다. 그 사실을 깨닫고 놀라 주위를 둘러본다. 그 순간부터 에쓰코의 진짜 인생이 시작된다……

사부로가 팔짱을 끼어줬을까?

이 무심한 청년은 자신과 어깨를 나란히 하고 묵묵히 걷고 있는 나이 든 미망인에게 지루함을 느꼈다. 자기에게 보여주려고 아침마다 정성스럽게 묶은 머리인 줄도 모르고, 잘 다듬어진 데다 좋은 냄새가 나는 신비한 머리 매듭을 호기심에 한 번 훑어보았을 뿐이다. 묘하게 퉁명스러우면서 거리가 느껴지는 이 여인 안에 자신과 팔짱을 끼고 싶다는 소녀 같은 망상이 숨어 있을 줄은 꿈에도 생각지 못했다. 그는 갑자기 걸음을 멈추고 오른쪽으로 돌아섰다.

"벌써 가려고?"

에쓰코가 애처로운 눈빛으로 물었다. 그 촉촉한 눈동자는 저녁 하늘을 비추며 은은한 푸른빛으로 반짝였다.

"시간이 늦었습니다."

두 사람은 의외로 멀리까지 와 있었다. 저 너머 숲속

에 스기모토가의 지붕이 석양을 받아 빛나고 있었다.

두 사람은 다시 삼십 분쯤 걸어서 그곳에 도착했다.

……그때부터 에쓰코의 진짜 고통이 시작된 것이다. 철저히 준비된 진짜 고통이. 평생을 바친 사업이 간신히 성공하자마자 죽을병에 걸려 고통스럽게 죽어가는 불운한 사람이 있다. 평생을 바친 노력이 사업의 성공을 위해서였는지, 아니면 훌륭한 병원의 특실에서 고통스럽게 죽기 위해서였는지 분간할 수가 없다.

에쓰코는 미요가 불행해지는 것을, 미요의 불행이 곰팡이처럼 자라나 그 몸을 갉아먹기를, 시간을 두고 끈질기게, 그리고 즐겁게 기다릴 생각이었다. 사랑 없는 결혼의 결말이 예전의 에쓰코처럼 파멸에 이를 때까지 느긋하게……. (그것을 이 눈으로 볼 수만 있다면, 에쓰코는 자신의 일생을 걸고서라도 기다릴 것이다. 백발이 될 때까지 기다려야 한다고 해도 기꺼이 기다릴 각오가 되어 있다…….) 가만히 눈을 떼지 않고 지켜볼 생각이다. 이젠 사부로의 외도 상대가 더 이상 에쓰코가 아니어도 상관없다. 어쨌든 미요가 에쓰코의 눈앞에서 희망을 잃고, 아파하고, 괴로워하고, 지쳐서 무너져가는 모습을 보기만 하면 된다…….

그러나 이 계획은 얼마 지나지 않아 무참히 배반당하고 만다.

야키치는 에쓰코의 보고에 따라 사부로와 미요의 관계를 공개적으로 알렸다. 수군거리는 마을 사람들의 따가운 시선에 맞서, 그들은 곧 부부가 된다고 공언한 것이다. 두 사람의 침실은 집안의 질서를 위해 분리되어 있으나, 일주일에 한 번은 같은 방에서 자는 것이 허용되었다. 2주 후인 10월 26일 사부로가 천리교 가을 대제에 참석하는 동안 어머니와 상의하여 야키치의 주례로 결혼식을 올리자고 했다. 야키치는 이러한 일들을 열정적으로 주재했다. 지금껏 보여준 적 없는 인자한 할아버지 미소를 지으며, 다소 이해심 많은 태도로 사부로와 미요의 교제를 용인한 것이다. 말할 필요도 없이, 이러한 야키치의 새로운 태도에는 항상 에쓰코의 존재가 의식 속에 자리 잡고 있었다.

참으로 대단한 2주였다. 에쓰코는 그 늦여름부터 가을까지 남편의 연이은 외박으로 잠 못 이루던 밤을 불현듯 떠올렸다. 낮에는 낮대로 발소리가 들릴 때마다 온통 신경이 곤두섰고, 전화를 걸어볼까 망설이다가 다시 마음을 되돌리곤 했다. 며칠 동안 음식이 목구멍으로 넘어가지 않아 물만 마시고 바닥에 엎드려 있었다. 어느 날 아침 물을 마시고 그 냉기가 몸속으로 스며드는 것을 느꼈을 때, 문득 음독을 생각했다. 독약의 백색 결정체가 물과 함께 서서히 조직으로 스며드는 쾌감을 상상했고, 그 이후 에쓰코는 일종의 황홀경에 빠져 슬픔이 조금도 섞이지 않은 눈물을 하염없이 흘렸……

그때와 동일한 증상이 나타났다. 설명하기 힘든 추위로 인한 떨림과, 손등까지 소름이 돋는 일종의 발작으로……. 이 추위는 감옥의 추위가 아닐까? 이 발작은 죄수의 발작이 아닐까?

한때 료스케의 부재가 에쓰코를 괴롭혔던 것처럼, 이번에는 사부로를 눈앞에 두고 있는 상황이 그녀를 괴롭혔다. 봄에 사부로가 덴리에 가기 위해 집을 떠났을 때, 그의 부재는 에쓰코에게 눈앞에서 그를 보는 것보다 더 친밀한 정서를 심어주었다. 그러나 그녀는 지금 손이 묶여 손가락 하나 까딱할 수 없는 상태로, 사부로와 미요의 자유분방한 애정 행각을 지켜보아야 한다. 이것은 머리카락이 쭈뼛쭈뼛 설 정도로 잔인한 형벌이다. 게다가 그녀 스스로 불러들인 형벌이 아닌가? 그녀는 사부로를 내보내고 미요를 중절시키는 쪽을 선택하지 않은 자신을 증오했다. 후회는 에쓰코로 하여금 거의 갈 곳을 잃게 만들었다. 사부로를 놓지 않으려는 당연한 욕망이 이렇게 끔찍한 고통으로 보답받게 될 줄이야……!

이러한 회한에 에쓰코의 자기기만은 없었을까? 과연 기대와 '정반대의' 고통일까? 예상된 당연한 고통, 오히려 그녀 스스로 각오하고 간절히 원했던 고통이 아닐까……? 고통에 모자람이 없기를 바랐던 것은 에쓰코 자신이 아니었을까?

10월 15일 오카마치에서 과일 시장이 열린다. 품질이 좋은 것부터 오사카로 보내기 때문에, 날씨가 맑았던 13일에 스기모토 가족은 오쿠라 가족과 함께 감 수확에 바빴다. 올해는 감이 다른 과일보다 조금 더 작황이 좋은 편이었다.

사부로가 나무에 올라갔다. 미요는 나뭇가지에 매달

아 놓은 바구니가 가득 차면 교체해 주려고 나무 아래에서 기다리고 있었다. 나무가 크게 흔들릴 때마다, 아래에서 보면 가지 사이로 눈부시게 푸른 하늘이 휘청거리며 흔들리는 것 같다. 미요는 나뭇잎에 가려진 사부로의 발바닥이 이리저리 움직이는 모습을 올려다보고 있었다.

"가득 찼다." 하고 사부로가 외친다.

탐스럽게 익은 감이 가득 담긴 바구니가 나뭇가지에 부딪히면서 미요의 양손으로 내려온다. 미요는 무덤덤하게 받아 이를 땅에 내려놓는다. 자잘한 무늬의 몸뻬 바지를 입고, 다리를 쩍 벌리고 서 있다. 그리고 비운 바구니를 다시 나무 위로 올려준다.

"올라올래?"

사부로가 이렇게 말하자 미요가

"그래."

라고 대답하고는 놀라운 속도로 나무를 타고 올라갔다.

그때 머리에 수건을 쓰고 어깨띠를 두른 에쓰코가 빈 바구니를 겹겹이 안고 그곳을 지나갔다. 그녀는 나무 위에서 간드러지는 여자 목소리를 들었다. 쳐다보니, 나무에 오르는 미요를 사부로가 가로막고 있다. 게다가 장난삼아 미요의 손을 억지로 나뭇가지에서 떼어내려 한다. 미요는 비명을 지르며 눈앞에 매달린 사부로의 발목을 잡는다……. 그들의 눈엔 나무 사이에 가려진 에쓰코의 모습이 보이지 않았다.

그러다가 미요가 사부로의 손을 물었다. 사부로가 장난스럽게 욕을 했다. 미요는 사부로가 걸터앉은 가지보다 한 단계 더 높은 나뭇가지로 단숨에 올라가 그의 얼굴을 걷어차는 듯한 시늉을 했고, 사부로는 손을 뻗어 그녀의 무릎을 잡았다. 그동안 나뭇가지는 계속 크게 흔들리고 있었다. 여전히 많은 감과 잎사귀로 장식된 그 나뭇가지가 미풍에 살랑거리는 듯한 미묘한 떨림을 주변의 나뭇가지로 전하기 시작했다…….

에쓰코는 눈을 질끈 감고 그곳을 벗어났다. 얼음장 같은 것이 등줄기를 타고 스멀스멀 흘러내리는 것 같았다.

마기가 짖고 있다.

겐스케가 부엌문 앞에 돗자리를 펴고 오쿠라의 아내와 아사코와 함께 감을 고르고 있었다. 움직이지 않아도 되는 일을 빨리 찾아내는 데는 부족함이 없는 사람이다.

"에쓰코 씨, 감은요?"

겐스케가 말을 걸었다. 그녀는 대답하지 않는다.

"왜 그래요? 안색이 너무 창백한데요."

거듭 물었다. 에쓰코는 대답하지 않고 부엌을 통과하여 뒤편으로 나갔다. 그녀는 자신도 모르게 모밀잣밤나무 그늘까지 걸어갔다. 그리고 빈 바구니를 풀숲에 던져놓고 쪼그리고 앉아 양손으로 얼굴을 가렸다.

그날 밤 저녁 식사 때, 야키치가 젓가락을 내려놓고 유쾌하게 말했다.

"사부로랑 미요가 같이 다니는 걸 보면 꼭 강아지 같

단 말이야. 미요가 등에 개미가 들어갔다고 아까 난리를 쳤거든. 아무리 내가 바로 앞에 있었다고는 하지만, 그럴 때 개미를 잡아주는 역할은 사부로한테 돌아가는 게 맞잖아? 그런데 사부로 녀석이 귀찮다는 듯이 뚱한 표정으로 일어나는 거야. 멍청한 원숭이도 그런 표정 연기는 할 수 있을걸? 그런데 등에 손을 넣고 아무리 찾아봐도 개미가 없는 거야. 애초에 개미가 정말로 있었는지도 의심스럽더군. 그러다가 미요 이 녀석, 간지럽다면서 웃음을 터뜨리더니 그칠 줄을 몰라. 너무 많이 웃으면 아기가 유산되거나 그러진 않을까? 겐스케 말로는, 잘 웃는 엄마가 낳은 아이는 배 속에서 충분히 굴렀기 때문에 태어난 후로도 발육이 좋다는데, 설마 그럴까?"

이 에피소드는 직접 눈으로 확인한 나무 위의 장면과 맞물려 에쓰코의 온몸에 바늘로 찌르는 듯한 고통을 안겨주었다. 뿐만 아니라, 그녀의 정강이 부위가 얼음으로 된 칼에 맞은 듯이 아팠다.

이처럼 에쓰코의 정신적 고통은 범람한 강물이 논과 밭을 적시듯 서서히 육체의 영역까지 침범하기 시작했다. 통증은 정신이 행하는 역할극을 더 이상 감당할 수 없을 때 발신되는 위험 신호에 다름 아니었다.

'괜찮나요? 배가 침몰 직전이에요. 아직도 도움을 청하지 않을 건가요? 당신은 정신의 배를 너무 혹사시켰기 때문에 마지막으로 의지할 곳을 스스로 상실한 채이 지경에 이른 거예요. 이젠 육체의 힘으로만 바다를 헤엄쳐 나가야 합니다. 그때 당신 앞에 놓인 것은 죽음

뿐일 거예요. 그래도 괜찮나요?'

고통은 이런 경고로 다시 읽힐 수 있다. 그녀의 유기체는 마지막 순간 정신의 버팀목을 잃을지도 모른다. 가슴 밑에서 목구멍으로 큰 유리구슬이 쑥 올라오는 듯한 이 불쾌감. 머리가 부풀어 오르고 두통으로 인해 깨질 것 같은 이 불편함…….

'나는 절대로 도움을 청하지 않을 것이다.'

그녀는 생각한다.

스스로 행복하다고 생각하는 근거를 마련하기 위해, 에쓰코는 이제 흉포한 논리가 필요했다.

'모든 것을 삼켜버려야 한다……. 모든 것을 눈감고 인정해 버려야 한다……. 이 고통을 맛있게 먹어치워야 한다……. 사금을 채취하는 사람이 금가루만 건져낼 수는 없고, 또 그렇게 하지도 않는다. 무작정 강바닥의 모래를 퍼 올려야 한다. 그 모래 속에 사금이 없을 수도 있고, 있을 수도 있는 거다. 그 존재 여부를 미리 예단할 수 있는 권한은 누구에게도 없다. 다만 확실한 것은 사금을 캐러 가지 않는 사람은 반드시 가난의 불행에서 벗어나지 못한다는 것뿐이다.'

에쓰코는 계속해서 생각했다.

'그리하여 더욱 확실한 행복을 얻는 방법은 바다로 흘러가는 큰 강물을 남김없이 삼키는 것이다. 나는 지금까지 그렇게 해왔다. 앞으로도 그럴 것이다. 내 위장은 분명 끝까지 견뎌낼 것이다.'

이렇듯 고통의 무한함은 사람들로 하여금 고통을 견

디는 육체의 불멸을 믿게 만든다. 그것이 어리석은 일일까?

장이 열리기 전날, 오쿠라와 사부로가 시장으로 출하를 하러 나간 후 야키치는 흩어진 새끼줄과 종잇조각, 짚, 부서진 소쿠리와 낙엽 같은 것들을 쓸어 모아 불을 지폈다. 에쓰코에게 이 장작불을 잘 지키라고 일러두고, 자신은 등을 돌려 아직 치우지 못한 쓰레기를 계속 쓸었다.

이날 저녁에는 안개가 짙었다. 황혼과 안개의 구분이 모호해져 일몰이 평소보다 더 빨리 찾아올 것 같았다. 연기가 자욱한 듯 우울한 일몰은 빛을 희미하게 드리우고 뿌연 잿빛의 종이 위에 은은한 잔광의 빛 방울을 한 점 떨어뜨렸다. 야키치는 왠지 모르게 에쓰코의 곁을 잠시라도 떠나기가 불안했다. 두세 발짝 떨어져 있으면 안개 때문에 그녀의 모습이 흐릿하게 보이기 때문인지도 모른다. 안개 속의 모닥불 빛깔은 너무나 아름다웠다. 에쓰코는 잠깐 멈춰 선 채로 흩어져 있는 짚을 천천히 갈퀴로 긁어 불 주변으로 모았다. 불길이 그녀의 손을 유혹하듯 다가온다…….

야키치가 에쓰코의 주변에서 아무렇게나 원을 그리며 그녀 옆으로 쓰레기를 쓸어 모은다. 다시 원을 그리며 멀어진다. 가까이 다가갈 때마다 슬며시 에쓰코의 옆얼굴을 훔쳐본다. 그녀는 기계적으로 움직이던 갈퀴질을 멈추고, 그리 춥지 않은데도 부서진 바구니가 요란하게 타오르는 한층 높은 불길 위로 손을 얹었다.

"에쓰코!"

야키치는 빗자루를 버리고 달려가 그녀의 몸을 장작불에서 떼어냈다.

에쓰코가 손바닥 피부를 화염에 그슬리고 있었다.

이 화상은 언젠가 가운뎃손가락을 덴 사소한 상처에 비할 바가 아니었다. 그녀는 오른손을 당분간 사용할 수 없게 되었다. 손바닥의 부드러운 피부에 온통 물집이 생겼다. 기름을 바르고 여러 겹의 붕대를 감은 그 손이 밤새도록 통증을 호소하며 에쓰코에게서 잠을 앗아 갔다.

야키치는 공포심에 가까운 감정으로 그 순간 그녀의 모습을 떠올렸다. 두려움 없이 불 속을 응시하고, 두려움 없이 불 속으로 손을 내밀던 에쓰코의 평정심은 어디에서 온 것일까? 그 고집스러운 조각상 같은 평정심은. 갖가지 감정의 혼란에 몸을 맡겼던 이 여자가 한순간 그 모든 혼란에서 벗어난 것처럼 거의 오만할 정도로 평온한 모습이었다.

그대로 두었다면 아마 화상을 입지 않았을지도 모른다. 야키치의 부름이 영혼의 잠 속에서나 가능할 것 같은 평형 상태에서 에쓰코를 깨어나게 했고, 비로소 그녀의 손바닥에 화상을 입히고 말았는지도 모른다.

에쓰코의 손에 감긴 붕대는 야키치를 겁먹게 했다. 꼭 자신이 준 상처인 것만 같았다. 결코 허술하다고 할 수 없는 이 여인, 평소에는 무서울 정도로 침착한 이 여인, 그런 에쓰코의 부상은 보통 일이 아닌 것이다. 일전에 그녀의 가운뎃손가락에 작은 붕대가 감겨 있는 것을 보고 야키치가 묻자 그녀는 미소 지으며 화상을 입었다고 말했다. 그건 설마 스스로 태운 상처는 아니었을 것이다. 그 붕대를 걷어내자 더 넓은 붕대가 그녀의 손바닥을 덮었다.

야키치가 젊은 시절에 스스로 터득하여 친구들에게 과시하며 알려주었던 가설 중에, 여자의 건강은 여러 가지 질병으로 이루어져 있다는 내용이 있다. 원인 모를 위통을 호소하는 여자와 결혼한 야키치의 한 친구는 결혼 직후 아내의 위통이 나아 한시름 놓았는데, 권태기에 접어들 무렵부터 잦아지기 시작한 아내의 편두통에 시달리다가 우발적인 충동으로 바람을 피웠다. 이를 눈치챈 아내는 편두통이 말끔히 나은 대신 처녀 시절의 위통이 재발했고, 1년쯤 후에 위암 진단을 받고 죽었다. 여자의 병이란 어디까지가 진짜이고 어디까지가 거짓인지 알 수 없다. 거짓말인 줄 알았는데 갑자기 아이가 태어나기도 하고, 갑자기 죽기도 한다.

'또한 여자의 실수에는 까닭이 있는 법이다'라고 야키치는 생각해 왔다. '젊은 시절 친구 중에 가라시마라는 바람둥이가 있었는데, 그 친구의 아내는 남편이 바람을 피우는 동안 실수로 매일 접시를 하나씩 깨뜨렸다고 한다. 순전히 실수로. 아내는 남편의 바람을 전혀 몰랐기에, 자기 손끝에서 본의 아니게 벌어진 실수에 매일같이

놀랐다고 한다. 사라야시키[1]의 오키쿠도 실수로 접시를 깼다고 하니, 참 재미있는 일이다.'

그 야키치가 어느 날 아침, 대나무 빗자루로 뜰을 청소하다가 어이없게도 손가락이 가시에 찔렸다. 방치했더니 고름이 조금 생겼다. 자기도 모르는 사이에 고름이 빠지고 깨끗이 나았다. 야키치는 약을 싫어해 바르지 않았다.

낮에는 괴로워하는 에쓰코의 모습을 곁에서 지켜보고, 밤에는 잠들지 못하는 그녀를 곁에서 느끼면서 야키치의 애무는 점점 더 집요해졌다. 야키치는 사부로를 좋아하는 에스코를 보며 사부로를 못마땅하게 여겼고, 에쓰코의 쓸데없는 짝사랑에 질투심을 느꼈다. 그러면서도 자신에게 어느 정도의 자극을 주는 질투심을 한편으로는 다행스럽게 생각하는 마음도 있었다.

그래서 사부로와 미요에 대한 이야기를 굳이 과장되게 늘어놓으며 에쓰코를 괴롭힐 때 야키치가 느끼는 것은 일종의 기묘한 친애의 정, 말하자면 역설적인 '우애'라고도 할 수 있었다. 그가 입을 다문 것은 이 유희가 지나쳐서 에쓰코를 잃지 않을까 하는 두려움 때문이었지만, 어느새 그녀는 야키치에게 없어서는 안 될 존재, 그것도 죄악이나 악습처럼 뭔가 당연히 있어야 할 존재가 되어 있었다.

---

1 주인집 접시를 깨뜨렸다는 누명을 쓰고 억울하게 죽은 시녀 오키쿠가 귀신이 되어 밤마다 접시를 센다는 유명한 일본 괴담.

에쓰코는 아름다운 옴이었다. 야키치의 나이에는 가려움을 느끼기 위해 옴이 일종의 필수품이 되기도 했다.

야키치가 배려심을 발휘하여 사부로와 미요에 대한 이야기를 자제하면 에쓰코는 오히려 불안해하며 자신에게 들키고 싶지 않은 일이 벌어지고 있는 것은 아닌지 의심했다. 이보다 더한 어떤 일이, 어떤 나쁜 상황이 존재할 수 있단 말인가? 그런 질문은 질투가 무엇인지 모르는 사람의 질문이며, 질투의 열정은 사실적 증거에 의해 움직이지 않는다는 점에서 오히려 이상주의자의 열정에 가깝다.

……일주일 만에 목욕물을 데웠고, 야키치가 먼저 들어갔다. 평소에는 에쓰코와 같이 들어가는데, 감기 기운이 있는 에쓰코가 목욕을 거부해 야키치 혼자 들어간 것이다.

마침 이때 부엌에 스기모토 집안의 여자들이 모두 모여 있었다. 에쓰코, 치에코, 아사코, 미요, 그리고 노부코까지 각자 설거지를 하러 온 것이다. 에쓰코는 감기 기운 때문에 흰색 비단 스카프를 목에 두르고 있었다.

이례적으로 아사코가 시베리아에서 돌아오지 않는 남편 이야기를 꺼냈다.

"편지라면 8월에 온 게 마지막이잖아요. 그 사람은 원래 글씨를 못 쓰니 어쩔 수 없다고도 생각하지만, 일주일에 한 번만이라도 편지를 보내주면 어떨까 싶은 거예요. 남편과 아내의 애정은 말이나 글로 표현할 수 없는 거라지만, 어떻게든 말이나 글로 표현해 보려고 노력도 하지 않는 것이 일본 남자의 단점이라고 생각해요."

치에코는 영하 수십 도의 야외에서 툰드라를 파헤치고 있을 유스케가 이 말을 듣는다면 어떤 기분일까 상상하니 웃음이 났다.

"하지만 동서, 일주일에 한 통씩 쓴다고 해도 편지를 그렇게 자주 보내주지는 않아. 서방님은 어쩌면 쓰고 있는지도 모르지."

"설마요. 그럼 도착하지 않는 편지는 다 어디로 간단 말이에요?"

"소련 과부들한테 나눠주겠지 뭐."

치에코는 이 농담을 던진 후에야 에쓰코에겐 다소 거슬릴지 모르겠다는 생각이 들었지만, 진지하게 받아들인 아사코의 우스꽝스러운 반문이 분위기를 살려주었다.

"정말요? 그런데 일본어 편지는 읽을 수 없잖아요."

치에코는 그 말을 무시해 버리고 에쓰코의 설거지를 도왔다.

"붕대 젖겠다. 내가 할게요."

"고마워요."

사실 에쓰코는 접시와 그릇을 씻는 이 기계적인 작업에서 손을 놓는 것이 힘들었다. 기계가 되는 것이 요즘 그녀의 육체적 욕망이며, 손의 화상이 낫고 나면 세탁이 끝난 야키치와 자신의 가을 옷을 모두가 놀랄 만큼 빠른 속도로 꿰매는 것이 현재의 소망이다. 그녀의 바늘은 초인적인 속도로 움직일 것이다.

부엌 조명은 퀴퀴한 천장에 어두운 20와트짜리 알전구를 매달아 둔 게 다. 여자들은 그늘진 개수대에서 설거지를 해야 했다. 에쓰코는 가마솥을 씻는 미요의 뒷모습을 창틀에 기대어 가만히 바라보았다. 색 바랜 허름한 모슬린 오비 아래 허리 살이 어렴풋이 도드라진 모습은 금방 알이라도 낳을 것처럼 보였다. 이 건강한 아가씨는 한 번도 입덧을 하지 않았다. 여름 내내 반소매의 헐렁한 원피스를 입고 다니면서, 겨드랑이 털을 깎을 줄도 몰랐다. 그녀는 땀이 심하게 나면 사람들 앞에서 수건을 겨드랑이 밑에 집어넣고 닦았다……. 과실처럼 탄력 있고 풍만한 허리, 한때 에쓰코도 가졌던 용수철 같은 곡선, 물을 가득 채워 묵직한 화병과도 같은 볼륨감…… 모두 사부로가 만든 것이다. 그 젊은 일꾼이 정성껏 씨를 뿌리고 공들여 가꾼 것이다. 아침 이슬에 젖은 참나리가 꽃잎과 꽃잎을 촉촉하게 붙이고 있듯이, 이 여인의 유방과 사부로의 가슴이 땀으로 인해 들러붙어 떨어지지 않았던 것이다……

에쓰코는 목욕탕 안에서 갑자기 큰 소리로 말하는 야키치의 음성을 들었다. 목욕탕은 부엌에 인접해 있고, 사부로는 불을 지피느라 문 밖에 있었다. 야키치는 사부로에게 말을 걸고 있었다.

너무도 요란한 물소리가 듣는 이의 귀에 야키치의 뼈만 앙상한 노쇠한 육체를 떠올리게 했다. 그의 움푹 팬 쇄골에 물이 고이면 흘러내리지 않는다.

천장에 울려 퍼지는 야키치의 메마른 목소리가 사부

로에게 이렇게 말한다.

"사부로, 사부로."

"예, 부르셨습니까."

"장작 좀 아껴라. 오늘부터는 미요도 너와 함께 들어가서 빨리 끝내고 나와야지. 따로따로 들어가면 시간이 오래 걸려서 장작을 한두 개 더 넣어야 할 테니."

야키치 다음에 겐스케 부부가 들어갔고, 그다음에는 아사코와 두 아이가 들어갔다. 갑자기 에쓰코가 목욕을 하겠다고 나서서 야키치를 놀라게 했다.

에쓰코는 욕조에 몸을 담그고 발끝으로 마개를 찾았다. 이제 사부로와 미요 차례다. 에쓰코는 뺨까지 물에 담그고, 붕대를 감지 않은 쪽 팔을 뻗어 욕조의 마개를 뽑았다.

이 행위에는 깊은 이유도 목적도 없었다.

'사부로와 미요가 함께 목욕을 하다니, 나로서는 용납할 수 없다.'

이런 단순한 판단이 감기에 걸린 에쓰코를 목욕시키고 욕조의 마개를 뽑게 한 원인이다.

욕탕은 야키치의 취향에 따라 만들었으며, 편백나무로 된 사각형 욕조와 발판이 네 첩의 공간을 차지한다. 욕조는 넓고 얕다. 마개가 뽑히고 물이 빨려 들어가는 조그만 파도 소리가 들리자, 에쓰코는 더럽고 탁한 물속을 들여다보며 자신도 모르게 만족스러운 미소를 지었다.

'나는 도대체 무슨 짓을 하고 있는 걸까. 이런 장난이 무슨 재미가 있을까. 허나 아이들의 장난에도 나름 그럴듯하고 진지한 이유가 있다. 무관심한 어른의 관심을 끌기 위한 아이들 세계의 유일한 술책이 장난인 것이다. 아이들은 자기가 버림받았다고 느낀다. 아이들과 짝사랑하는 여자들은 똑같이 버림받은 세상에 살고 있다. 그 세상의 거주자가 무의식적으로 잔인해지는 것은 바로 이 때문이다.'

물 표면에는 미세한 나무 조각과 머리카락, 돌비늘과 같은 비누 기름이 느릿한 원을 그리며 움직이고 있었다. 에쓰코는 어깨를 드러낸 채 욕조 가장자리에 팔을 얹고 뺨을 댔다. 어깨와 팔이 순식간에 물을 증발시켰다. 적당히 데워진 피부는 어두운 알전구 아래에서 노곤하면서도 매끄러운 광택을 발산했다. 에쓰코의 뺨이 촉촉한 팔뚝의 탄력을 느끼는 동안, 엄청난 낭비를, 굴욕을, 헛수고를 감지했다. 부질없어, 부질없어, 부질없어. 그녀는 혼잣말을 했다. 이 뜨거운 피부에 묻은 젊음의 과잉이 마치 맹목적이고 어리석은 생물이라도 되는 것처럼 그녀를 화나게 했다.

에쓰코의 머리카락은 높이 틀어 올려 빗으로 고정되어 있다. 천장의 물방울이 가끔씩 머리나 목덜미에 떨어진다. 그녀는 팔에 얼굴을 묻은 채 이 차가운 물방울을 피하려 하지 않는다. 욕조 밖으로 내민 붕대 감은 손에 우연히 떨어진 물방울이 기분 좋게 스며들었다.

물은 서서히, 아주 서서히 배수구로 흘러들어 갔다. 피부에 닿는 공기와 물의 경계가 에쓰코의 살갗을 핥듯이, 간지럽히듯이, 어깨에서 가슴으로, 가슴에서 배로 조금씩 내려갔다. 이 섬세한 애무 뒤에 따끔따끔하게 속박하는 듯한 한기가 몸을 감쌌다. 그녀의 등은 이제 얼음처럼 차갑다. 물이 다소 급하게 소용돌이를 일으키며 허리 부근으로 물러나고 있다…….

'이게 죽음이라는 거야. 이게 바로 죽음이야.'

에쓰코는 깜짝 놀라 도움을 청하려고 욕조에서 일어났다. 그녀는 텅 빈 욕조 안에서 무릎을 꿇고 있는 알몸의 자신을 발견했다.

야키치의 방으로 향하는 복도에서 미요와 마주친 에쓰코가 밝게 웃으며 말했다.

"어머, 내 정신 좀 봐. 너희들 아직 목욕을 안 했구나. 깜빡하고 물을 빼버렸어. 미안해."

미요는 에쓰코의 말이 너무 빨라서 무슨 뜻인지 알아듣지 못했다. 멍하니 서서 대답도 하지 못하고, 핏기 하나 없이 떨고 있는 에쓰코의 입술을 바라보았다.

그날 밤부터 에쓰코는 열이 나기 시작해 이삼 일 동안 자리에 누워 있었다. 사흘째 되는 날에야 정상 체온에 가까워졌다. 그날은 10월 24일이었다.

후유증으로 지쳐서 낮잠에 빠졌다가 깨어났을 때는 이미 밤이 깊어가고 있었다. 옆에서 야키치가 잠을 자고 있다.

벽시계가 열한 시를 치는 소리의 불안하도록 느릿

한 속도, 마기의 울부짖음, 이 버려진 밤의 끝없는 반복……, 에쓰코는 엄청난 공포에 휩싸여 야키치를 깨웠다. 야키치는 격자무늬 잠옷을 입은 어깨를 이불 밖으로 일으켰다. 그리고 에쓰코가 내민 손을 서툴게 잡으며 무심한 한숨을 내쉬었다.

"손을 놓지 말아주세요."

에쓰코는 멍하니 천장의 기괴한 나뭇결을 바라보며 이렇게 말했다. 에쓰코는 야키치의 얼굴을 보지 않는다. 야키치도 에쓰코의 얼굴을 보지 않는다.

"응."

그리고 야키치는 한동안 목에 가래 끓는 소리를 내며 침묵했다. 한 손으로 베갯머리에 있는 종이를 가져와 입에 고인 가래를 뱉었다.

"오늘밤 미요는 사부로 방에서 자죠?"

이윽고 에쓰코가 이렇게 물었다.

"……아니."

"숨겨도 전 알아요. 그 애들이 뭘 하는지 보지 않아도 알 수 있어요."

"내일 아침, 사부로는 덴리로 떠날 거야. 모레가 대제니까……. 길 떠나기 전날 밤이니 어쩔 수 없겠지."

"그렇구나. 어쩔 수 없죠."

에쓰코는 손을 놓았다. 그러고는 이불을 뒤집어쓰고 흐느꼈다.

야키치는 자신이 처한 불투명한 입장이 곤혹스러웠다. 왜 화를 내지 못하는 걸까? 이 분노의 상실은 어찌

된 일인가. 이 여자의 불행은 왜 이렇게 야키치로 하여금 공범 같은 친밀감을 느끼게 하는 것일까……? 그는 쉰 목소리로, 반쯤 잠이 든 것처럼 보이게 하는 부드러운 목소리로 에쓰코에게 말했다. 이런 꿈속 같은 이야기로 여자를 속이기 전에, 야키치는 더 이상 해결책을 기대할 수 없는 자신의 애매모호한 판단을 속였다.

"아무튼 너도 이 지루한 시골에 있다 보니 신경이 예민해져 엉뚱한 생각을 하게 되는 거지. 이번 료스케의 1주기에는 예전부터 약속한 대로 같이 도쿄에 성묘하러 가자꾸나. 긴키철도 주식을 가미사카 군한테 부탁해서 이번에 좀 팔았으니까, 사치를 부리자면 이등석도 탈 수 있을 게다. 하지만 교통비는 아끼고 도쿄에 가서 즐기는 게 낫겠지. 오랜만에 연극을 봐도 좋고, 도쿄에 가면 뭔가 즐길 거리가 부족하진 않을 테니까……. 사실 내가 생각하는 건 그 이상이야. 나는 마이덴 생활을 정리하고 도쿄로 옮기는 것도 괜찮다고 생각해. 다시 현역으로 복귀할 생각까지 하고 있다. 옛 친구 두세 명이 도쿄에서 재기했거든. 미야하라처럼 의리를 모르는 자를 제외하고는 모두 믿을 만한 사람들이다. 도쿄에 가면 그런 사람들을 두세 명 만나보려고 해……. 이런 결심은, 물론 쉬운 일이 아니야. 내가 이런 생각을 하는 것도 다 너를 위해서다. 너를 위해 좋은 일이라고 판단해서 고민한 거야. 네가 행복해지는 것은 내가 행복해지는 길이기도 하니까. 나는 이 농장에 만족하며 살았다. 그런데 네가 오고 나서부터 내 마음이 조금은 젊은 사람처럼 흔들리기 시작했구나."

"언제 떠나요?"

"30일 특급은 어떠냐? 그 평화호 말이다. 오사카 역장
하고는 친분이 있으니 내가 이삼 일 내로 오사카에 가
서 표를 구해 오마."

에쓰코가 야키치의 입을 통해 듣고자 했던 말은 이
런 게 아니었다. 그녀가 생각하고 있는 것은 다른 것이
었다. 이 엄청난 괴리감이 하마터면 야키치 앞에 무릎을
꿇고 야키치의 도움에 의지할 뻔했던 에쓰코의 마음을
차갑게 식혔다. 그녀는 조금 전 야키치에게 내민 자신의
뜨거운 손을 후회했다. 그 손은 붕대를 풀고 나서도 아
직 아픔이 잔불처럼 남아 있었다.

"도쿄에 가기 전에, 제가, 부탁할 게 있어요. 사부로가
덴리에 가 있는 동안 미요를 내보내 주셨으면 해요."

"너는 참 말을 거침없이 하는구나."

야키치는 놀라지 않았다. 병자가 한겨울에 메꽃을 보
고 싶다고 한들 누가 놀라겠는가.

"미요를 내보내고 어떻게 하겠다는 거냐?"

"저, 미요 때문에 이런 병에 걸려 고생하는 게 너무
어처구니가 없어서요. 주인을 병들게 하는 여종을 그냥
두는 집이 어디 있나요? 이대로 가면 저는 미요에게 죽
임을 당할지도 몰라요. 미요를 내보내지 않는다면, 그건
아버님이 간접적으로 저를 죽이시는 거나 다름없어요.
미요나 저나 둘 중 하나가 이곳을 떠나야 해요. 제가 나
가는 것이 더 마음에 드신다면, 내일부터라도 오사카로

가서 일거리를 찾아보겠습니다."

"말이 지나치구나. 미요는 죄가 없는데, 무작정 내쫓아 버리면 사람들이 뭐라고 하겠니."

"그렇다면, 죄송합니다. 제가 나가겠습니다. 더 이상 이곳에 있고 싶지 않아요."

"그래서 도쿄로 가자고 하는 거야."

"아버님과 함께, 그렇지요?"

이 말에는 의미심장하게 느껴질 만한 어떤 어감이 들어 있진 않았지만, 그 말을 듣는 야키치의 귀에 불안한 상상을 불러일으키는 힘이 있었다. 격자무늬 잠옷을 입은 노인은 더 이상 말하지 말라는 듯이 자신의 잠자리에서 조금씩 에쓰코 쪽으로 다가갔다.

에쓰코는 이불로 몸을 감싸고 접근하지 못하도록 했다. 조금도 동요하지 않는 두 눈동자가 야키치의 눈을 정면으로 응시했다. 아무 말도 하지 않는다. 증오도 원한도, 사랑도 호소도 없는 이 무표정한 두 눈동자가 야키치를 움츠러들게 했다.

"안 돼, 안 돼요."

에쓰코는 낮고 감정이 없는 목소리로 말했다.

"미요를 내보내기 전에는 싫어요."

에쓰코는 어디서 거부하는 법을 배웠을까? 이 병에 걸리기 전까지 그녀는 고장 난 기계처럼 꿈틀대며 자신에게 다가오는 야키치의 움직임을 느끼면 재빨리 눈을 감아버리는 것이 일상이었다. 모든 것은 눈을 감은 에쓰코의 주변에서, 그 육체의 주변에서 이루어졌다. 에쓰코에게 있어서 외부 세계의 사건은 자신의 육체 위에서 벌어지는 일까지 포괄하는 것이었다. 에쓰코의 외부는 어디서부터 시작되는가? 이 미묘한 조작을 파악한 여자의 내부는 감금되고 질식되어 폭발물과 같은 잠재적 힘을 내포하기에 이르렀다.

야키치의 낭패감이 에쓰코에게 더욱 우스꽝스러워 보였던 것은 바로 이 때문이다.

"이 아가씨가 자기 멋대로만 하려고 해서 참 난감하구나. 어쩔 수 없지. 네 마음대로 해라. 사부로가 없는 동안 미요를 내쫓고 싶으면 내보내도 좋다. 하지만……."

"사부로 때문에요?"

"응, 사부로도 조용히 물러나진 않겠지."

"사부로는 떠날 거예요."

에쓰코는 분명하게 말했다.

"분명 미요를 따라 나갈 거예요. 그 두 사람은 서로 사랑하고 있잖아요……. 전 사부로가 누구의 명령도 없이 떠날 수 있도록, 미요를 내보내기로 한 거예요. 저로서는 사부로가 이곳을 떠나는 것이 가장 좋은 일이라고 생각하지만, 내 입으로 그런 말을 꺼내는 것이 너무 힘들어요."

"드디어 우리 둘의 의견이 하나로 모아졌구나."

야키치가 말했다.

마침 오카마치 역을 지나는 마지막 급행열차의 기적 소리가 밤공기를 흔들었다.

겐스케의 말에 따르면 에쓰코의 화상이나 감기는 징병 기피의 일종이라고 한다. 징병 기피로는 선배인 자기가 하는 말이니 틀림없다고 그는 웃으며 말했다. 그렇게 에쓰코가 노역을 면한 데다 임신 4개월인 미요에게 힘든 일을 시킬 수 없었기 때문에 올해는 겨우 두 마지기 남짓한 스기모토 가문의 논밭의 벼 베기, 감자 캐기, 풀 베기, 과일 수확에 이르기까지 겐스케의 어깨에 점점 더 많은 짐이 실렸다. 그는 여전히 끊임없이 불만을 토로하며 게으르게 일했다. 농지개혁 이전에는 숨겨진 땅이었던 이 보자기만 한 논밭에도 이제는 어느 정도 공출 할 당량이 정해져 있다.

매년 덴리행을 앞두고 사부로는 정말 열심히 일했다. 과일 수확은 대충 끝이 났다. 수확이 한창인 사이사이에 그는 감자 캐기, 가을갈이, 풀 베기 등에도 열심이었다. 가을의 청량한 하늘 아래에서 한 노동이 그를 더욱 검게 그을려 나이보다 더 성숙해 보이는 건장한 청년으로 만들어주었다. 짧게 깎은 그의 머리는 왠지 젊은 황소의 머리처럼 다부졌다. 얼굴도 모르는 마을의 어느 아가씨에게 정성스러운 연애편지를 받은 그는 웃으며 미요에게 읽어주었다. 또 다른 소녀로부터 연애편지를 받았을 때, 이번에는 미요에게 말하지 않았다. 그렇다고 숨긴 것은 아니다. 만나러 간 것도 아니다. 답장을 보낸 것도 아니다. 무뚝뚝한 성격이 그때 그를 침묵하게 만들었을 뿐이다.

하지만 어쨌든 이 일은 그에게 새로운 경험이었다.

자신이 누군가에게 사랑받고 있다는 사실을 알게 된 것, 만약 이걸 에쓰코가 감지하고 있었다면 그녀에게도 중요한 계기가 되었을 것이다. 사부로는 막연하게 자신이 외부에 미치는 영향에 대해 생각하게 되었다. 이때까지 그에게 외부란 자신을 비추는 거울이 아니라 자유롭게 달려 나갈 수 있는 공간일 뿐이었던 것이다.

이 새로운 경험은 가을 햇볕이 그의 이마와 뺨에 남긴 그을림과 함께 이전에는 볼 수 없었던 미묘한 젊음의 오만함을 그의 태도에 불어넣었다. 미요는 사랑의 민감함으로 이 변화를 알아차렸다. 그러나 그녀는 이를 사부로가 자신에 대해 취하게 된 남편다운 태도라고 해석했다.

10월 25일 아침, 사부로는 야키치에게 물려받은 낡은 양복 상의와 카키색 바지, 에쓰코에게 받은 양말과 운동화를 신고 최상의 차림새로 출발했다. 여행 가방은 어깨에 메는 조악한 통학용 가방이다.

"어머님이랑 결혼에 대해 한번 의논해 봐. 미요도 보여드려야 하니 어머님도 모시고 오고. 이삼 일 정도 여기 머무르셔도 되니까."

에쓰코가 말했다. 이미 결정된 일을 왜 그렇게까지 강조했는지는 그녀 자신도 알 수 없었다. 자기 자신을 물러설 수 없는 궁지로 몰아넣기 위해 이런 핑계가 필요했던 것일까? 아니면 모셔온 어머니가 기대했던 며느리가 없어서 당황할 경우의 끔찍한 상황을 상상하며 스스로 마음을 고쳐먹으려는 노력이었을까?

에쓰코는 야키치의 방으로 인사하러 가는 사부로를 복도에서 붙잡고 빠른 속도로 이렇게 말했던 것이다.

"네, 감사합니다."

길을 떠나기 직전이라 조금은 침착하지 못한 눈빛으로 과장된 감사의 마음을 표한 사부로는 평소와 달리 에쓰코의 얼굴을 똑바로 응시했다. 에쓰코는 악수를, 그의 단단한 손바닥의 포옹을 원했다. 무심코 화상을 입은 오른손을 내밀려고 했다. 하지만 상처의 감촉이 그의 손바닥에 불쾌한 기억을 남길까 봐 주저했다. 잠시 당황한 사부로는 다시 한번 활기찬 미소를 지으며 그녀에게 등을 돌리고 복도를 빠져나갔다.

"그 가방, 참 가벼워 보이네. 꼭 학교 가는 것 같아."

뒤에서 에쓰코가 말했다.

미요만이 그를 다리 건너편 입구까지 배웅해 주었다. 그것은 권리였다. 에쓰코는 이 권리를 똑똑히 지켜보았다.

돌길이 내리막 계단에 닿는 지점에서 다시 한번 몸을 돌린 사부로는 마당에 나와 있던 야키치와 에쓰코를 향해 거수경례를 했다. 단풍이 들기 시작한 단풍나무 숲으로 그 모습이 사라진 뒤에도 웃음으로 드러난 그의 치열이 에쓰코의 뇌리에 선명하게 남았다.

미요는 실내 청소를 해야 할 시간이다. 5분 정도 지나자 그녀는 돌계단의 나뭇잎 사이로 쏟아지는 햇살 속을 나른하게 걸어 올라왔다.

"사부로는 벌써 갔구나."

에쓰코는 의미 없는 질문을 던졌다.

"네, 갔습니다."

미요도 의미 없는 대답을 했다. 기쁜 건지 슬픈 건지 도무지 알 수 없는 무덤덤한 표정이다.

사부로를 떠나보낼 때 에쓰코의 가슴에는 잔잔한 동요와 반성이 일어났다. 가슴 저린 미안함이, 죄책감이 밀려왔다. 미요를 내쫓으려던 계획을 포기할까도 생각했다.

그러나 돌아온 미요가 이미 사부로와의 일상에 정착했다는 듯이 안심한 표정을 짓는 것을 보고 에쓰코는 화가 났고, 이 계획을 단념해서는 안 된다는 처음의 확신으로 쉽게 돌아갔다.

5장

"사부로가 돌아왔어요. 공영주택 있는 데서 지름길을 따라 걸어오는 게 2층에서 보이더라고요. 그런데 이상해. 혼자던데? 어머니 모습이 안 보였어요."

밥을 짓고 있던 에쓰코에게 치에코가 이렇게 다급하게 찾아온 것은 덴리 대제 다음날인 27일 저녁이었다.

에쓰코는 풍로 위에 석쇠를 얹고 고등어를 굽는 중이었다. 이 말을 듣고는 생선을 얹은 석쇠를 옆에 있는 널빤지에 내려놓고 쇠주전자를 불에 올렸다. 이 조용한 동작에 자신의 감정을 다스리는 듯한 비장함이 묻어났다. 그러고는 일어나서 함께 2층으로 가자고 치에코를 재촉했다.

두 여자는 서둘러 계단을 올라갔다.

"정말 사부로 이 녀석, 또 시끄럽게 만드는군."

드러누워서 아나톨 프랑스의 소설을 읽고 있던 겐스케가 말했다. 그러면서 곧 에쓰코와 치에코의 열정에 이끌려 두 여자와 나란히 창밖으로 얼굴을 내밀었다.

공영주택의 서쪽 숲 외곽에는 이미 해가 반쯤 지고 있었다. 하늘은 용광로 같은 석양빛이다.

추수가 어느 정도 끝난 논밭 사이로 흐트러짐 없는 걸음걸이로 다가오는 그림자는 분명 사부로의 것이다. 무슨 놀라움이 있겠는가. 그는 예정된 날, 예정된 시각에 돌아온 것이다.

그림자는 비스듬히 그의 앞쪽 방향으로 길게 뻗어 있다. 어깨에 멘 가방이 흔들리는 탓에 중학생처럼 한 손으로 가방을 잡고 있다. 모자는 쓰고 있지 않다. 불안도 걱정도 없는, 한가로운, 그러면서도 지칠 줄 모르는 충실한 걸음걸이로 다가온다. 쭉 직진하면 대로변으로 나가게 되는데, 그는 오른쪽으로 돌아 논두렁길로 들어섰다. 늘어선 볏단 옆을 이번엔 간간히 발밑을 조심하며 걷고 있다.

에쓰코는 기쁨인지 두려움인지 알 수 없는 격렬한 심장 박동 소리를 들었다. 자신이 기다리는 것이 재앙인지 행복인지 분간할 수 없었다. 어쨌든 기다리던 것이 드디어 온 것이다. 올 것이 온 것이다. 가슴이 격렬하게 울렁거려서 해야 할 말도 쉽게 나오지 않았다. 간신히 치에코에게 이렇게 말했다.

"어떡하죠. 나, 어떻게 해야 할지 모르겠어요."

한 달 전 에쓰코의 입에서 이런 황당한 말이 흘러나

오는 것을 들었다면 겐스케와 치에코는 얼마나 놀랐을까? 에쓰코는 변해 있었다. 강한 여자가 힘을 잃었다. 지금 그녀가 바라는 것은 돌아온 사부로가 아무것도 모른 채 에쓰코에게 던지는 최후의 부드러운 미소와, 알아야 할 것을 알고 던지는 최초의 격렬한 욕설이었다. 지난 며칠 밤을, 에쓰코는 그 두 가지 꿈에 몇 번이나 번갈아 가며 괴로워했던가! 그 후의 일은 그녀에게 예정된 일로 여겨졌다. 사부로는 에쓰코를 원망하며 미요의 뒤를 좇아 떠날 것이다. 내일 이 시각, 이제 다시는 사부로를 볼 수 없을 것이다. 아니, 어쩌면 그를 볼 수 있는 것은 이렇게 2층 난간에서 먼발치로 바라보고 있는 지금이 마지막일지도 모른다……

"이상해. 정신 차려요." 치에코가 말했다. "미요를 내쫓을 때의 그 용기만 있다면야 못 할 일이 뭐가 있겠어요? 우린 정말 에쓰코 씨를 다시 봤다니까요. 정말 존경스러워요."

치에코는 동생에게 하듯 에쓰코의 어깨를 포근하게 안았다.

미요를 내보낸 이 하나의 행위는 에쓰코에겐 자신의 고통에 대한 첫 번째 수정이자 양보, 심지어 굴복이었다. 그러나 겐스케 부부의 눈에는 그것이 에쓰코가 처음으로 취한 공격으로 비친 것이다.

'임신 4개월 된 여자한테 짐을 짊어지게 하고 쫓아내다니 참 대단한 사람이야.'

치에코는 진심으로 그렇게 생각했다. 미요의 울음소

리와 에쓰코의 가차 없는 태도와 미요를 억지로 데리고
가 강제로 열차에 태운 에쓰코의 냉정함. 어제 눈앞에서
목격한 이 드라마틱한 사건은 부부를 매우 흥분시켰다.
마이덴에서 이만한 구경거리를 볼 수 있을 거라고는 상
상도 하지 못했다. 끈으로 짐을 둘러메고 돌계단을 내려
가는 미요 뒤를 에쓰코는 경찰처럼 따라갔다.

야키치는 방에 틀어박힌 채 인사하는 미요에게도 얼
굴을 돌리지 않고, 오랫동안 수고했다는 말 한 마디만
건넸다. 깜짝 놀란 아사코는 무슨 일이 일어났는지 몰라
어리둥절해하며 주위를 서성거렸다. 겐스케 부부는 한
마디 설명도 듣지 않고 이 사건의 의미를 알아차린 것
이 자랑스러웠다. 그들은 부도덕과 죄악을 이해할 수 있
다는 점에서 자신들이 비도덕적일 수 있다고 생각했는
데, 이는 신문기자가 사회의 선봉을 자처하는 것과 비슷
한 충동이다.

"어렵게 여기까지 끌고 왔으니 이제부터는 우리가 도
와드리지요. 부담 갖지 말고 우리를 이용하세요. 할 수
있는 일이라면 뭐든 해볼게요."

"에쓰코 씨를 위해 충실히 움직여 볼게요. 이제 아버
님 눈치를 볼 필요는 없을 거예요."

부부는 창가에서 에쓰코를 사이에 두고 서로 경쟁하
듯 말했다. 에쓰코는 일어서서 양손으로 귀밑머리를 쓸
어 올리는 듯한 몸짓을 하며 치에코의 경대 앞으로 다
가갔다.

"향수 좀 빌려줄래요?"

"그럼요."

에쓰코는 초록색 병을 들고 손바닥에 떨어뜨린 몇 방울을 신경질적으로 양쪽 관자놀이에 문질렀다. 거울에는 색이 바랜 화려한 무늬의 보자기가 덮여 있다. 그녀는 보자기를 들어 올리려고도 하지 않는다. 자기 얼굴을 보는 게 두려운 것이다. 그러다 곧 사부로와 마주할 얼굴이 불안해져 보자기를 슬쩍 들추었다. 입술이 너무 진한 것 같다. 그녀는 테두리가 있는 작은 손수건으로 립스틱을 닦아냈다.

행동의 기억은 감정의 기억에 비하면 얼마나 허망한가. 어제 부당한 해고를 통보받은 미요의 울부짖음을 눈썹 하나 까딱하지 않고 듣고 있던 에쓰코, 그 가엾은 임산부에게 짐을 지우고 떠밀어 보내버린 에쓰코, 그 에쓰코와 지금의 자신이 도저히 같은 여자라고 믿어지지 않는 그녀에게는 후회도 생기지 않았고, 후회하지 않겠다고 마음을 다잡는 강인한 저항도 없이, 또다시 과거의 고뇌의 사슬 위에, 무엇 하나 움직일 수 없는 썩어가는 감정의 퇴적물 위에, 아무렇지도 않게 앉아 있는 자신의 모습을 발견하게 된다. 오히려 사람들에게 새로운 무기력을 가르치는 것이 죄가 아닐까?

겐스케 부부는 이 도움의 기회를 놓치지 않았다.

"지금 에쓰코 씨가 사부로에게 미움을 사면 모든 게 소용없어져요. 아버님이 에쓰코 씨 편에 서서 미요를 내보낸 건 자신이 한 일이라고 말해 준다면 가장 좋겠지만, 아버님이 그렇게까지 해주시진 않겠죠."

"사부로에게는 아무 말도 안 하겠지만, 책임질 일은 일체 피하겠다고 말씀하셨어요."

"아버님은 당연히 그렇게 말씀하시겠죠. 아무튼 내게 맡겨요. 손해 볼 일은 없을 테니까. 미요에게 부모님이 위독하다는 전보가 와서 고향에 간 것으로 처리해도 좋고요."

에쓰코는 정신을 차렸다. 그녀에겐 눈앞의 두 사람이 조언자로 보이지 않고, 어딘가 희뿌연 안개의 영역으로 에쓰코를 데리고 가는 불성실한 안내인 부부로 보였다. 에쓰코는 또다시 그런 안개 속으로 들어가서는 안 된다. 그러면 어제의 그 비장한 결단도 헛수고가 될 것이다.

설령 미요를 내쫓은 에쓰코의 행위가 사부로를 향한 절박한 사랑의 고백이라 해도, 어쨌든 에쓰코 자신을 위해, 에쓰코 자신이 살기 위해 어쩔 수 없이 취한 행동이며 그것이 그녀의 본분이라고 생각하는 쪽이 더 좋았다.

"미요를 내보낸 것은 나라는 걸 사부로는 분명히 알아야 해요. 역시 제가 사부로에게 말하는 게 좋겠어요. 도와주지 않아도 괜찮아요. 저 혼자서 해결할 테니까요."

에쓰코의 냉정한 결론이 겐스케 부부에게는 자포자기 상태의 정신적 혼란으로 인한 망언으로밖에 들리지 않았다.

"냉정하게 생각해요. 그런 짓을 하면 모든 게 물거품이 돼버려요."

"그건 치에코 말대로 좋은 방법이 아니에요. 우리한테

맡겨요. 나쁜 쪽으로 흘러가진 않을 테니까."

에쓰코는 알 수 없는 미소를 지으며 입꼬리를 살짝 비틀었다. 그녀는 두 사람을 화나게 하여 적으로 만들지 않는 한, 자신의 행위에서 귀찮은 장애물을 제거할 방법이 없을 것이라고 생각했다. 그녀는 오비 뒤쪽에 손을 넣어 다시 조이면서 마치 피곤에 지친 큰 새가 깃털을 정리하듯 일어섰다. 계단을 내려가면서 이렇게 말했다.

"정말 도와주지 않아도 돼요. 그게 저한테는 더 편해요."

겐스케 부부는 에쓰코의 이 처사에 경악했다. 그들은 화재 현장에 도움을 주러 온 남자가 경찰에게 제지당하자 화를 내는 것처럼 화를 냈다. 화재라는 하나의 위기 상황에서 불에 대항하는 물만이 긴요한데도 불구하고 그들은 쇠로 된 대야에 미지근한 물을 담아서 들고 오는 부류에 속한다.

"남의 친절을 이렇게 무시하다니, 참 대단한 사람이네."

치에코가 말했다.

"그건 그렇고, 왜 사부로의 어머니는 안 왔을까?"

겐스케는 이렇게 말하고 나서, 사부로가 돌아온다는 사실에만 정신이 팔려 있는 에쓰코에게 이 소식을 전하지 않은 자신의 실수를 깨달았다.

"이제 그런 건 상관없어. 앞으로는 절대로 도와주지 않을 테니까. 그 편이 나도 마음 편해."

"이제부터는 안심하고 편안하게 구경만 할 수 있겠군."

겐스케가 속마음을 털어놓았다. 그와 동시에 그는 비참한 일에 대한 그의 고상함이 인도주의적 만족의 근거를 잃어버린 것 같아 슬펐다.

에쓰코는 아래층으로 내려가 풍로 옆에 앉았다. 쇠주전자를 내려놓고 석쇠를 다시 불에 올렸다. 마루 끝에 돌출된 형태로 야키치가 만든 판이 있고, 그 위에 놓인 풍로에서 야키치와 에쓰코의 반찬이 조리되는 것이다. 미요가 없기 때문에 오늘부터 밥 짓는 일은 당번을 정해 매일 교대로 맡았다. 오늘 당번은 아사코다. 부엌에 있는 아사코를 대신하여 노부코가 동요를 부르며 나쓰오를 달래고 있다. 그 요상한 웃음소리가 저녁 시간의 어둠이 짙게 깔린 방마다 울려 퍼졌다.

"무슨 일이야?"

야키치가 방에서 나와 풍로 옆에 쪼그리고 앉았다. 조급하게 젓가락을 들고 고등어를 뒤집는다.

"사부로가 와요."

"벌써 도착했어?"

"아뇨, 아직은."

마루 끝에서 한두 발짝 떨어진 곳에 차나무 울타리가 있다. 석양의 잔영이 울타리 나뭇잎 끝에 달라붙어 빛깔을 뽐내고 있다. 아직 꽃을 피우지 않은 딱딱한 봉오리들은 같은 모양의 작은 그림자를 수없이 찍어놓았다. 손질이 충분하지 않은 울타리 위로 한두 가닥 높이 솟은 나뭇가지만 아래에서 빛을 받아 한껏 고혹적인 자태를 과시하고 있다.

돌계단을 올라오는 휘파람 소리는 사부로의 것이다.

에쓰코는 언젠가 야키치와 바둑을 두고 있을 때, 취침 인사를 하러 온 사부로를 돌아볼 수 없었던 그 애틋함을 떠올렸다. 에쓰코는 눈을 감았다.

"다녀왔습니다."

사부로가 울타리 위로 상반신을 드러내며 이렇게 인사했다. 셔츠 앞가슴이 벌어져 거무스름한 목덜미가 보인다. 에쓰코의 시선이 그의 천진난만한 젊은 미소에 부딪혔다. 다시는 이런 해맑은 미소를 볼 수 없을 것 같다는 생각 때문인지, 이 시선에 달콤하고도 고통스러운 노력이 수반되었다.

"그래."

야키치는 건성으로 인사를 건넸다. 사부로를 보지 않고 오로지 에쓰코만 바라보며.

불이 우연히 고등어 기름에 옮겨 붙어 불길이 치솟았다. 에쓰코가 그대로 두자 야키치가 급히 입김을 불어 껐다.

'세상에, 이게 무슨 일인가. 온 집안이 에쓰코의 사랑을 알아차리고 어쩔 줄 몰라 하는데, 이 녀석만 모르고 있는 것이다.'

야키치는 또다시 타오르는 불꽃을 못마땅하다는 듯이 한 번 더 불어 껐다.

에쓰코는 조금 전에 겐스케 부부 앞에서 과시했던, 자기 입으로 사부로에게 털어놓겠다는 그 미친 용기가 사실은 허황된 결단에 불과했다는 것을 깨달았다. 저 순진무구한 미소를 본 이상, 어떻게 그런 가증스러운 용기를 낼 수 있겠는가. 하지만 이제 와서 도움을 청할 사람은 어디에도 없다.

……어쩌면 에쓰코가 과시한 이 용기에는 처음부터 좌절할 것이라는 예상이 포함되어 있었던 게 아닐까? 아직 누구의 입을 통해서도 사부로의 귀에 불상사가 전해지지 않은 평온한 시간을, 적어도 한 지붕 아래에서 서로 미워하지 않고 사부로와 함께 머물 수 있는 시간을 조금이라도 더 늘리려는 교활한 욕망이 담겨 있었던 것은 아닐까?

잠시 후 야키치가 말했다.

"이상하네. 저 녀석, 어머니는 안 모셔왔나?"

"그러네요, 정말."

에쓰코는 이제야 알았다는 듯이 의아한 표정으로 맞장구를 쳤다. 기이하게도 기쁜 불안감에 휩싸인 채.

"물어볼까요? 나중에 오시기로 했는지."

"관둬. 그러면 미요 이야기를 하지 않을 수 없을 테니."

야키치는 늙어서 늘어진 피부처럼 비꼬는 말투로 이렇게 말했다.

그 후 이틀 동안 에쓰코의 주변은 이상하리만치 평온

한 상태가 지속되었다. 지난 이틀은 절망적인 병자에게 나타나는 그 설명하기 어려운 가짜 회복 상태, 보호자 입장에서는 시름을 잊고 한 번 포기했던 희망 쪽으로 다시 얼굴을 돌리게 되는 그 아이러니한 병세의 회복을 떠올리게 했다.

무슨 일이 일어났을까? 지금 일어나고 있는 것은 행복일까?

에쓰코는 마기를 데리고 긴 산책을 나섰다. 우메다 역으로 특급 열차 표를 구하러 가는 야키치를 배웅하기 위해 마기의 목줄을 잡고 오카마치 역까지 나간 것이다. 29일 오후의 일이다.

불과 이삼 일 전 그녀가 험악한 얼굴로 미요를 보냈던 바로 그 정류장, 하얀 페인트가 새로 칠해진 울타리에 기대어 야키치는 잠시 에쓰코와 이야기를 나누었다. 오늘 야키치는 특별히 수염을 깎고 양복을 입었다. 게다가 스네이크우드 지팡이를 짚고 있다. 그는 우메다행 전철을 몇 대 그냥 보냈다.

에쓰코의 유난히 행복해 보이는 모습이 야키치를 불안하게 했다. 개가 주변을 바쁘게 돌아다니며 냄새를 맡는 바람에 게다를 신은 그녀는 발끝으로 서서 가끔씩 비틀거리며 개를 꾸짖었다. 그러지 않을 때는 조금 촉촉해 보이는 눈빛과 이제 습관이 된 듯한 여유로운 미소로, 역 앞 서점이나 정육점 앞에 멈춰 서서 아무것도 사지 않고 다시 움직이는 사람들의 발걸음을 가만히 바라보고 있다. 서점에는 어린이 잡지 광고용인 빨간색과 노란색 깃발이 펄럭이고 있다. 바람이 다소 거세게 부는 흐린 오후다.

'에쓰코가 이렇게 행복해 보이는 건 사부로와 뭔가 약속이 됐기 때문일까? 오늘 오사카에 함께 가지 않는 것은 그 때문일까? 그렇다면 내일부터 시작되는 긴 여행에 동행하는 것에 대해 이의를 제기하지 않는 것은 무슨 이유일까?'

야키치는 잘못 생각하고 있었던 것이다. 행복해 보이는 에쓰코의 모습은 사실 그녀가 생각에 생각을 거듭한 끝에 부딪힌 혼돈 앞에 손을 놓아버림으로써 맞게 된 일시적인 평화로움일 뿐이었다.

사부로는 어제 하루 종일 아무렇지 않은 얼굴로 풀을 베거나 밭에 나가거나 하면서 지냈다. 특별히 동요하는 모습은 보이지 않았다. 에쓰코가 지나가면 밀짚모자를 벗고 인사했다. 오늘 아침도 마찬가지였다.

원래 말수가 적은 이 청년은 주인의 명령이나 질문을 받지 않는 한, 자진해서 말을 거는 일은 거의 없었다. 하루 종일 잠자코 있어도 전혀 힘들지 않았다. 하지만 미요가 있으면 있는 대로 장난을 칠 수 있을 만큼 충분히 활기찬 성격이기도 했다. 젊음이 넘치는 빛나는 외모는 조용히 있어도 결코 침울하거나 위축된 인상을 주지 않았다. 몸 전체가 태양과 자연에게 말을 걸고 노래하는 듯 작동하는 오체의 움직임에는 진정한 생명의 언어라 할 만한 것이 넘쳐났다. 짐작건대, 이 단순하고 의심이 없는 영혼의 소유자는 아직도 미요가 이 집에 있다고 확신하고, 가벼운 용무로 외출을 나갔다가 오늘 중으로 돌아오리라고 생각하는 것은 어쩌면 당연했다. 조금의 불안감이 있다 해도 야키치나 에쓰코에게 미요의 행방을 물어볼 그는 아니었다.

이렇게 생각하니 에쓰코는 사부로의 평온함이 하나부터 열까지 에쓰코 자신에게 달려 있다고 믿고 싶어졌다. 에쓰코가 아직 털어놓지 않았기 때문이다. 덕분에 아직 아무것도 모르는 사부로가 그녀를 비난하지도, 미요를 뒤쫓아 이곳을 떠나려고 하지도 않는 것은 당연하다. 이렇게 되니 에쓰코에게 털어놓을 용기가 점점 사라져 가는 것이 그녀 자신을 위해서뿐만 아니라 사부로의 이 찰나의 거짓된 행복을 위해서도 오히려 바람직한 일인 것 같다는 생각이 들었다.

그가 어머니를 모셔오지 않은 이유는 무엇일까? 덴리의 대제에서 돌아와서도 누가 묻지 않는 한 여행에서 있었던 일이나 대제의 이모저모를 나서서 털어놓지 않는 사부로였다. 이 지점에서 에쓰코는 다시 한번 판단을 망설였다.

……말하기 어려운 가냘픈 희망, 입 밖으로 내뱉으면 비웃음거리가 될 공상에 불과한 실낱같은 희망이 불안의 밑바닥에서 생겨나고 있었다. 어두운 죄책감과 이런 희망이 그녀로 하여금 사부로를 제대로 바라볼 수 없게 만들었다…….

'사부로 녀석, 태연한 표정으로, 당황하지도 않는구나.' 야키치는 계속 생각했다. '미요를 내보내면 곧 사부

로도 떠날 것이 틀림없다고 에쓰코도 생각했고 나도 그
렇게 생각했는데, 이 계산이 어쩌면 빗나갈지도 몰라.
뭐, 상관없어. 에쓰코랑 여행을 떠나면 그걸로 끝이다.
나 역시 도쿄에 가면 어떤 계기로든 새로운 행운을 만
나지 말란 법도 없고 말이야.'

에쓰코는 마기의 목줄을 울타리에 묶고 철길 쪽으로
고개를 돌렸다. 흐린 날씨에도 선로가 날카롭게 빛나고
있다. 미세한 흠집이 무수히 많은 강철의 눈부신 단면이
에쓰코의 눈앞에 신기하리만치 친근하고 평온하게 이어
져 있다. 철길 옆 그을린 자갈 위에는 은빛의 고운 철가
루가 흩어져 있었다. 선로는 곧 둔탁한 진동의 예감을
전하며 울리기 시작했다……

"비는 안 오겠죠?"

느닷없이 에쓰코가 물었다. 지난달 오사카에 갔던 일
이 생각난 것이다.

"하늘을 보니 괜찮을 것 같네."

야키치는 조심스럽게 하늘을 올려다보며 대답했다.
주변이 와자지껄해지면서 상행 열차가 구내로 들어왔다.

"안 타세요?"

에쓰코가 대뜸 이렇게 물었다.

"너는 왜 같이 안 가려는 게냐?"

열차의 굉음으로 인해 높아질 수밖에 없는 목소리가
나무라는 듯한 말투를 허용했다.

"이런 옷차림에 마기까지 있잖아요."

에쓰코의 말은 변명이 되기엔 부족했다.

"마기는 저기 서점에 맡기면 돼. 그 집 주인이 개를 좋아하고, 오래전부터 단골이니까."

에쓰코는 여전히 고심하며 개의 목줄을 풀었다. 그러다 보니 내일 출발을 앞둔 오늘, 마이덴에서 보내는 마지막 반나절을 희생하는 것도 나름대로 괜찮을 것 같다고 납득했다. 이대로 집으로 돌아가 사부로와 함께 있는 것이 불현듯 고통스러운 상황처럼 그려졌다. 엊그제 그가 덴리에서 돌아온 순간, 에쓰코의 눈앞에서 사라질 것이라고 확신했던 그의 모습이 여전히 그대로 존재하는 것을 보고 에쓰코는 거의 자기 눈을 의심했을 뿐 아니라 그를 보는 것이 불안해지기까지 했다. 밭 한가운데서 아무렇지도 않게 괭이질을 하는 사부로를 보고 있자니, 그녀는 무서워서 견딜 수가 없었다.

어제 오후에 혼자서 오래도록 산책을 한 것도 이런 두려움에서 벗어나고 싶어서가 아니었을까? 에쓰코는 개의 줄을 풀었다.

"그럼, 저도 갈게요."

그녀가 야키치에게 말했다.

사부로와 나란히 걷다가 인적 없는 자동차 도로에 닿았을 때 에쓰코가 상상했던 오사카 한복판을 지금 야키치와 나란히 걷고 있다. 인생은 어떠한 엇갈림으로 인해 종종 이런 기묘한 조합을 만들어내는 것일까? 두 사람은 한큐 백화점의 지하도가 오사카 역 구내로 이어진다는 사실을 건물 밖의 혼잡한 길로 나온 후에야 기억해

냈다.

야키치는 지팡이를 비스듬히 든 채 에쓰코의 손을 잡고 교차로를 건넜다. 손을 놓쳤다.

"빨리! 빨리!"

그는 건너편 인도에서 큰 소리로 불렀다.

두 사람은 주차장을 반 바퀴 돌고, 끊임없이 지나가는 자동차 경적 소리에 놀라며 오사카 역의 인파 속으로 헤치고 들어갔다. 한 불량한 사내가 가방을 든 사람만 보면 붙들고 야행열차 표를 팔고 있었다. 에쓰코는 그 청년의 검고 유연한 목덜미가 사부로와 닮은 것 같아서 뒤를 돌아보았다.

야키치와 에쓰코는 열차 운행을 알리는 확성기 소리가 시끄럽게 울리는 정면 현관 앞 로비를 가로질렀다. 그곳과는 대조적으로 한산한 복도로 들어서자 머리 위로 역장실 표지판이 보였다.

……에쓰코는 역장과 이야기를 나누고 있는 야키치를 기다리며 백색의 리넨 커버를 씌운 대기실의 긴 의자에서 쉬다가 자기도 모르게 꾸벅꾸벅 졸았다. 그러다 전화 목소리에 눈을 뜬다. 넓은 사무실에 서서 일하는 역무원들의 모습을 보면서 그녀는 자신의 피폐한 상태를, 뿐만 아니라 마음에 피로가 쌓여 삶의 분주한 움직임을 보는 것만으로도 고통스러워질 정도로 누적된 무언가를 느꼈다. 의자 등받이에 머리를 기댄 채 에쓰코가 바라본 것은 한 대의 탁상전화가 줄기차게 벨소리와 고음의 통화 소리를 번갈아 가며 울려대는 광경이었다.

'전화. 저런 물건을 보는 것도 오랜만인 듯한 기분이 든다. 인간의 감정이 끊임없이 그 안에서 교차하는데, 정작 자신은 그저 단조로운 종소리만 내는 기묘한 기계. 자신의 내면에서 그토록 다양한 증오와 사랑, 욕망이 지나가는데 조금도 고통을 느끼지 못하는 것일까? 아니면 저 종소리는 끊임없이 발작적으로 토해내는, 참을 수 없는 고통의 외침인 걸까?'

"많이 기다렸지? 표는 구했다. 내일 특급은 쉽게 구하기 힘든 모양이야. 이건 대단한 호의지."

야키치는 그녀가 내민 손에 파란 표 두 장을 올렸다.

"이등석이야. 너를 위해 좀 무리했다."

사실 삼등석은 앞으로 사흘간 매진된 상태였다. 대신 이등석은 매표소에서도 살 수 있었지만, 역장실에 발을 들여놓은 체면상 이등석은 싫다고 할 수 없었다.

두 사람은 백화점에서 새 칫솔과 치약, 에쓰코의 수분크림과 오늘 밤 스기모토 가족의 이른바 '송별회'를 위한 싸구려 위스키를 사서 집으로 향했다.

이미 아침부터 내일 떠날 짐을 준비했으니, 오사카에서 구입한 몇 가지 물건만 가방에 넣으면 에쓰코에게 남은 일은 평소보다 약간 사치스러운 저녁 송별회 음식을 만드는 정도였다. 그 일이 있은 후로 에쓰코와 잘 어울리지 않는 치에코도 아사코와 함께 요리를 도왔다.

관습이라는 것은 대개 미신적으로 지켜지는 것이어서, 평소에는 사용하지 않는 10첩짜리 다다미방에서 오늘 밤만이라도 온 가족이 모여서 저녁을 먹자는 야키치의 제안은 그다지 반갑게 받아들여지지 않았다.

"에쓰코 씨, 아버지가 그런 말을 하다니 좀 이상해요. 혹시나 에쓰코 씨가 도쿄에서 아버지의 임종을 지키게 될지 누가 알아요. 아무튼, 수고하세요."

부엌으로 간식을 집어먹으러 온 겐스케가 말했다.

에쓰코는 10첩 다다미방의 청소가 끝났는지 보러 갔다. 아직 불을 켜지 않아 저녁 어스름에 의지하고 있는 그 방은 휑하고 스산하여 마치 텅 빈 커다란 마구간처럼 보였다. 사부로가 홀로 정원을 바라보며 비질을 하고 있었다.

이 청년의 말할 수 없이 고독한 모습은 아마도 방의 어둠과 손에 든 빗자루와 빗자루가 바닥을 스치는 처량한 소리로 인해 더욱 강해진 인상이었겠지만, 문턱에 서서 바라보던 에쓰코는 그의 내면의 모습을 비로소 확인한 것 같았다.

그녀의 가슴은 죄책감에 물어 뜯겼고, 그에 못지않은 강렬함으로 불타오르는 사랑에 휩싸였다. 고통을 통해서야 진정으로 에쓰코는 사랑에 대해 고뇌할 수 있었다. 어제부터 그를 보는 순간이 두려웠던 것은 어쩌면 단적으로 사랑의 소행이었을지도 모른다.

그러나 그의 고독은 에쓰코가 끼어들 틈이 없을 정도로 견고하고 순결해 보였다. 사랑에 대한 동경이 이성과 기억을 짓밟고, 눈앞의 죄책감의 원인인 미요라는 존재마저도 에쓰코는 쉽게 잊어버린다. 단지 사부로에게 사과하고, 그의 욕설을 듣고, 자신을 벌하고 싶다는 이 비장함에는 분명한 이기주의가 드러났지만, 자기 자신만을 생각하는 것처럼 보이는 이 여자는 이토록 순수한 이기주의를 사실 처음 맛보는 것이었다.

사부로는 어둑어둑한 곳에 서 있는 에쓰코를 발견하고 돌아보았다.

"무슨 용무가 있으십니까?"

"청소는 다 끝났구나."

"네."

에쓰코는 방 한가운데까지 와서 주위를 둘러보았다. 사부로는 소매를 걷어붙인 카키색 셔츠 어깨에 빗자루를 걸쳐놓고 가만히 서 있다. 어둠 속에 서 있는 유령 같은 여인의 가슴이 심하게 출렁이는 것을 그는 알아차렸다.

"저기." 에쓰코가 힘겹게 말했다. "오늘 밤, 밤 한 시에 말이야, 미안하지만 뒤쪽 포도밭에서 기다려줄래? 여행을 떠나기 전에 꼭 하고 싶은 말이 있어."

사부로는 묵묵히 아무 대답도 하지 않았다.

"어때? 와줄 수 있겠어?"

"네, 마님."

"오는 거야? 안 오는 거야?"

"가겠습니다."

"한 시야. 포도밭으로. 아무도 모르게 말이야."

"네."

사부로는 어색하게 에쓰코 곁을 떠나 빗자루로 엉뚱

한 곳을 쓸었다.

방에 설치된 전구는 100와트일 텐데, 불을 켜보니 40
와트보다 어두웠다. 전등이 어중간한 밝기여서 방은 초
저녁의 어슴푸레한 바깥공기보다 더 어둡게 느껴졌다.

"이래서는 분위기가 안 살겠는데요"라고 겐스케가 말
한 후로, 모두들 식사하는 내내 전등만 멀뚱멀뚱 쳐다보
았다.

게다가 이례적으로 손님용 밥상이 차려져 사부로를
포함한 일가족 여덟 명이 장식 기둥 앞에 앉은 야키치
를 중심으로 디귿 자 모양으로 나란히 앉은 것까지는
좋았으나, 아리타산 도자기 그릇에 담긴 조림 같은 음
식은 그늘에 가려져 잘 보이지 않아 겐스케의 제안으로
여덟 명의 디귿 자 모양은 40와트 전등 불빛 아래로 바
짝 모여 앉았다. 그래서 그 광경은 만찬이라기보다 부업
으로 야간작업을 하러 모인 것 같은 느낌을 풍겼다.

모두들 2급 위스키를 부은 잔을 들고 건배했다.

에쓰코는 자신이 만든 불안에 시달리느라 겐스케의
장난스러운 얼굴도, 치에코의 페미니스트다운 언변도,
나쓰오의 기분 좋은 웃음도 눈에 보이지 않고 귀에 들
리지 않았다. 산악인이 점점 더 험준한 산을 찾는 것처
럼, 에쓰코는 불안과 고통의 능력으로 더 많은 새로운
불안과 고통을 만들어냈다.

하지만 지금 에쓰코가 느끼는 불안에는 그녀의 독창
적인 불안과 이질적인, 뭔가 평범한 요소가 있었다. 미

요를 내쫓는 행동을 했을 때 이미 이 새로운 불안의 첫 징후가 보였지만, 그녀가 이렇게 서서히 저지르는 과오의 크기는 그녀가 이 땅에서 부여받은 하나의 역할, 이 땅에서 그녀가 간신히 앉을 수 있게 허용된 하나의 의자를 잃게 할지도 몰랐다. 누군가에겐 입구인 것이 그녀에겐 출구일 수도 있었다. 그 문은 망루만큼 높은 곳에 있어 많은 사람들이 그 입구로 올라가는 것을 포기하지만, 처음부터 그곳에 살았던 에쓰코가 창문이 없는 방에서 나가기 위해 출입문을 열면 발을 헛디뎌 추락사할지도 모른다. 이 방을 결코 떠나지 않는다는 전제가 이 방을 떠나기 위해 이용되는 모든 지혜의 유일한 초석일지도 모르는데…….

에쓰코는 야키치 옆에 앉아 있었다. 그래서 시선을 돌리지 않는 한 그녀는 이 늙은 여행 동반자를 보지 않아도 되었다. 그녀는 정면에 앉은 사부로가 겐스케의 권유로 마시는 술잔에 마음을 빼앗기고 있었다. 등불에 아름답게 반짝이는 호박색 액체가 담긴 잔을 그의 두툼하고 소박한 손바닥이 조심스럽게 다루었다.

'저렇게 마시면 안 되는데. 오늘 밤 그가 너무 많이 마시면 모든 게 무너질 거야. 그가 술에 취해 잠들면 이제 끝장이야. 오늘 밤뿐인데. 내일이면 나는 멀리 떠나는데.'

겐스케가 한 잔 더 따르려고 하자 에쓰코는 참지 못하고 손을 내밀어 말렸다.

"참 시끄러운 누님이네. 귀여운 동생한테는 술을 마시

217

게 해줘야지."

겐스케가 공개적으로 두 사람 사이를 놀린 것은 이때가 처음이다.

말의 속뜻을 헤아릴 줄 모르는 사부로는 영문도 모른 채 빈 잔을 들고 웃고 있다. 에쓰코도 모른 척 웃으며 말했다.

"미성년자의 몸에는 해로우니까요."

술병은 이미 에쓰코의 손에 빼앗긴 상태였다.

"에쓰코 씨는 미성년자보호협회 회장이라도 되나 봐요."

치에코는 남편을 편들며 은근한 적대감을 드러냈다.

이쯤이면 지난 사흘 동안 입에 올리는 것이 금기시되었던 미요의 부재가 언제 어떻게 튀어나올지 모르는 일이 되어버렸다. 이 금기는 적당한 친절과 적당한 적의가 알맞게 배합됨으로써 지금까지 냉정하게 지켜져 왔다. 능구렁이 같은 야키치와 친절을 거부당한 겐스케 부부, 사부로와 거의 말을 섞지 않는 아사코가 우연히 자신도 모르게 맺은 규약에 따라 이 금기가 지켜질 수 있었던 것이다. 그러나 한쪽이 깨지면 위험은 순식간에 현실로 다가온다. 이제 치에코가 에쓰코의 눈앞에서 그녀의 행위를 폭로하는 상황조차도 더 이상 불가능한 일이 아니었다.

'이제야 내 입으로 사부로에게 털어놓고 그의 비난을 받기로 결심한 오늘 밤, 사부로가 다른 사람의 입을 통해서 듣는 것을 지켜보아야 한다면 어떻게 하나! 사부로는 화를 내기 전에 슬픔을 감추고 입을 다물 것이다. 더 나쁜 것은, 모두의 체면을 생각해서 웃으며 나를 용서하려 할 것이다. 모든 것이 이대로 끝날 것이다. 모두, 고통의 예측도, 불가능한 희망도, 기쁜 파멸도, 모두 끝날 것이다. 밤 한 시까지 어떤 놀라운 일도 일어나지 않기를! 내가 손을 쓸 때까지 새로운 일이 하나도 일어나지 않기를!'

에쓰코의 얼굴은 창백해지며 굳은 표정으로 입을 다물었다.

본의 아니게 그녀의 고뇌에 대해 무력한 공모자로서의 자각을 갖게 된 야키치는 에쓰코가 느끼는 위험의 알맹이를 어렴풋이 짐작만 할 수 있을 뿐이지만, 그 위험을 느끼는 불안한 심경은 대충 파악할 만큼의 훈련은 되어 있기 때문에, 지금과 같은 경우에는 겐스케 부부 앞에서 에쓰코를 감싸주는 아량을 베푸는 것이 내일부터의 여정을 즐겁게 하기 위해서라도 꼭 필요한 조치라고 판단하고, 좌중의 흥을 깨는 재능에 대해서는 사장 시절부터 자신 있었던 장광설을 늘어놓음으로써 마침내 에쓰코를 구해 냈다.

"사부로는 이제 그만 마시거라. 내가 너 나이 때는 술은 물론이고 담배도 멀리했다. 너도 담배는 피우지 않으니 그건 칭찬할 만하다. 젊은 시절엔 쓸데없는 취미를 갖지 않는 것이 훗날을 위해 좋은 거야. 술을 즐기는 건 마흔이 넘어서도 늦지 않아. 겐스케도 사실 아직은 이르다. 물론 시대가 다르니까. 시대 변화라는 것도 고려하지 않으면 안 되겠지만, 그럼에도 불구하고 말이다…….”

모두가 침묵하는 중에, 갑자기 아사코가 목소리를 높였다.

“어머, 나쓰오가 잠들었네. 가서 아이 좀 재우고 올게요.”

아사코가 무릎에 기대어 자고 있는 나쓰오를 안고 일어섰다. 노부코가 뒤를 따랐다.

“나쓰오를 본받아 우리 모두 얌전해집시다.”

겐스케가 어린아이 같은 태도로 야키치의 심기를 살피며 말했다.

“에쓰코 씨, 술병 돌려줘요. 이번엔 저 혼자 마실 테니까요.”

에쓰코는 무의식중에 자기 곁에 놓아둔 술병을 다시 무의식중에 겐스케 앞으로 밀어냈다.

그녀는 이제 사부로에게서 눈을 떼려고 해도 뗄 수가 없었다. 눈이 마주칠 때마다 어색하게 시선을 돌리는 것은 사부로 쪽이었다.

그녀는 이렇게 사부로를 보고 있자니, 지금까지 물러설 수 없는 운명으로 여겼던 내일의 출발이 갑자기 뭔가 불확실한, 어떻게든 바꿀 수 있는 계획처럼 느껴져 당황스러웠다. 지금 그녀의 머릿속에 존재하는 지명은 도쿄가 아니라, 그것을 굳이 지명이라고 표현한다면 뒤편에 있는 포도밭이 유일했다.

스기모토 집안사람들이 통칭하여 포도밭이라고 부르

는 곳은 야키치가 지금은 포도 재배를 포기한 세 동의 온실과 백 평 남짓한 복숭아나무 숲으로 이루어진 뒤편의 한 구획으로서, 산행이나 축제에 갈 때 지나가는 길목에 있다. 그런 때 외에는 삼사백 평의 거의 버려진 섬과 같은 이곳을 찾는 경우는 좀처럼 없다.

……에쓰코는 벌써부터 사부로를 만날 때의 옷차림을, 야키치가 눈치채지 않도록 조심할 것을, 신발 준비를, 요란하게 삐걱거리는 부엌의 뒷문을 잠든 사람들에게 들키지 않게 미리 열어 놓을 방법을 차례로 생각하며 불안에 휩싸였다.

한 발짝 물러서서 생각해 보면, 단지 사부로와 긴 이야기를 나누기 위해서라면 이 많은 비밀 작업, 그 많은 시간, 또 장소에 대한 약속은 불필요한 수고로 느껴진다. 웃어 넘겨야 할 헛짓거리인 것이다. 그녀의 사랑을 아무도 몰랐던 몇 달 전이라면 모를까, 이미 반쯤은 공공연한 비밀이 된 지금, 괜한 오해를 피하기 위해서라도 그냥 '긴 이야기'는 대낮에 밖에서 하면 될 일이었다. 그녀가 원하는 것은 아픈 고백의 기나긴 이야기일 뿐, 그외에는 아무것도 아닌 것이다.

도대체 무엇 때문에 에쓰코는 이토록 번거로운 비밀을 원하는 것일까?

에쓰코는 이 마지막 하룻밤 동안 형식상의 것일지라도 비밀을 갖고 싶었다. 사부로와의 사이에 처음이자 마지막이 될지도 모르는 비밀을 갖고 싶었다. 사부로와 비밀을 나누고 싶은 것이다. 사부로가 결국 그녀에게 아무것도 주지 않더라도, 그에게서 조금은 위험할 수도 있는 비밀을 선물로 받고 싶었다. 그 정도의 선물이라면, 그에게 요구할 권리가 있다고 느꼈다……

10월 중순부터 이미 야키치는 밤과 아침의 추위에 맞서기 위해 나이트캡이라고 부르는 털모자를 쓰고 잠을 잤다.

에쓰코에게 이것은 은근한 신호였다. 그가 잠자리에 들 때 이 모자를 쓰는 밤은 에쓰코에게 용무가 없는 밤이다. 쓰지 않고 자는 밤은 용무가 있는 밤이다.

송별회가 끝난 열한 시, 에쓰코는 야키치의 잠든 숨소리를 옆에서 들었다. 내일 아침 출발을 위해 잠을 충분히 자야 한다. 쓰고 잠든 털모자가 약간 비뚤어져 백발이 성성하게 난 두피를 살짝 드러내고 있었다. 그의 백발은 좀처럼 새하얗게 변하지 않았고, 깨소금 빛깔처럼 거무튀튀한 것이 왠지 불결해 보였다.

잠 못 이루는 에쓰코가 잠자리에서 책을 읽기 위해 켜둔 스탠드 불빛으로 그녀는 그 새까만 나이트캡을 들여다보았다. 조금 있다가 불을 껐다. 혹시라도 야키치가 다시 깼을 때 너무 늦게까지 책을 읽고 있는 부자연스러움을 느끼게 해서는 안 된다.

그 후 두 시간 가까이 에쓰코는 어둠 속에서 무시무시한 기다림의 시간을 보냈다. 이 초조함과 덧없이 뜨거운 몽상은 사부로와의 밀회를 무한한 기쁨으로 상상하게 만들었다. 그녀는 사랑에 빠져 기도를 잊어버린 수녀처럼 사부로에게 미움을 받기 위한 고해성사의 의무를 망각했다.

에쓰코는 부엌에 숨겨둔 평상복을 잠옷 위에 걸쳐 입고, 주홍빛 속띠를 묶고, 낡은 무지개 색깔의 모직 목도리를 두르고, 검은색 비단 코트를 입었다. 마기는 현관 옆 개집에 묶여 잠을 자고 있어 짖을 염려는 없다. 부엌 뒷문을 나서니 밤인데도 달빛이 가득한 맑은 하늘이 마치 낮처럼 보인다. 바로 포도밭으로 가지 않고 먼저 사부로의 방 앞까지 갔다. 창문이 활짝 열려 있다. 이불이 널브러져 있다. 그는 창문에서 뛰어내려 이미 포도밭으로 간 것이 틀림없었다. 이 성실함의 발견은 예상치 못한 관능적인 기쁨으로 에쓰코의 가슴을 간지럽혔다.

소위 뒤편이라고 해도 포도밭과 집 사이에는 협곡처럼 움푹 팬 감자밭이 있다. 게다가 포도밭은 집 쪽을 향하는 측면이 두세 칸 폭의 대나무 숲으로 덮여 있어 집에서는 온실의 윤곽을 전혀 알아볼 수 없다.

에쓰코는 감자밭 골짜기를 가로지르는 풀숲이 우거진 오솔길을 따라갔다. 올빼미가 울고 있다. 달이 감자 캐기가 끝난 밭의 부드러운 흙을 마치 골판지를 짓이겨서 만든 산맥 지형도처럼 보이게 했다. 길 한쪽이 가시덤불로 뒤덮여 있다. 밭 쪽으로 두세 걸음 걸은 듯한 운동화 고무창의 흔적은 사부로의 발자국이다.

에쓰코는 대나무 숲을 벗어나 잠시 경사면을 올라 포도밭의 한 구역이 달빛으로 환히 드러나는 떡갈나무 그

늘에 이르렀다. 유리가 거의 깨진 온실 입구에 사부로가
팔짱을 끼고 멍하니 서 있다.

짧게 자른 검은 머리가 달빛에 반사되어 더욱 선명하
게 보인다. 춥지 않은지 겉옷을 입지 않았다. 야키치가
물려준 재색의 털 스웨터를 입고 있다.

그는 에쓰코를 보고 힘차게 팔짱을 풀더니 발뒤꿈치
를 맞춘 채 멀리서 인사를 했다.

에쓰코는 다가갔다. 그러나 말을 할 수 없었다.

잠시 주위를 둘러보고는 이렇게 말했다.

"어디 앉을 데가 없을까?"

"온실 안에 의자가 있습니다."

이 말에 조금의 머뭇거림이나 부끄러움이 없는 것이
에쓰코에게 가벼운 실망을 안겨주었다.

그가 고개 숙여 온실 안으로 들어갔고, 그녀는 뒤를
따랐다. 유리가 거의 깨지고 없는 지붕은 선명한 골조의
그림자와 말라버린 포도나 잎사귀의 음영을 바닥의 짚
에 떨어뜨려 놓았다. 원형의 작은 나무 의자가 비에 젖
은 채 쓰러져 있어 사부로가 허리춤에 차고 있던 수건
으로 정성껏 닦아 에쓰코에게 권하고, 자신은 녹슨 드럼
통을 눕히고 거기에 걸터앉았다. 그러나 드럼통 의자는
안정감이 없어서인지 바닥에 깔린 짚더미에 강아지처럼
한쪽 무릎을 세우고 주저앉았다.

에쓰코는 침묵하고 있었다. 사부로는 짚을 가져다가
손가락에 감고 그것으로 소리를 냈다.

에쓰코가 비장한 어조로 말한다.

"미요는 내가 내보낸 거야."

사부로가 아무렇지도 않게 그녀를 올려다보며 대답한다.

"알고 있습니다."

"어떻게 알았어?"

"아사코 마님한테 들었습니다."

"아사코가……."

사부로는 고개를 떨구고 다시 손가락에 짚을 감았다. 에쓰코의 놀란 표정을 똑바로 볼 수가 없었던 것이다.

고개 숙인 소년의 어두운 표정은, 예기치 못하게 상상력을 자극받은 에쓰코의 눈에는, 부당하게 헤어짐을 당하고 지난 며칠간 최선을 다해 밝은 척하며 슬픔을 견뎌낸 뒤의 놀라울 정도로 건강한 솔직함, 그리고 이 비할 데 없는 솔직함의 이면에 숨겨진 격렬한 무언의 항변으로 보였다. 그 어떤 거친 욕설보다 이 무언의 항변에 가슴이 찔려, 그녀는 의자에 걸터앉아 몸을 깊숙이 숙였다. 초조하게 손가락을 깍지 꼈다가 다시 풀면서 나지막이 열띤 목소리로 호소하기 시작했다. 얼마나 격한 감정을 억누르며 말하는지는 그 목소리가 이따금 흐느끼듯 끊어지는 것을 보면 알 수 있었다. 왠지 화가 난 것처럼 들리기도 했다.

"용서해 줘. 나도 괴로웠어. 하지만 이렇게 할 수밖에 없었어. 게다가 넌 거짓말을 했잖아. 너와 미요는 그렇게 서로 사랑하는데, 나한테는 사랑하지 않는다고 거짓말을 했어. 난 네 거짓말 때문에 점점 더 고통스러워졌어. 네가 나한테 어떤 고통을 주고 있는지 알리려면, 너도 나처럼 고통을 감당해야 한다고 생각했어. 내가 얼마나 힘들었는지 너는 상상도 못 할 거야. 만약 가슴에서 꺼내 비교할 수 있다면, 지금 너의 고통과 나의 고통을 비교해서 어느 쪽이 더 큰지 겨뤄보고 싶을 정도야. 나는 너무 괴로워서 스스로 통제할 수도 없이 불에 내 손을 태워버렸어. 봐. 너 때문이야. 이 화상은 너 때문에 생긴 거야."

에쓰코는 달빛 아래 손바닥의 상처 부위를 내밀었다. 사부로는 마치 무서운 것을 만지듯이 에쓰코의 손끝을 자신의 손가락으로 살며시 건드렸다가 금방 뗐다.

'덴리에서도 이런 거지를 본 적이 있어. 상처를 보여주고 동정심을 이용하여 구걸하는 거지는 정말 무섭다니까. 마님은 그들에 비해서는 자존심이 세고, 도도한 거지라고 말할 수 있겠군.'

당당해 보이는 그녀의 자존심의 근원이 바로 고통이라는 것까지는 짐작하지 못한 채, 사부로는 그렇게 생각했다.

아직도 사부로는 에쓰코가 자신을 사랑하고 있다는 걸 알지 못했다.

그는 에쓰코의 고백을 통해 자신이 납득할 수 있는 사실만 골라내려고 애썼다. 눈앞의 여자는 고통스러워하고 있다. 이것만은 확실하다. 깊은 원인까지는 알 수 없지만, 어쨌든 사부로 때문에 괴로워하고 있다. 힘들어하는 사람은 위로해 주어야 한다. 다만 어떻게 위로해야 할지 몰랐다.

"괜찮습니다. 저에 대해선 걱정하지 않으셔도 됩니다. 미요 씨가 없어도 잠깐 동안 쓸쓸할 뿐이지 큰 문제는 아닙니다."

설마 그것이 사부로의 진심일 줄은 생각도 못하고, 이 넘치는 관대함에 반쯤 당황하면서도 여전히 의심스러운 에쓰코의 눈빛은 이 상냥하고 소박한 위로 속에서 비굴한 거짓말을, 격식을 차린 예의를 찾으려 애썼다.

"아직도 거짓말을 하는 거니? 사랑하는 사람과 강제로 헤어졌는데, 그게 별일 아니라고? 어떻게 그럴 수 있어? 내가 이토록 모든 걸 다 털어놓고 사과했는데도, 여전히 넌 본심을 숨기고 나를 진심으로 용서해 주지 않는구나."

에쓰코의 끝없는 집착과 고정관념에 대항하기에 사부로는 너무나 무능하고 대책이 없어 마땅한 적수가 되지 못했다. 그의 영혼은 유리알처럼 단순했다. 그는 당황한 나머지 에쓰코가 비난한 대상은 그의 거짓말이라고 판단하고, 조금 전 그녀가 책망했던 사부로의 중대한 거짓말, '미요를 사랑하지 않는다'는 말이 사실이었음을 입증하면 그녀의 마음을 풀어줄 수 있으리라 생각했다. 그는 단호한 어조로 이렇게 말했다.

"거짓말이 아닙니다. 정말 걱정하지 않으셔도 됩니다. 저는 미요 씨를 사랑하지 않으니까요."

에쓰코는 더 이상 흐느끼지 않았다. 어찌 보면 웃고 있었다.

"또 거짓말을! 그런 거짓말을 또 하다니! 그런 유치한 거짓말로 나를 속일 수 있을 것 같아?"

사부로는 당혹스러웠다. 뭐라 표현할 수 없을 정도로 괴팍한 여인 앞에서 어찌할 바를 몰랐다. 그저 침묵할 수밖에 없었다.

에쓰코는 이 침묵의 감미로움에 처음으로 안도의 한숨을 내쉬었다. 멀리서 울리는 심야 화물열차의 기적 소리를 가만히 듣고 있었다.

자신의 생각을 쫓아가기 바쁜 사부로는 기차 소리에 귀를 기울일 여유가 없었다.

'뭐라고 하면 마님이 믿으실까? 언젠가 마님은 천지가 뒤집힐 대사건이라도 되는 것처럼 사랑하는지 사랑하지 않는지를 문제 삼았다. 그런데 지금 마님은 아무리 설명해도 거짓말이라며 믿어주지 않는다. 그래, 증거를 원하시는 걸지도 모르겠다. 모든 걸 솔직하게 털어놓으면 분명 믿어주실 것이다.'

그는 허리를 꼿꼿이 세우고 반쯤 일어난 자세로 갑자기 목소리에 힘을 주고 이야기하기 시작했다.

"거짓말이 아닙니다. 저는 미요 씨를 아내로 삼고 싶은 생각도 별로 없었습니다. 덴리에서 어머니께도 그렇게 말씀드렸습니다. 어머니는 원래부터 제 결혼을 반대하셨습니다. 너무 이르다고요. 그런 어머니께 아이가 생겼다는 말을 도저히 할 수 없었습니다. 어머니는 그렇게 마음에 안 드는 여자랑 결혼해서 뭘 어떻게 하겠다는 거냐고 나무라셨습니다. 그런 역겨운 여자의 얼굴은 보기도 싫다면서 덴리에서 곧장 집으로 돌아가셨습니다."

느릿느릿한 말투로 들려주는 이 소박한 이야기에 말로는 표현하기 힘든 진실이 가득 차 있었다. 에쓰코는 꿈속의 감정처럼 언제 사라질지 모르는 순간의 아찔한 기쁨을 탐닉하는 데 두려움이 없었다. 듣는 동안 에쓰코의 눈은 빛나고 콧구멍은 떨렸다.

그녀는 몽롱한 목소리로 이렇게 말했다.

"왜 여태까지 말하지 않았어? 왜 더 빨리 말해 주지 않은 거야?"

또 이렇게 말하기도 했다.

"그랬구나. 그래서 어머니를 모시고 오지 않았구나."

또 이렇게도 말했다.

"그럼 네가 돌아왔을 때 미요가 없어서 더 좋았겠네."

이 말들은 절반은 입 속으로, 절반은 입 밖으로 향했기 때문에 에쓰코 자신도 끊임없이 반복되는 내면의 독백과 입 주변의 혼잣말을 명확하게 구분하기 어려웠다.

꿈속에서는 눈 깜짝할 사이에 묘목이 과일나무로 자라고, 작은 새가 때로는 수레를 끄는 말처럼 커지기도 한다. 이런 식으로 에쓰코의 몽환적인 심리 상태는 비웃음을 당해야 할 희망을 어느새 실현을 눈앞에 둔 희망의 모습으로 크게 부풀렸다.

'어쩌면 사부로가 사랑했던 건 나일지도 몰라. 용기를 내야 한다. 부딪혀 봐야 한다. 예측이 배신당하는 것을 두려워해서는 안 돼. 만약 배신당하지 않으면 나는 행복

해진다. 간단한 일이야.'

에쓰코는 이렇게 생각했다. 그러나 배신을 두려워하지 않는 희망은 희망이라기보다 절망의 일종이다.

"그래……. 그럼 넌 도대체 누구를 사랑했던 거니?"

에쓰코가 물었다.

이 총명한 여인은 오해를 하고 있었는지도 모른다. 현 상황에서 두 사람을 이어주는 것은 말이 아니었다. 그녀가 사부로의 어깨에 부드럽게 손을 얹어주기만 하면 모든 것이 해결되었을 것이다. 이질적인 이 두 영혼은 손을 맞잡는 것만으로 하나가 되었을지도 모른다.

그러나 말이 두 사람 사이를 고집스러운 망령처럼 가로막고 있는 탓에, 사부로는 에쓰코의 뺨을 타고 번져가는 핏빛을 이해하지 못했다. 그는 그저 어려운 수학 문제에 맞닥뜨린 초등학생처럼 이 질문에 당황하고 있을 뿐이다.

'사랑한다……. 사랑하지 않는다…….'

또! 또 시작이다.

얼핏 유용해 보이는 이 단어는 여전히 그에겐, 아무렇게나 살아왔던 평온한 삶에 불필요한 의미를 부여하고, 앞으로 살아야 할 삶에 불필요한 틀을 끼우는, 잉여의 개념으로만 느껴졌다. 이 단어가 생활필수품으로 존재하고, 때와 경우에 따라서는 이 단어에 생사를 걸 수 있는, 그런 삶이 영위되는 공간을 그는 가지고 있지 않다. 가지고 있기는커녕 상상하기조차 쉽지 않은 것이다.

더구나 그런 공간의 주인이 그 방을 없애기 위해 집 전체에 불을 질러버리는 어리석은 행동을 그가 이해할 수 있을까?

청년이 소녀 곁에 있다. 자연스러운 순리대로 사부로는 미요에게 키스를 했다. 정을 통했다. 그리고 미요의 배 속에 아이가 생겼다. 또 다른 당연한 수순으로 사부로는 미요에게 싫증을 느꼈다. 유치하게 장난을 거는 일은 많아졌지만, 적어도 그런 장난은 상대가 미요가 아니라도 좋고 누구라도 상관없었다. 아니, 싫증이 났다는 표현은 적절하지 않을지도 모른다. 사부로에게는 그 상대가 반드시 미요일 필요가 없어진 것뿐이다.

사부로는 누군가를 사랑하지 않으면 반드시 다른 누군가를 사랑하고, 누군가를 사랑하면 반드시 다른 누군가를 사랑하지 않는다는 논리에 따라 행동한 적이 없다.

그래서 그는 또다시 대답하기가 난감했다.

이 순박한 소년을 여기까지 몰아붙인 건 누구였을까? 여기까지 몰아넣고 단지 그 자리를 모면하기 위해 어설픈 대답을 말하게 한 것은 누구의 죄일까?

사부로는 감정보다는 세상 물정이 가르쳐주는 판단에 의지하기로 했다. 어릴 때부터 남의 밥을 먹고 자란 소년에게 흔히 있을 수 있는 해결책이다.

잠시 생각해 보면 에쓰코의 눈빛이 자신의 이름을 말해 달라고 요구하고 있다는 걸 그도 금방 읽어낼 수 있었다.

'마님의 눈빛이 촉촉하면서도 진지하다. 알겠다. 마님은 자신의 이름을 말해 주길 바라고 있다. 분명 그럴 것이다.'

사부로는 옆에 있는 까맣게 말라붙은 포도를 주워서 손바닥에 놓고 굴리며 고개를 숙인 채 거리낌 없이 이렇게 말했다.

"마님, 바로 마님입니다."

너무나도 뻔히 거짓말임을 알리는 이 말투, 사랑하지 않는다는 말보다 더 노골적으로 사랑하지 않음을 알리는 이 말투, 이런 순진한 거짓말을 직감하는 데 꼭 냉철한 두뇌가 필요한 것은 아니기에, 한없이 몽롱한 기분에 빠져 있던 에쓰코도 이 한마디에 정신을 차리고 일어섰다.

모든 것이 끝났다.

그녀는 밤바람으로 차가워진 머리에 양손을 대고 흐트러진 머리카락을 정리했다. 차분한, 오히려 씩씩한 목소리로 말했다.

"자, 이제 그만 가자. 내일은 일찍 출발해야 하니까 나도 좀 자둬야지."

사부로는 왼쪽 어깨를 움츠리며 불만스럽다는 듯 일어섰다.

목덜미에 서늘한 기운을 느낀 에쓰코는 무지개 빛깔의 목도리를 치켜세웠다. 사부로는 그녀의 입술이 시든 포도잎의 그늘에서 약간 거무스름한 빛을 발하는 것을 보았다.

여태까지 귀찮고 성가신 응대에 지쳐 있는 동안 사부로가 가끔씩 눈을 치뜨고 바라본 에쓰코는 여자가 아니라 일종의 정신적인 괴물이었다. 정체를 알 수 없는 정신의 살덩어리, 괴로워하고 고통스러워하고 피를 흘리기도 하고, 기뻐서 비명을 지르기도 하는, 노골적인 신경조직의 덩어리였다.

그런데 일어서서 옷을 여미는 에쓰코에게 사부로는 처음으로 여자를 느꼈다. 에쓰코가 온실을 나가려고 한다. 그가 팔을 뻗고 막아선다.

에쓰코는 몸을 비틀어 사부로의 눈동자를 찌를 듯이 들여다본다.

물풀이 우거진 어두운 물속에서 보트의 노가 다른 보트의 선저에 부딪히듯, 이때 몇 겹의 옷을 사이에 두고 그의 단단한 팔 근육과 에쓰코의 가슴께 부드러운 살이 생생하게 부딪히는 것이 느껴졌다.

사부로는 더 이상 그녀가 쳐다봐도 움츠러들지 않았다. 입을 벌리고 소리는 내지 않지만 안심시키려는 듯한 쾌활한 웃음을 보였다. 그리고 자기도 모르게 두세 차례 재빨리 눈을 깜박였다.

그동안 에쓰코가 아무 말도 하지 않은 것은 비로소 언어의 무력함을 깨달았기 때문일까? 한 번 낭떠러지 밑을 내려다본 사람이 그 매력에 빠져 다른 생각을 할 겨를이 없듯이, 간신히 손에 넣은 절망을 놓지 않으려는 것일까?

어떠한 어려움도 마다하지 않는 젊고 혈기왕성한 육체에 눌려 에쓰코의 맨살은 땀에 젖었다. 신발 한 짝이 벗겨져 뒤집혔다.

왜 이렇게까지 저항하고 있는지 스스로도 알 수 없었지만, 에쓰코는 외면했다. 저항함으로써 오히려 무언가에 의지하려는 듯이.

사부로의 양팔은 여자를 꽉 붙잡고 놓아주지 않는다. 에쓰코가 자꾸 얼굴을 피하는 바람에 입술과 입술이 좀처럼 마주치지 않는다. 초조함이 발을 휘청거리게 하여 의자에 걸려 넘어지면서 사부로는 한쪽 무릎을 짚더미에 박았다. 에쓰코는 그 틈을 타서 사부로의 팔에서 벗어나 온실을 뛰쳐나갔다.

에쓰코는 왜 소리를 질렀을까? 왜 에쓰코는 도움을 요청했을까? 그녀가 그토록 부르고 싶었던 이름이 사부로 말고 또 누가 있단 말인가. 사부로 외에 에쓰코를 구할 사람이 어디에 있단 말인가. 그런데도 그녀는 왜 도움을 청한 것일까. 도움을 청한들 무슨 소용이 있겠는가. 지금 어디에 있고, 어디로 향하고……, 어디서 구출되어 어디로 옮겨지고 싶은지를 에쓰코도 알고 있었을까?

온실 옆에 무성하게 자란 억새풀 속에서 사부로는 에쓰코에게 달려들어 넘어뜨렸다. 여자의 몸은 풀숲 깊숙이 파묻혔다. 풀잎에 베인 두 사람의 손에는 땀과 함께 피가 맺혔다. 두 사람 모두 이를 알아차리지 못했다.

홍조를 띤 채 땀에 젖어 빛나는 사부로의 얼굴을 가까이서 바라보며, 에쓰코는 충동에 의해 아름다워지고 열망에 의해 눈부시게 빛나는 젊은이의 표정만큼 매력적인 것이 이 세상에 있을까 생각했다. 그런 상념과 달리 그녀의 몸은 여전히 저항하고 있었다.

사부로는 양팔과 가슴의 힘으로 여자의 몸을 누르고 마치 장난이라도 치는 듯이 윤기 나는 검은색 코트의 단추를 이빨로 물어뜯었다. 에쓰코는 반쯤 의식을 잃었다. 자신의 가슴 위에서 뒹구는 크고 무겁고 활동적인 머리가 넘쳐흐르는 사랑스러움으로 다가왔다.

그럼에도 불구하고 이 순간, 그녀는 비명을 질렀다.

이 소름끼치는 비명 소리에 놀라기 전에, 이에 정신을 차린 사부로의 민첩한 몸은 즉시 도주를 생각했다. 어떤 논리적, 감정적 연결고리도 없이, 굳이 말하자면 생명의 위험을 직감한 동물처럼 그는 도망칠 것을 생각했다. 몸을 일으키고 집과 반대 방향으로 달렸다.

이때 에쓰코에게 놀랍도록 강한 힘이 생겨났고, 조금 전까지만 해도 망연자실한 상태였던 그녀는 벌떡 일어나 사부로를 쫓아가 매달렸다.

"기다려! 기다려줘!"

그녀는 외쳤다.

소리를 지르면 지를수록 사부로는 도망치려 했다. 자신의 몸에 매달리는 여자의 손을 그는 질주하며 떼어냈다. 에쓰코는 온몸으로 그의 허벅지를 부여잡고 끌려갔다. 그녀의 몸이 가시덤불 사이로 제법 긴 거리를 질질 끌려갔다.

한편 문득 눈을 뜬 야키치는 옆에 에쓰코가 없다는 것을 알고 불길한 예감에 휩싸여 사부로의 방으로 가보았고, 그곳에서도 텅 빈 이부자리를 발견했다. 창문 아래 흙바닥에 신발 자국이 있다.

그는 부엌으로 내려가 달빛이 비치는 가운데 활짝 열려 있는 뒷문을 보았다. 여기서 나가면 배나무 숲으로 가거나, 아니면 포도밭이다. 배나무 숲의 땅은 야키치가 매일 손질하는 유연한 흙으로 덮여 있다. 야키치는 포도밭으로 통하는 길을 따라 내려갔다.

가다가 돌아서서 헛간 입구에 세워져 있는 괭이를 손에 들었다. 어떤 특별한 이유가 있어서가 아니다. 호신용이었는지도 모르겠다.

대나무 숲의 외곽에 이르렀을 때 야키치는 에쓰코의 비명소리를 들었다. 그는 괭이를 메고 달렸다.

사부로는 도망치려다 뒤돌아서서 이쪽으로 달려오는 야키치를 보았다. 그의 다리가 움츠러들었다. 멈춰 서서 숨을 헐떡이며 야키치가 자기 앞으로 올 때까지 기다렸다.

에쓰코는 도망가려던 사부로의 힘이 갑자기 꺾인 것을 느끼고 의아한 표정으로 일어섰다. 아직 몸에 통증이 느껴지지 않는다. 그녀는 옆에서 인기척을 감지했다. 고개를 돌려보니 야키치가 잠옷 차림으로 괭이를 땅에 내려놓고 서 있었다. 풀어헤쳐진 잠옷 사이로 가슴이 심하게 헐떡거린다.

에쓰코는 두려움 없이 야키치의 눈동자를 바라보았다.

노인의 몸이 떨리고 있다. 그는 에쓰코의 시선을 감당하지 못하고 눈을 감았다.

이 나약한 망설임에 에쓰코는 분노했다. 그녀는 노인의 손에서 괭이를 빼앗아, 아무것도 기다리지 않고, 아무것도 이해하지 못한 채 멍하니 서 있는 사부로의 어깨 위로 휘둘렀다. 잘 손질된 괭이의 하얀 날이 어깨를 빗나가 사부로의 목덜미를 내리쳤다.

청년의 목구멍에서 무언가에 억눌린 듯한 작은 비명이 솟구쳤다. 그가 앞으로 비틀거리자 다음 일격이 그의 두개골을 비스듬히 갈랐다. 사부로는 머리를 부여잡고 쓰러졌다.

야키치와 에쓰코는 여전히 희미하게 꿈틀거리는 몸뚱이 앞에 굳어 있었다. 두 사람의 눈은 아무것도 보지 않는 듯했다.

실제로는 수십 초에 지나지 않았는데도 한없이 길게 느껴지는 그 순간 이후, 야키치가 이렇게 말했다.

"왜 죽였니?"

"당신이 죽이지 않으니까."

"나는 죽일 생각이 없었다."

에쓰코는 광기 어린 눈으로 야키치를 쳐다보았다.

"거짓말이야. 당신은 죽이려고 했어요. 저는 그걸 기다리고 있었어요. 당신이 사부로를 죽여주는 것 말고는 제가 구원받을 길이 없었어요. 그런데도 당신은 망설였죠. 떨고 있었어요. 의욕도 없이 주춤거렸어요. 그러면 당신을 대신해 제가 죽이는 것 말고는 다른 방법이 없잖아요."

"너는 지금, 나한테 죄를 뒤집어씌우려고 하는구나."

"누가 당신한테 그럴 수 있겠어요! 저, 내일 아침 일찍 경찰서에 가겠습니다. 혼자 가겠어요."

"서두르지 마라. 생각할 수 있는 방법은 얼마든지 있다. 아무리 그래도, 왜, 이놈을 왜 죽여야 했던 거니?"

"절 괴롭혔기 때문이에요."

"하지만 이 녀석은 죄가 없어."

"죄가 없다고요? 아니에요. 이렇게 된 건 저를 괴롭혔기에 당연히 받게 된 벌이에요. 아무도 나를 괴롭혀선 안 돼요. 아무도 나를 고통스럽게 할 수 없어요."

"누가 그걸 정하니."

"내가 정해요. 나는 한 번 결정하면 절대 굽히지 않아요."

"넌 정말 무서운 여자구나."

야키치는 자신이 하찮은 사람이 아니라는 것을 이제 깨달았다는 듯 안도의 한숨을 내쉬었다.

"내 말을 잘 들어보거라. 절대 서두를 필요 없다. 어떻게 처리할지는 천천히 생각해 보자꾸나. 그때까지 이 녀석이 발견되면 큰일이야."

그는 에쓰코의 손에서 괭이를 빼앗았다. 손잡이가 피로 흥건하게 젖어 있었다.

그리고 야키치가 행한 작업은 기이한 것이었다. 벼 수확이 끝나 흙이 부드러운 곳이 있다. 그는 밤늦게까지 밭을 가는 성실한 사람처럼 땅을 부지런히 파헤쳤다.

얕은 무덤이 파헤쳐지는 꽤 오랜 시간 동안 에쓰코는 땅바닥에 앉아, 엎드린 자세로 쓰러져 있는 사부로의 시체를 바라보고 있었다. 스웨터가 살짝 젖혀져 있고, 스웨터와 함께 뒤집힌 카키색 셔츠 아래로 등짝의 맨살이 드러나 있었다. 그 살색이 창백한 흙빛으로 변해 갔다. 한쪽 뺨이 풀에 파묻힌 옆얼굴을 보니, 고통으로 일그러진 입에서 날카로운 하얀 이빨이 드러나 마치 웃고 있는 것처럼 보였다. 뇌수가 흘러나온 이마 아래, 눈이 꼭 감겨 있어 마치 눈꺼풀이 피부에 박힐 것 같았다.

작업이 끝난 야키치가 에쓰코 곁으로 다가와 어깨를 가볍게 두드렸다.

상반신은 피로 범벅이 되어 건드리기 힘들었다. 야키치가 두 다리를 들어 올려 시체를 풀밭 위로 끌고 갔다. 밤인데도 풀밭 위에 검은 핏방울이 남긴 흔적이 보였다. 하늘을 향하고 있는 사부로의 머리는 땅의 굴곡이나 돌에 부딪힐 때마다 몇 번씩 고개를 끄덕이는 것처럼 보였다.

얕은 구덩이 바닥에 눕혀진 시체 위로 두 사람은 빠르게 흙을 뿌렸다. 마지막으로 입을 반쯤 벌리고 눈을 감은 미소 띤 얼굴이 남았다. 달빛을 받은 앞니가 새하얗게 빛났다. 에쓰코는 괭이를 버리고 손바닥에 얹은 부드러운 흙을 입안으로 떨어뜨렸다. 흙이 어두운 구멍 같은 입안으로 흘러내렸다. 야키치가 옆에서 괭이로 흙을 긁어모아 죽은 얼굴을 덮어주었다.

흙이 두툼하게 덮이자 에쓰코는 그 위를 버선발로 밟아 다졌다. 흙의 부드러움이 마치 맨살을 밟는 것처럼 친근하게 느껴졌다. 야키치는 그동안 땅을 꼼꼼히 살피고 걸어 다니며 핏자국을 지웠다. 그리고 흙을 덮었다. 그런 다음에도 세심하게 밟아 흔적을 말끔히 뭉갰다……

부엌에서 두 사람은 피와 흙으로 더러워진 손을 씻었다. 에쓰코는 피가 잔뜩 묻은 코트를 벗고, 버선을 벗었다. 신발은 찾아서 신고 왔다.

야키치는 손이 떨려 물을 퍼낼 수도 없었다. 조금도 떨지 않는 에쓰코가 물을 퍼 올렸다. 개수대에 흐른 피를 찬찬히 씻어냈다.

에쓰코는 둥글게 뭉친 코트와 버선을 들고 먼저 일어섰다. 사부로에게 끌려갈 때 긁힌 상처의 아픔이 조금 느껴졌다. 하지만 아직 진짜 고통은 아니다.

마기가 짖고 있다. 그 소리도 곧 잠잠해졌다.

……잠자리에 누운 에쓰코에게 갑자기 은총처럼 찾아온 잠을 무엇에 비유할 수 있을까. 야키치는 옆에서 에쓰코의 잠든 숨소리를 듣고 어처구니가 없었다. 긴 피

로, 끝이 보이지 않는 피로, 조금 전 에쓰코가 저지른 죄에 비해 훨씬 더 깊고 무거운 피로……. 오히려 무언가 유익한 행위를 하며 쌓아올린 무수한 노고의 기억으로 이루어진 충만한 피로……. 그런 피로의 대가가 아니고 서야 어떻게 이런 순결한 잠을 내 것으로 만들 수 있겠는가?

……그리고 에쓰코에게 처음으로 허락된 이 짧은 안식 후, 그녀는 눈을 떴다. 그녀의 주변에 깊은 어둠이 있다. 벽시계가 음울하고 무거운 1초를 하나하나 세고 있다. 옆에서는 야키치가 잠들지 못한 채 떨고 있다. 에쓰코는 소리를 지르려고도 하지 않는다. 그녀의 목소리는 누구에게도 닿지 않는다. 억지로 뜬 눈을 어둠 속으로 향했다. 아무것도 보이지 않는다.

들리는 것은 멀리서 오는 닭 울음소리다. 아직 새벽이 되기에는 이른 이 시간에 닭이 울어대고 있다. 멀리서 정체 모를 닭이 또 한 마리 운다. 이에 화답하듯 또 한 마리가 울어댄다. 또 한 마리가 운다. 또 다른 한 마리가 운다. 심야의 닭 울음소리는 서로 호응하듯 끝을 모른다. 그것은 여전히 계속되고 있다. 끝없이 이어지고 있다…….

……그러나 아무 일도 없었다.

해설

이시이 유카

(1963~, 소설가·일본어 교사)

나의 문학적 편력은 미시마 유키오로부터 시작되었
다.

어렸을 때부터 나는 독서를 좋아하는 아이였지만, 초
등학교에서 중학교로 올라가는 시기에 아동서적에서
'어른의 독서'로 넘어가는 데 다소 시간이 걸렸다. 중학
생 때는 무엇을 읽어야 할지 알 수 없었다. 고등학생이
되었을 때 신초문고의 미시마 작품을 처음부터 읽어야
겠다고 생각했다. 즉, 이 오렌지색 책등 시리즈가 내 독
서 역사의 원점이다. 내 책꽂이에 오렌지색 면적이 늘어
나는 만큼, 화려한 미시마 문학의 어휘와 표현력에 압도
당했다. 그 경험은 일반적 어휘의 운용으로는 상상할 수
없는 일본어의 섬세함을 깨닫고, 일상적 감정 세계에서

는 짐작하기도 어려운 감정의 영역을 배우는 일이었다.

내일 감옥에 들어가는데 좋아하는 책을 다섯 권까지 가져갈 수 있다고 하면, 항상 고르는 책은 『사랑의 갈증』이었다. 구판으로 240쪽, 이 작가치고는 간결한 편인 이 작품은 사실 미시마 문학 중에서도 손꼽히는 명문으로 가득한 수작이다.

나의 데뷔작이 탄생한 인도 남부 첸나이는 일본어 교육에 대해 거의 무지한 채로 일본어 교사로 부임한 내게는 마치 감옥과도 같은 곳이었다. 아디야르 강 근처의 작은 IT 회사 사무실 책상 위에 이 책 한 권이 놓인 채 나를 기다렸다. 쉬는 시간마다 숨 가쁘게 돌아와 밀크티의 김이 모락모락 피어오르는 가운데 페이지를 넘기던 무능한 일본어 교사의 메마른 눈과 마음을 달래준 책이다. 매일 반복되는 90분 단위의 현실이 아무리 무미건조하고 가혹해도, 손을 뻗어 페이지를 펼치기만 하면 그곳에 영원한 아름다움의 세계가 있다는 것을 이 작품은 확실히 일깨워 주었다.

작가의 해제와 창작노트에 따르면, 『사랑의 갈증』은 '시골에 갇힌 도시인'을 희곡적 요소를 담아 그린 단편 전원소설로서 구상되었다.

이야기의 주인공 에쓰코는 지난 해 가을에 남편을 잃은 후, 시아버지 야키치의 부름으로 오사카 교외의 농장이 딸린 별장에 머물며 시아버지의 요구대로 육체적 관계를 맺는다. 그녀는 젊은 하인 사부로를 사랑하게 되는데, 얼마 지나지 않아 그가 하녀인 미요와 정을 통했다는 사실을 알고 질투에 시달린다. 결국 사부로의 아이를 임신한 미요를 내보냄으로써 두 사람 사이를 갈라놓은 에쓰코는 야키치와 함께 상경하기 전날 밤, 사부로를 불러내 자신의 감정을 완곡하게 고백하지만, 서로를 이해하지 못한 채 사부로를 괭이로 쳐서 죽이는 참극으로 이야기는 막을 내린다.

미시마에 따르면, 단편소설은 장르의 일종으로 희곡과 친밀한 관계에 있어야 한다. 형식의 속박에서 벗어난 '자유로운' 소설과 달리, 형식에 의한 이성적 지배 아래 논리적, 통일적으로 설계되는 희곡은 그의 선망의 대상이었다. '괴물 같은' 자신의 감수성에 공포와 혐오를 품었던 미시마에게 필연적 절차를 밟음으로써 얻게 되는 규범적 세계는 효과적이면서 절실한 자기극복의 수단임에 틀림없었다. 그에게 소설은 되도록이면 음악이나 연극, 건축, 형사소송법의 조문과 닮아야 했다.

『사랑의 갈증』의 등장인물은 프랑스 고전주의 연극의 배역을 모방하여, 야키치는 왕, 에쓰코는 왕비, 사부로와 미요는 왕자와 공주, 야키치의 장남 겐스케와 그의 아내는 심복(속마음을 들어주는 사람)으로 배치했다고 한다. 고전적 형식을 차용했다고는 해도 상당한 일탈과 아이러니가 담긴 장치다. 왕은 입지전적인 인물이지만 이미 현역에서 은퇴한, 겐스케 부부의 해설에 따르면 농지개혁으로 의기소침해진 노인이고, 왕비는 왕자 역인 사부로를 찬미하는 중이다. 사부로가 온몸으로 자연을 노래하는 태양신처럼 명랑함이 넘치고 '정신'을 필요로 하지 않는 '육체'만의 존재인 것에 비해, 에쓰코는 늘 정신의 진흙탕을 헤매는 영혼의 화신과도 같은 존재라고 할 수 있다. 그리스 신화의 여신을 원형으로 하면서도 당시 미시마가 심취했던 프랑수아 모리아크의 여주인공이 지니는 면모를 품고 있지만, 구원 따위는 원치 않고 결국은 '자기 이외의 존재가 되고 싶지 않았기 때문에' 일방적으로 사부로를 죽이는 복잡한 인물로 형상화되어 있다. '사랑'이 무엇인지 모르는 사부로에게 '사랑'을 얻을 수 있을 리가 없는, 애초에 불가능한 사랑이었다. 그리고 조력자 역할인 겐스케 부부는 고상한 척하는 구경꾼으로 매번 허풍을 떨며 등장하는데, 도무지 속내를 털어놓고 싶어지지 않는 사람들이다. 등장인물 중 가장 연극적으로 과장되게 그려진 이들은 작품에서 빼놓을 수 없는 광대이자 해설자 역할을 하고 있다.

당초 이 작품이 농장을 배경으로 하게 된 계기는 오래전부터 프랑스 농촌 소설이 미시마의 관심사였던 데다 고모의 시댁이 오사카 근교의 유명한 농장이었고, 소설의 단초가 그해 여름 고모가 상경했을 때 들은 이야기에서 비롯되었다고 한다. 같은 해 가을, 미시마는 곧바로 그 농장을 방문했고, 작품에 등장했던 축제를 포함하여 면밀한 취재를 진행했다고 한다.

때마다 다르게 보이는 농장에 대한 묘사, 아름다운 시골 풍경 곳곳에 점철된 심리와 인물 묘사, 내게는 그 섬세한 묘사가 이 작품으로부터 얻은 가장 큰 즐거움이다. 한 가족이 옹기종기 모여 비파 봉지를 만드는 모습, 소작농이 도끼로 장작을 패는 소리, 잘못 도착한 전보 때문에 헛간에서 목이 졸리는 닭의 절규, 승려 수만 명의 목소리 같은 폭우의 울림, 안개에 흔들리는 모닥불을 가운데 두고 대나무 빗자루로 쓰레기를 쓸어내면서 여러 겹으로 그리는 불안한 동그라미. 미시마라고 하면 관념적, 지성적 작가라는 이미지가 앞서지만, 관념에 살을 입혀 일상적인 디테일을 구체적으로 묘사하는 데 탁월한 작가라는 점을 나는 강조하고 싶다. 이는 틀림없이 면밀한 취재와 탁월한 감수성과 인간에 대한 관찰력으로 뒷받침된 것이리라.

개 짖는 소리에 잠을 깬 밤, 에쓰코의 가슴에 되살아난 한 장면이 있다. 반년 전 그 농장에 온 지 얼마 되지 않았을 때, 개울가에서 풀을 뜯으며 걸어가던 그녀는 들판에 누워 책을 읽고 있는 사부로를 발견한다. 에쓰코를 발견하고 몸을 일으키려는 사부로의 머리 위로 우연히 그녀의 옷자락에서 갓 수확한 쑥부쟁이와 뱀밥이 잔뜩 떨어지고, 이를 에쓰코의 장난으로 착각한 그는 호들갑스럽게 몸을 피한다.

"이때 사부로의 얼굴에 나타난 순간적인 표정 변화가 에쓰코에게 방정식이 선명하게 풀릴 때처럼 시원하고 명료한 기쁨을 선사했다."(39쪽)

그 매력의 비밀이 궁금해서 몇 번을 다시 읽었는지 모를 한 문장이다. 사부로가 이런 갑작스러운 상황에서도 솔직하게 반응하는 순수한 마음의 소유자인 반면 남편의 외도, 격리병원에서의 목숨을 건 간병과 남편의 죽음이라는 장엄한 경험을 가진, 사부로보다 훨씬 나이가 많은 에쓰코가, 전국시대 무장의 후예라는 자부심을 잃지 않는 그녀가, 이 산골의 가난한 소년에게 마음을 빼앗기는 거의 믿기 힘든 상황에 빠지게 된 경위가, 마치 잠에서 깨어난 듯한 옅은 꿈 같은 한 문장으로 바로 이해가 된다.

앞서 이 작품을 구상한 계기가 된 미시마의 고모에 대한 이야기를 썼는데, 그녀가 '몇 년 전에 하인으로 고용했던 순진한 청년 이야기'를 그에게 들려주었다고 한다.

"물론 고모와 하인은 아무런 관계도 아니었다. 그러나 이 이야기를 듣고 갑자기 스토리의 윤곽이 떠올랐다. 그때 줄거리가 거의 막힘없이 뇌리에 펼쳐졌다."(『결정판 미시마 유키오 전집』 제2권)

원래 미시마의 머릿속에는 모리아크 여인의 모습이 떠돌고 있었는데, 거기에 이 하인의 이미지가 들어와 녹아들면서 순식간에 이야기가 전개되었다. 작가의 흥분이 전해진다. 이 하인 이야기를 듣지 않았다면 작품은 탄생하지 못했을 것이다. 창작이라는 우주에는 이런 폭발과 융합이 필요한 법이다.

수많은 미시마 작품의 공통된 요소로 고전적인 것에 대한 동경을 들 수 있는데, 인물 조형에서도 엿보였던 그 요소가 이 작품에서는 땅과 불이 모티브로 작용함으로써 드러난다. 클라이맥스인 가을 축제 장면에서 에쓰코는 반라의 젊은이들이 불 주변을 질주하는 축제의 중

심부로 들어간다. 미친 듯이 몸싸움을 벌이는 가운데 그녀의 손이 사부로의 검고 탄탄한 맨살의 등에 닿는다. 흥분한 사부로는 뒤에 있는 에쓰코를 전혀 눈치채지 못한다. 그녀는 불타오르는 살에 손톱을 날카롭게 세우고, 분출하는 피에 손톱을 적셨다. 마치 그 등에서 불을 훔치듯이. 사부로의 등은 "불빛과 그림자의 난무에 맡겨져 어지럽게 움직이는 것처럼 느껴졌다. 그의 흔들리는 어깨뼈는 마치 퍼덕이는 날개 근육처럼 보였다."(138쪽) 그녀의 손톱으로 불을 붙인 날개는 파르나소스 산과 살라미스 섬을 휘감고 몰아치는 바람에 불티를 흩날리며 날갯짓 하는 모습을 상상하게 만든다. 사부로의 불로 손톱에 불을 붙인 순간 그녀는 빛과 열을 매개로 숭고한 것, 맨손으로 만질 수 없을 만큼 순수하고 고결한 것과 야합하려 했다. 불가능한 사랑은 이처럼 영혼의 원초적 상태에서 추상적 융합으로만 상상되며, 그녀가 훔친 불은 마음의 어둠을 장작 삼아 최종적인 파괴 행위를 부추긴다.

『사랑의 갈증』의 매력의 원천은 위에서 언급한 미시마 문학의 여러 가지 특성이 절묘한 균형을 유지하면서 매우 세심하게 배치되었다는 점이라고 생각한다. (작가 입장에서는 단편으로) 적당한 길이에, 철저히 논리적으로 글을 구성하는 지적 구조물로서의 면과, 섬세한 시적 감성의 세계가 일체화되어 유례없는 세련미와 균형감을 만들어내고 있다. 시골의 풍경 속에서 드라마가 시작되고 끝을 맺기 때문에, 사건의 연속성과 등장인물의 해학적 언행과 감정의 특징, 고대적 세계에 대한 동경 등 다양한 구성 요소의 사이사이를 시골의 바람과 비와 수많은 빛이 가득 채운 결과, 그 유려하고 청아한 필치 아래에서 각자가 공명하며 맑은 음악과 같은 문체가 실현되었다. 거기에 투철한 방법론적 의지가 존재할 때 비로소 서정이 서정적일 수 있는 것이다.

내가 작가가 되어 다시금 미시마 작품을 접하는 지금, 몇 번이고 반복해서 읽은 작품인데도 완전히 새로운 페이지를 넘기는 느낌이다. 창작의 현장에 몸담고 있는 사람으로서 이전과는 다른 관점의 획득을 실감하는 한편, 이전과 변함없이 미시마에게서 발견되는 것들도 분명히 의식하게 된다. 예를 들면, 『파도 소리潮騒』나 『근대 노가쿠집近代能楽集』 등에서 보여준 근원에서 끌어올린 것을 새로운 그릇에 옮겨 담으려는 창의적인 시도이거나 혹은 『풍요의 바다豊饒の海』에서 '윤회전생'이라는 장대한 이야기 장치의 설명 원리로서 불교 이론을 도입한 점 등, 그가 다양한 형태로 꾸준히 무언가에 전심전력으로 도전했던 드문 작가라는 사실이다.

2020년 8월